好时光悄悄溜走

How Good Time Flies

迟子建 著

人民文学出版社

图书在版编目（CIP）数据

好时光悄悄溜走 / 迟子建著. -- 北京：人民文学出版社，2025（2025.8重印）. -- ISBN 978-7-02-018990-8
I. I267
中国国家版本馆CIP数据核字第2024Y67V32号

责任编辑　薛子俊　李义洲
装帧设计　陶　雷
责任校对　杨益民
责任印制　王重艺

出版发行　人民文学出版社
社　　址　北京市朝内大街166号
邮政编码　100705

印　　刷　侨友印刷（河北）有限公司
经　　销　全国新华书店等

字　　数　237千字
开　　本　890毫米×1290毫米　1/32
印　　张　12.75
印　　数　50001—70000
版　　次　2025年1月北京第1版
印　　次　2025年8月第5次印刷

书　　号　978-7-02-018990-8
定　　价　59.00元

如有印装质量问题，请与本社图书销售中心调换。电话：010-59905336

自 序

一九九一年，忘了是四季中的哪个日子，青春的我写下《好时光悄悄溜走》，已然感觉时光如流，美好难再。而一旦岁月的波痕让心起了褶皱，心语就多了沧桑。所以到了六十岁，编辑这本散文随笔集，在书名的选择上，我和出版社的编辑，不约而同地将目光投向这一篇。仿佛它是岁月之河的网，一旦撒下，昨日就会斑斓重现。

回忆让时光倒流。

翻阅过去四十年间写下的非虚构文字，那些远行和尘封的日子，像月下的迷离树影，又在晚风中交错浮现了。

童年时父亲用罐头瓶，给我做了一盏迎新的灯，我在除夕夜走街串巷时，不再怕夜黑；母亲在雨雪交加的时刻，给沉浸在《额尔古纳河右岸》写作中的我，送来回家的伞，怕被命运风雨淋湿的我，再被自然的雨雪淋湿；爱人离世的前三天，我们还携手去花店，买了娇艳的玫瑰和康乃馨，可是看不见的魔鬼给他的生命，亮起了永远的红灯，让我在雪山脚下的长夜仰望星空时，是那么地想在星星的眼眸，发现他的目光——哪怕隔世,也是照耀;三十年前我和同事去北极村奔赴白夜时,终于明白外祖母的存在,才是我生命中永不消逝的白夜;还有童年时我和姐姐弟弟在山林小镇,那些孩子间可爱的"战争",都是那么难以忘怀。

除了亲人和乡邻,故乡的山林、溪流、风雪、庄稼、动物、农具、蚊烟、吃食等等,这些让生活熠熠闪光的珍珠,这岁月最美的镶嵌物,也成为我追忆的对象。

我发现夏日的天空能涌起九级浪;冬天的火炉会唱歌;一滴水可以有三生三世;时光会在音乐中飞舞;疼痛可以唤醒我对黑暗的柔情。

我还在慢行列车上看过在大平原的朝阳中翩翩起舞的鹤;在西栅的深夜听过清寂的梆声;在张家界的月下竹林感受萤火虫带来的幽微光明;在察布查尔看一支飞向泥土的箭;在上海的冷风中追寻鲁迅先生的足迹;在香港复活节假日祭奠萧红女士;在巴黎的石桥下感受它优雅的流水;在俄罗斯的泥泞中遥想春天;在尼亚加拉的彩虹前心念隔世爱人;在都柏林的酒吧饮黑啤酒看欧洲杯;在柏林墙下看形形色色的涂鸦;在法国诺曼底海岸穿行于阵亡者庞大墓群中反思战争;在墨西哥城欣赏里维拉的壁画和卡洛在蓝屋留下的画作;在西班牙阿尔卡拉遥想王冠应该加冕于谁;在芝加哥艺术馆为那些震撼心灵的艺术品而痴狂。

这些行走间的所见所闻,所思所想,也许浮光掠影,不够深刻,但它真切记录了那一段段仿佛含着雨露的时光,令人怀恋。

好时光仿佛一场场冬日的妖娆霜花，盛开和消逝，总在刹那之间。它留下的痕迹有黑有白——黑的是年长后睡眠渐短而更多感受到的长夜；白的则是愈来愈多的白发。我发现白发很浪漫，不像青春的黑发直溜溜的，它像五线谱一样曲曲弯弯。人也许还没活通透呢，白发却是活明白了，开始在我们头顶跳起舞啦！

一个甲子的时光过去了，无论是苦辣酸甜，还是风霜雨雪；无论是喜乐哀愁，还是悲欢离别，都像电影的分镜头，在不同的人生阶段，一幕幕地上演了。经历了这一切，你会更深切地懂得爱与包容，懂得感恩与怀恋。没有哪个日出是平凡的，也没有哪个夜晚是贫乏的。所幸生机、勇气和信心，在六十岁以后，没有被磨蚀掉，它们依然绵密地埋藏于生命的肌理，与我共呼吸。

而到了耳顺之年，能够更多地倾听不同的声音，更深地理解复杂的人性，保持自己的音色，坚韧而独立，入世而出世，那么生命之河，依然会泛起动人的涟漪。

哈尔滨深秋了，万木萧萧，候鸟又开始了迁徙的旅程。此时的天空仿佛春运的车站和机场，异常繁忙。也不知各类鸟是怎么划分它们的飞行路线的，它们分批分时，疏密有致，有条不紊地奔赴越冬地。我看过一个资料，被迫成为北地羁鸟的，除了伤病无法南飞的，还有因贪食浆果而醉了的鸟儿。我故乡的野生都柿（蓝莓），就是可以醉人的浆果，我童年曾在采山时吃醉过。醉了的候鸟,翅膀就是败军的旗帜,岂能高飞。而如果它们抵御不了浆果的诱惑,一再吃醉,就会错过最佳迁徙时刻,被突然而至的大雪阻断脚步。留下的醉鸟,有的在瑟瑟发抖中失去生命,有的则在搏击中傲然适应了寒流,成为暴风雪中展翅的一员。

我羡慕和钦佩后一种醉鸟,无拘无束地欣享大自然赐予的琼浆,无畏无惧命运轨迹的改变,率性天真,自由舒展,不期然间开辟了生命新天地,迎来另一番好时光。

2024 年 9 月 22 日

目 录

第一辑

灯祭	003
父亲的肖像	009
龙眼与伞	014
两个人的电影	018
猜想白夜	022
会唱歌的火炉	026
沧桑	030
尽头	034
火灾	038
遗忘	043
撕日历的日子	047
昆虫的天网	052
邻里间的围栏	056
动物们	062
棺材与竹板	067
蚊烟中的往事	073

五花山下收土豆的人　　078

伐木小调　　083

上天的九级浪　　089

奏捷之驿　　093

晚风中眺望彼岸　　098

一滴水可以活多久　　107

睡眠与劳动　　111

也说离别　　115

在温暖中流逝的美　　118

红绿灯下　　122

我的世界下雪了　　126

发现大地的星星　　132

第二辑

马背上的民族	141
中国北极的天象	144
远去的邮车	147
水墨丹青哈尔滨	150
鹤之舞	153
水袖烟波	156
紫气中的烟火	160
黄沙蔽天时	165
萤火一万年	169
周庄遇痴	172
听时光飞舞	178
从此岸到彼岸	183
我对黑暗的柔情	187
西栅的梆声	191
飞向泥土的箭	196
好时光悄悄溜走	200
落红萧萧为哪般	208
也是冬天，也是春天	215

第三辑

艺术之"缘"	229
石头与流水的巴黎	233
鹿皮袋里的劈柴	237
俄罗斯：泥泞中的春天	242
最深的湖水	245
那些不死的魂灵啊	249
看见的和看不见的镣铐	253
尼亚加拉的彩虹	258
最苍凉的海岸	264
酒吧中的欧洲杯	270
柏林墙的第十七层防线	275
农事博览会	279
非洲木雕的"根"	285
废墟上的雄鹰和蝴蝶	288
阿尔卡拉的王冠	293
听海的心	297

| 第四辑 | 云烟过客 | 305 |
| | 爱荷华日记 | 352 |

好时光悄悄溜走

……

第一辑

灯　祭

父亲在世时，每逢过年我就会得到一盏灯。那灯是不寻常的。

从门外的雪地上捡回一个罐头瓶，然后将一瓢滚热的开水倒进瓶里，啪的一声，瓶底均匀地落下来了，灯罩便诞生了。赶紧用废棉花将灯罩擦得亮亮的，亮到能看清瓶中央飞旋的灰尘为止。灯的底座是圆形的，木制，有花纹，面积比灯罩要大上一圈，沿边缘对称地钻两个眼，将铁丝从一个眼穿过去，然后沿着底座的直径爬行，再扎入另一个眼中，铁丝在手的牵引下像眼镜蛇一样摇摆着身子朝上伸展，两个端头一旦汇合扭结在一起，灯座便大功告成了。那时候从底座中心再钉透一根钉子，把半截红烛固定在钉子上。待到夜幕降临时，轻轻捧起灯罩，嚓地点燃蜡烛，敛声屏气地落下灯罩，你提着这盏灯就觉得无限风光了。

父亲给我做这盏灯总要花上很多工夫。就说做灯罩，他总要捡回五六个瓶才能做成一个。不是把瓶子全炸碎了，就是瓶子安然无恙地保持原状，再不就是炸成功了，一看却是一只猪肉罐头瓶子，怎么擦都浑浊，只好弃了。

尽管如此，除夕夜父亲总能让我提到一盏称心如意的灯。没有月亮的除夕里，这盏灯就是月亮了。我怀揣着一盒火柴提着灯走东家串西家，每到一家都将灯吹灭，听人家夸几句这灯看着有多好，然后再心满意足地擦根火柴点燃灯去另一家。每每转回到家里时，蜡烛烧得只剩下一汪油了。

那时父亲会笑吟吟地问："把那些光全折腾没了吧？"

"全给丢在路上了。"我说，"剩下最亮的光赶紧提回家来了。"

"还真顾家啊。"父亲打趣着我去看那盏灯。那汪蜡烛油上斜着一束蓬勃芬芳的光，的确是亮丽之极，将死的光芒总是灿烂夺目的。

过年要让家里里外外都是光明。所以不仅我手中有灯，院子里也是有灯的。院子中的灯有高有低。高高在上的灯是红灯，它被挂在灯笼杆的顶端，灯笼穗长长的，风一吹，唰唰响。低处的灯是冰灯，冰灯放在窗台上，放在大门口的木墩上，冰灯就能照亮它周围的一些景色，所以除夕夜藏猫猫要离冰灯远远的。无论是高出屋脊的红灯，还是安闲地坐在低处的冰灯，都让人觉得温暖。但不管它们多么动人，也不如父亲送给我的灯美丽。

因为有了年，就觉得日子是有盼头的。而因为有了父亲，年也就显得有声有色，而如果又有了父亲送我的灯，年则妖娆迷人了。

年一过去后，新衣服就脱下来了，灯也收了，院子里黑漆漆的，那时候我就会望着窗外的雪花发怔，心想：原来一年之中只有几天好日子啊。人为了那几天充满光明的好日子，就要整整辛苦一年。嗨。

我一年年地长大了，父亲不再送灯给我，我已经不是那个提着灯串来串去的小孩子了。我开始在灯下想心事。但每逢除夕，院子里照例要在高处挂起红灯，在低处摆上冰灯。

然而父亲没能走到老年就去世了。父亲去世的当年我们没有点灯。别人家的院子灯火辉煌，我们家却黑漆漆的。我坐在暗处想：点灯的时候父亲还不回来，看来他是迷了路了。我多想提着父亲送我的灯到路上接他回来啊。爸爸，回家的路这么难找吗？

从此之后虽然照例要过年，但是再也没有接受灯的那种福气了。

一进腊月，家里就忙年了。姐姐会来信叙说年忙到什么地步了，比如说被子拆洗完了，年干粮也蒸完了，各种吃食采买得差不多了，然后催我早点回家过节。所以，不管我身在西安、北京还是哈尔滨，总是千里迢迢地冒着严寒朝家奔，当然今年也不例外。

腊月二十六我赶回家中，母亲知道这个日子我会回去的。因为腊月二十七要请父亲回家过年。

我们就去看父亲了。给他献过烟和酒，又烧（捎）了些钱，已经成家立业的弟弟就叩头对父亲说：

"爸爸我有自己的家了，今年过年去儿子家吧，我家住在——"

弟弟把他家的住址门牌号重复了几遍，怕他记不住。我又补充说："离综合商场很近。"父亲生前喜欢到综合商场买皮蛋来下酒，那地方想必他是不会忘的。

父亲的房子上落着雪，周围都是雪，还有树，有时从树林深处传来鸟鸣。太阳极端明亮。

我们一边召唤着父亲回家过年一边离开墓地。因为母亲在姐姐家，所以弟弟也跟着来了。我们都喜欢姐姐家的孩子小虎，他刚过周岁，已经会走路了，非常漂亮。

一进门母亲就抱着小虎从里屋出来了。我点着小虎的脑门说："把你姥爷领回来过年了。"

小虎乐了，他一乐大家也乐了。

当夜小虎哭个不休。该到睡觉的时辰了，他就是不睡。母亲关了灯，千般万般地哄，他却仍然嘹亮地哭着。直到天亮时，他才稍稍老实起来。

姐夫说："可能咱爸跟到这来了，夜里稀罕小虎了。"

说得跟真事似的，我们都信了。

父亲没有看过他的外孙，而他生前又是极端喜欢孩子的。我们从墓地回来，纷纷到了姐姐家，他怎么会路过女儿的家门而不入呢？而他一进门就看见了小虎，当然更舍不得离开了。

母亲决定把父亲送到弟弟家去。

早饭后，母亲穿戴好后推起自行车，对父亲说："孩子也稀罕过了，跟我到儿子家去过年吧。"

母亲哄孩子一般地说："慢慢跟着走，街上热闹，可别东看西看的，把你丢了，我可就不管了。"

我心想：这回母亲要把父亲丢了，一定是丢到街上的酒馆了。

母亲把父亲送走的当夜小虎果然睡了个安稳觉。第二天早晨起来他挨个屋子走了一遍，骨碌着一双黑莹莹的眼睛东看西看的，仿佛在找什么，小虎是不是在想：姥爷到哪去了？

初三过后，父亲要被送回去了。我愿意请他回来，而永远不希望送他回去。天那么冷，他又有风湿病，一个人朝回走会是什么样的心情呢？

正月十五到了。这天是我的生日。二十八年前，一个落雪的黄昏，我降临人世了。那时窗外还没有挂灯，天似亮非亮，似冥非冥，父亲便送我一乳名：迎灯。没想到我迎来了千盏万盏灯，却再也迎不来幼时父亲送给我的那盏灯了。

走在冷寂的大街上，忽然发现一个苍老的卖灯人。那灯是六角形的，用玻璃做成的，玻璃上还贴着"福"字，我立刻想到了父亲，正月十五这一天，父亲的院子该有一盏灯的。

我买下了一盏灯。天将黑时，将它送到了父亲的墓地。嚓地划根火柴，周围的夜色就颤动了一下，父亲的房子在夜色中显得华丽醒目,凄切动人。

　　这是我送给父亲的第一盏灯。

　　那灯守着他,虽灭犹燃。

1992年

父亲的肖像

　　我记忆中最寒冷的冬日,是一九八六年的腊月,年仅四十九岁的父亲突发疾病,与亲人永别在年关。看着躺在棺材中唇角依然挂着一缕微笑的他,我想父亲是不是像熊一样,跟我们捉个生命的迷藏,冬眠了呢？熊冬眠前要拼命补充能量,扫荡山林可食之物,肚子吃出孕妇状,可是父亲发病后大都处于昏迷状态,难以进食,他走得令人心碎的消瘦,又不像去冬眠的样子。而次年春天熊苏醒了,山林又有熊迹了,他却还沉沉睡着,大地上再也寻不到他的脚印了。

　　父亲的墓地在故乡的山下,离他工作了一生的山镇学校很近。每至清明、中元节和春节,我们都要去给父亲上坟。无论冬夏,森林里鸟语不绝,所以我们在祭奠时说给他的话,总有回音。

　　父亲走了三十二年,他的影子却从未从我们心底和梦里消失。父亲盛年离世,他留给我们的形象,也就儒雅潇洒,从无老态。我还记得父亲过世后,我初来哈尔滨工作,去探望抚养过父亲几年的四爷爷,他见了我,也不顾我是女孩家,扯着一条白毛巾，失望地擦着泪说："你不随你爸啊，你爸小时那个好看！你爸找的你妈，是一般人啊！"四爷爷是第一次见我，那时我二十多岁，不算漂亮，但也不丑吧。而父亲自二十世纪五十年代因贫穷不能继续求学，自愿报名去了大兴安岭参加开发建设，再没回过哈尔滨。四爷爷记忆中父亲最后的形象，是他不到二十岁的模样。记得我将四爷爷的话转给孀居的母亲时，她直撇嘴，要知她年轻时算是美人呢。而姐姐弟弟不无调侃地对我说："咱家还数你好看呢，四爷爷要是见了我们，不得哭迷糊啊。"只能说四爷爷为了强调父亲的英俊，不惜嘲讽他的骨肉。

但不久前我突然接到故乡一封来信，说明父亲在别人眼里是其貌不扬的。写信者是父亲的生前同事，说是见到了父亲的几位学生，他们忆起父亲的几段往事，觉得很有意义，所以整理给我。

其中一位回忆说，他十岁随父亲来到大兴安岭永安时，这里还没学校，所以他过了上学年龄却无书可读。一九六六年，新学校在永安东头开建了，他满心欢喜，每天都跑过去看。领着工人建校的校长姓迟，一个瘦弱的小伙子，个子不高，面貌寻常，和工人一起光着膀子举着土坯垒墙，满脸流汗，灰头土脸的。而最终落成的茅草苫顶的土教室，课桌也是土坯垒的，粗糙不堪，椅子则是用原木锯成的木墩。那时没有本子，他们每人发一块石板，用粉笔写字，而身为校长的父亲，一个人承担好几门课的教学。

我向母亲求证这些细节，她说的确如此。父亲从哈尔滨高中毕业，是当年大兴安岭的人才了，所以一个人得兼多门课。而他建学校的时候，我才两岁，正是流着涎水傻呆呆啃手指的年龄，记忆还没发芽呢。

父亲的学生还回忆到，一九七〇年清明节，父亲带领学生去烈士墓扫墓。仪式结束，忽然间天昏地暗，暴雪袭来，学生们被狂风吹打得站不稳，父亲连忙让学生趴倒在地，然后再一个一个将他们转移到桥洞。待暴风雪止息，父亲吓坏了，一会儿看看这个的脸，一会儿摸摸那个的头，生怕暴风雪伤着了学生。

这个事情虽然感人，但老实说，我对此毫无记忆。一看年份，时年六周岁的我，已被母亲从永安送到漠河乡的姥姥家，所以父亲带领学生扫墓的事情，我自然不知。

能和记忆重叠上的，是信尾记叙的一件事，说是永安学校第一届小学生毕业时，父亲从家里端了一盆新烀的土豆和新炒的黄豆，师生们吃着土豆，嚼着黄豆，开着毕业式。这确实是父亲的风格。父亲喜欢把家中吃食拿给别人，也常把他喜欢的孩子带到我们家吃饭。姐姐讲过一件有趣的事，她参加工作后，有一天突然回家，发现不是饭点，我家灶台前却蹲着三个陌生的小家伙，一人捧个饭碗，吃得热火朝天的。饭碗里是大米饭，灶台上是一盘炒鸡蛋，是我们家平素都不舍得吃的。这三个孩子是新来我们山镇的，因为家里生活拮据，孩子们穿得破烂，肚子里也没油水。姐姐说父亲这是趁母亲出去干活,我和弟弟在暑假中跑出去疯玩,在家偷着做给他们的。

父亲的善心和慷慨,本是人性的阳光,但投射回来的,有时却是阴霾。他欣赏人才,有一年从教育局要来一位大学毕业生为我们山镇学校做教师。因为学校还没建起教工宿舍,他就让这位新教师携着家眷,在我们家一住两年,吃一锅饭却分文不要,直到他们有了宿舍搬出。其后永安学校规模不断扩大,大学毕业生来此做教师的,就不止一人了。记得有一年涨工资,身为校长的父亲,把仅有的一个指标,给了另一位大学毕业的老师,因为先前住过我家的老师已涨过一次,谁知这位老师认定还应该是他调资,找父亲去闹。父亲没满足他的要求,他对他的恩情,也就被一笔勾销。父亲自此很难过,常说有的知识分子真是难交,你对他一百个好,只要一个不顺他意,你就成了他的敌人了。

父亲做了二十年山镇学校的校长,直到辞世。我在永安学校读的小学和初中,也在大兴安岭师范毕业后,分配回母校,成为他麾下的一员,那时土教室早被红砖瓦房的教室取代了。我最初学写小说的时候,悄悄告诉给他,谁知他立刻告诉给母亲,带着惊喜和揶揄的口气,说:"咱家二小姐要写小说啦!"

我记得父亲最沮丧的一件事情是,北头有户人家多子多女,他们的父母不许所有孩子上学,只派去两三个,其余的在家跟他们干活,父亲几次三番上门相劝,可家长认定,一家有几个识数认字的就够了。父亲许诺减免部分孩子的学杂费，他们依然不允。以致后来他们看见父亲远远过来了，赶紧关门闭户。父亲无计可施，曾想让能接受教育的那几个孩子，回家将知识传与兄弟姐妹，可他们没一个好成绩。父亲每每说起，痛心不已。

  我很感激这封故乡来信，唤醒了我对往事的一些回忆，父亲的学生帮我勾勒了他肖像的另一侧面。如今永安学校不复存在，但校址还在，我们家半塌陷的老宅还在。我很担心父亲的灵魂出游时，对着空荡荡的校舍会伤感，怎么不闻读书声了呢？看见我家荒草萋萋的老院也会伤感，家里的烟囱咋不冒烟了呢？

  父亲大约明白大地没他的春天了，他不再醒来。

2018 年

龙眼与伞

　　大兴安岭的春雪,比冬天的雪要姿容灿烂。雪花仿佛沾染了春意,朵大,疏朗。它们洋洋洒洒地飞舞在天地间,犹如畅饮了琼浆,轻盈,娇媚。它们似乎知道自己的美丽,不像冬天的雪往往在夜里下,它们喜欢白天时从天庭下来,安抚着人们掠美的眼神。

　　我是喜欢看春雪的,这种雪下的时间不会长,也就两三个小时。站在窗前,等于是看老天上演的一部宽银幕的黑白电影。山、树、房屋和行走的人,在雪花中闪闪烁烁,气象苍茫而温暖,令人回味。

　　去年,我在故乡写作长篇《额尔古纳河右岸》。四月中旬的一个下午,正写得如醉如痴,电话响了。是妈妈打来的。她说,我就在你楼下,下雪了,我来给你送伞,今天早点回家吃饭吧。

　　没有比写到亢奋处遭受打扰更让人不快的了。我懊恼地对妈妈说,雪有什么可怕的,我用不着伞,你回去吧,我再写一会儿。妈妈说,我看雪中还夹着雨,怕把你浇湿,你就下来吧！我终于忍耐不住了，冲妈妈无理地说，你也是，来之前怎么不打个电话，问问我需不需要伞？我不要伞，你回去吧！

我挂断了电话。听筒里的声音消逝的一瞬，我马上意识到自己犯了最不可饶恕的错误！我跑到阳台，看见飞雪中的母亲撑着一把天蓝色的伞，微弓着背，缓缓地朝回走。她的腋下夹着一把绿伞，那是为我准备的啊。我想喊住她，但羞愧使我张不开口，只是默默地看着她渐行渐远。

也许是太沉浸在小说中了，我竟然对春雪的降临毫无知觉。从地上的积雪看得出来，它来了有一两个小时了。确如妈妈所言，雪中夹杂着丝丝细雨，好像残冬流下的几行清泪。做母亲的，怕的就是这样的泪痕会淋湿她的女儿啊！而我却粗暴地践踏了这份慈爱！

从阳台回到书房后，我将电脑关闭，站在南窗前。窗外是连绵的山峦，雪花使远山隐遁了踪迹，近处的山也都模模糊糊，如海市蜃楼。山下没有行人，更看不到鸟儿的踪影。这个现实的世界因为一场春雪的造访而有了虚构的意味。看来老天也在挥洒笔墨，书写世态人情。我想它今天捕捉到的最辛酸的一笔，就是母亲夹着伞离去的情景。

雪停了。黄昏了。我锁上门，下楼，回妈妈那里。做了错事的孩子最怕回家，我也一样。朝妈妈家走去的时候，我觉得心慌气短。妈妈分明哭过，她的眼睛红肿着。我向她道歉，说我错了，请她不要伤心了，她背过身去，又抹眼泪了。

我知道自己深深伤害了她。我结婚时,最高兴的就是她了,她知道自己把女儿交给了一个最放心的人。我爱人去世后,她大病一场,一年中衰老了许多。她大约知道无人疼怜我了,向我张开了衰老的臂膀,把她那受了命运伤害的孩子又揽回怀中,小心呵护着。可我虽然四十多岁了,在她面前,却依然是个任性的孩子。

母亲看我真的是一副悔过的表情,便在晚餐桌上,用一句数落原谅了我。她说,以后你再写东西时,我可不去惹你!

《额尔古纳河右岸》初稿完成后,我来到了青岛,做长篇的修改。那正是春光融融的五月天。有一天午后,青岛海洋大学文学院的刘世文老师来看我,我们坐在一起聊天。她对我说,她这一生,最大的伤痛就是儿子的离世。刘老师的爱人从事科考工作,常年在南极,而刘老师工作在青岛。他们工作忙,所以孩子自幼就跟着爷爷奶奶,在沈阳生活。十几年前,她的孩子从沈阳一个游乐园的高空意外坠下身亡。事故发生后,沈阳的亲属给刘老师打电话,说她的孩子生病了,想妈妈,让她回去一趟。刘老师说,她有一种不祥的预感,觉得儿子可能已经不在了,否则,家人不会这么急着让她回去。刘老师说她坐上开往沈阳的火车后,脑子里全都是儿子的影子,他的笑脸,他说话的声音,他喊"妈妈"时的样子。她黯然神伤的样子引起了别人的同情,有个南方籍的旅客抓了几颗龙眼给她。刘老师说,那个年代,龙眼在北方是稀罕的水果,她没吃过,她想儿子一定也没吃过。她没舍得吃一颗龙眼，而是一路把它们攥在掌心，想着带给儿子。

　　刘老师讲到这里哽咽了，我的眼睛也湿了。我不敢设想她带着那几颗龙眼去看儿子时的场景。

　　那个时刻，我的眼前蓦然闪现出春雪中妈妈为我送伞的情景。母爱就像伞，把阴晦留给自己，而把晴朗留给儿女。母爱也像那一颗颗龙眼，不管表皮多么干涩，内里总是深藏着甘甜的汁液。

2006年

两个人的电影

母亲今春血压居高不下,我怀疑是故乡的寒冷气候使然,劝她来哈尔滨住上一段,换换水土,她来了。说也怪,她到后的第二天,血压就降了下来,恢复正常。我眼见着她的气色一天天好看起来,指甲透出玫瑰色的光泽。她在春光中恢复了健康,心境自然好了起来。她爱打扮了,喜欢吃了,爱玩了,甚至偶尔还会哼哼歌。每天她跟我出去散步,看待每一株花的眼神都是怜惜的。按理说,哈尔滨的水质和空气都不如故乡的好,可她却如获新生,看来温暖是最好的良药啊。

白天,我看书的时候,母亲也会看书。她从我的书架上选了一摞书,《红楼梦》《毛泽东的晚年生活》《慈禧与我》《文化大革命十年史》等,摆在她的床头柜上。受父亲影响,她不止一次读过《红楼梦》,熟知哪个丫鬟是哪一府的,哪个小厮的主子又是谁。大约一周后,她把《红楼梦》放回去,对我说,后两卷她看得不细。母亲说《红楼梦》好看的还是前两卷,写的都是吃呀喝呀玩呀的事情,耐看。而且,宝玉和黛玉那时还天真,哥哥妹妹斗嘴斗气是讨人喜欢的。到了后来,宝玉和宝钗一结婚，小说就不好看了。母亲对高鹗的续文尤其不能容忍，说他不懂趣味，硬写，把人都搞得那么惨，读来冷飕飕的。她对《红楼梦》的理解令我吃惊，起码，她强调了小说趣味性的重要。

母亲对历史的理解也是直观朴素的。那段时间，我正看关于康有为的一些书籍，有天晚饭同她聊起康有为，她说，这个人不好啊，他撺掇着光绪闹变法，怎么样？变法失败了，他跑了。要是不叫他，光绪帝能死吗！为了证明她的判断是正确的，她拿来《慈禧与我》，说那里面有件事涉及康有为，也能证明他的不仁义。母亲翻来翻去，找不见那页了，她撇下书，对我说："不管怎么着，连累了别人的人，不是好人啊。"康有为就这样被她给定了性。

我想让母亲在哈尔滨过得丰富些，除了带她到商场购物，去饭店享受美食，去植物园看牡丹和郁金香外，还带她进剧场。我陪她看了一场京剧，是省京剧院在五月份推出的"京剧现代戏经典剧目回顾"展，上演的是《红色娘子军》《沙家浜》《磐石湾》《海港》等的片段。当舞台上出现穿着蓝军服、戴着红袖标的娘子军时，母亲直摇头。而到了《磐石湾》的演员演唱"负伤痛冲破千层巨浪"时，她干脆堵起了耳朵。好不容易挨到戏散，她得救般地对我说："这样板戏有什么好看的？太难听了！现在怎么还演这个？这东西怎么还成了'经典'了？"母亲接着说了一大堆传统折子戏的名字，什么《打渔杀家》《贵妃醉酒》《霸王别姬》《杜十娘》《空城计》

等,她说:"还得是这些老戏是个东西啊,样板戏那叫什么玩意啊!"听了她的话,我回去后给她放梅兰芳的唱碟,谁知她对我说:"换了换了,我最不喜欢梅兰芳的戏了。"我诧异,问她为什么? 她说:"我不喜欢男人扮女声,听起来不舒服。"母亲真是本色到家了。

"刘老根大舞台"最近落户哈尔滨的工人文化宫,每晚都有演出,场面很火爆。我约母亲一同去看,她说:"那东西有什么看头? 就是耍嘛!"母亲伸出手来,绘声绘色地学着演员:"这边观众的掌声不热烈呀,给点掌声好不好啦?"她说她受不了这个。不过她没有拗过我,有一天,我还是把她拉到剧场。虽然不是周末,但上座率还是很高。母亲说得没错,演出一开始,演员就朝观众要掌声,有的还蹦下台,在观众席中怂恿观众鼓掌。高分贝的音乐震耳欲聋,母亲再次堵起了耳朵,一副痛苦状。演出只到半程,当又一位演员出场后耸着肩膀嬉皮笑脸地要掌声时,母亲终于忍不住了,她几乎是用命令的口气大声对我说:"咱走吧!"我也没有料到演出是那么低俗,赶紧跟着她出来了。出了剧场,她长吁了一口气,对我说:"怎么样? 我说就是个'耍'嘛。花着钱遭着罪,再坐下去,我都要犯心脏病了!"

有一天,我和母亲黄昏散步时路过文化宫,看见王全安导演的《图雅的婚事》在上映,立刻买了两张票。我知道这部电影在柏林国际电影节上拿了奖。按照票上的时间,它应该开演五分钟了,我正为不能看到开头而懊恼呢,谁知到了小放映厅门口却吃了闭门羹。原来,这场电影只卖出这两张票,放映厅还没开呢。我找来放映员,他说坐飞机要是一个乘客,人家都得给飞,电影票呢,哪怕只卖出一张,他也会给放的。放映员打开门,为我和母亲放了专场电影。当银幕上出现了蒙古包、羊群和纯朴的牧民时,母亲慨叹了一句:"这是真景啊!"母亲看过两部流行大片,对里面电脑制作的假景很反感,所以这真实的场景让她觉得亲切。故事很简单,一个女人征婚,要带着"无用"的丈夫嫁人。而这个丈夫之所以"废"了,是因为打井所致的。这背后透视出的是草原缺水的严峻现实。虽然它与多年前轰动一时的《老井》有似曾相识之处,但影片拍得朴素、自然、苍凉而又温暖,我和母亲被吸引住了,完整地把它看完了。出了影厅,只见大剧场刘老根大舞台的演出正在高潮,演员在台上热闹地和观众做着互动,掌声如潮。

我和母亲有些怅然地在夜色中归家,慨叹着好电影没人看。快到家的时候,母亲忽然叹息了一声对我说:"我明白了,你写的那些书,就跟咱俩看的电影似的,没多少人看啊。那些花里胡哨的书,就跟那个刘老根大舞台一样,看的人多啊。"

母亲的话,让我感动,又让我难过。我没有想到,这场两个人的电影,会给她那么大的触动。那一瞬间,我觉得自己是幸运的,因为有母亲在,我生命中的电影,就永远不会是一个人的啊。

2007年

猜想白夜

在我七八岁的时候，北极村还不像现在这般声名显赫，那时它只是中国最北的一个宁静的小村子。一年四季很少有外地人光顾。春种秋收，夏雨冬雪，日落星移，最多看到的是冬季那无休无止、飞扬跋扈的大雪了。所以童年对这个村子的印象就是一片无垠的雪上的一片高大温暖的木刻楞房屋。房屋外有围着栅栏的菜园，有弯弯的雪道和永不枯竭的水井。那绝对是一幅精工细致美丽绝伦的黑白水墨画。白的是自然，黑的是人间写意。那时夏天最令人激动的事物该是大轮船到达的消息，我们会跑到码头去看那船上都下来些什么人。船到北极村已是终航时候，所以下来的总是寥寥无几。接到人的欢天喜地，接不到的就只有盼下趟船了。我能看见船长穿着挺括的制服站在岸边和一些老熟人打招呼的情景。船长就是船的统帅，那时我觉得全世界最大的官就是他了。因为他能指挥一条船在水上往来穿梭，能把人送到该去的地方，而船又不会沉入水底，这多了不起。

这种对北极村的印象一直延续到今年夏至。

还记得一九八四年冬季，是我刚从师专毕业走上工作岗位的那一年。一个周末，我突然决定去北极村，于是带着一个月的工资当夜上路了。天非常寒冷，零下三十多度的气温已司空见惯。我的突然出现使姥姥姥爷惊喜异常。他们说北极村今年来了鱼汛，打了不少鱼，正愁没人往回捎呢，姥姥直夸我能赶上鱼汛是多么有福气。那时我姥爷还健在，他喝过酒就偎在火墙前听我们说话，有时也讲别人家都打上了什么鱼，这鱼漂亮不漂亮，有多沉等等。厨房里蒸气弥漫，炉膛里柴火熊熊。第二天傍晚，我便和舅母上江捕鱼了。我舅母其实只长我三岁，人俊而贤惠，屋里屋外的活都是行家里手。鱼一般都在傍晚时才上网，所以鱼汛正盛的几天几乎家家都彻夜守在江上。我们带着捕鱼的工具和柴火来到黑龙江上。江面上有许多人家已经生起火盆了。舅母也点起了火盆。那一段江面在向晚时刻是灰蓝色的，江面上火焰点点，无限的寂静的夜色和那生动的摇曳着的金色火焰，这一静一动，以推波助澜之势增添了黑龙江的壮美。卸下了雪橇的狗在江面上撒着欢，舅母开始溜网，提上来了几条红肚皮的细鳞和几条花纹点点的狗鱼，鱼刚上来时还活蹦乱跳，但在江面上扑腾几下，便奄奄待毙了。虽然没有赶上鱼汛的高潮，但我毕竟置身于它的尾声中了。

一九八六年春节后我又陪母亲回了次北极村。那时父亲才过世不久，相逢的快乐不免带有几分哀愁的气息，而且那年没有鱼汛，黑龙江江面上看上去冷冷清清的。屈指算来，我已经有七年未回故里了。去年一些同事去那看白夜，据说是动人之至。而我仔细回味夏天的好处,却只有白轮船停泊时的形象,所以发誓要尽快弥补这一遗憾,机会果然很快来了。

同行者共八人。八,如今是个吉利数字。从哈尔滨到加格达奇一路天清气朗。一入大兴安岭,便觉天高地阔,凉爽之至。据地委宣传部的人介绍,今年去北极村欣赏白夜的人络绎不绝,我先前还将信将疑,但一到了西林吉,住进北陲饭店一打听,百分之八十的人都是为白夜而来的。六月二十日正午,阴雨绵绵,让人忐忑不安,恐怕次日的白夜会有名无实,被雨给搅扰了。然而白夜的这天早晨天只是幽默地阴一会,便云开日朗。我们乘车驶向黑龙江源头恩和哈达。源头的草原十分舒展,草茎纤尘不染,一群马静处其中,野花又恰到好处地四散开来。蓝天白云,绿草清水,的确风景如画。这样的美景使我们对晚上赶到北极村看白夜充满了无穷的信心。从恩和哈达经洛古河、老沟金矿到达北极村已是傍晚五时许,太阳还明晃晃地悬在空中。我急不可耐地去舅舅家。姥姥早已闻讯出来,她穿着件黑色羊毛衫,面色红润,仍然是那么干净利落。舅舅陪省广播电视厅的领导吃饭去了,舅母在一家个体饭店忙得不亦乐乎。一下子拥进几万人,小小的村子几乎承担不起这接待任务了。我和姥姥聊了会家常,就领小妹毛毛到林间去拍照。出了院门不到百米,便是茂密的松树林,铃兰花散发出无尽的幽香。毛毛不停地问我《北极村童话》中写的姥姥就是她奶奶么?我点点头,又补充说有些细节是想象的。想象?她乐了,这个只有小学四年文化的小妹在照完相回到家后一头扎在桌子上，只一刻便写出一篇文章，拿来给我看。开头是这样写的："有一天深夜，我家的两只白鹅因为狗发生了一场战争……"我一下子被吸引住了。我在毛毛这般年纪，并未有她伶俐，所以没有理由怀疑她将比我有出息。饭后我和姥姥继续叙着一些旧事，不知不觉是晚上九点多的光景了，同行的领导和朋友登门看望姥姥，我们又说了一会儿话，便去江边看白夜了。

一步下江岸，就见沙滩上热闹非凡。乐队在敞篷卡车上奏着乐曲，几串霓虹灯闪烁不休，沙滩上篝火点点，许多人拥在出售旅游纪念章和首日封的白篷子前，与我想象中的观赏白夜的情景大相径庭。没有那种宁静和谐的气氛，倒有些像农贸市场的早市，庸碌而世俗。北极村在这一天不再古朴，它疲惫、松懈，甚至有些零乱。大家都有些兴味索然。

我们千里迢迢为了观看光明照临人间的最大限数，只能使光明望而却步。我在那短暂的黑暗中想，一个出了名的村子将不再美丽，但这不等于它丧失了美丽。它只是在出名的这天不美丽而已。美永远是独立的，而不是公众的。坐在往回返的汽车上，我遥想北极村夏天的好处，那绝不是白夜的情景，而仍然是一艘船于黄昏时分停泊岸边的形象。如果问我北极村那光明的白夜是什么的话，在我的心目中，她就是我的外祖母。外祖母的存在，将是我生命中永不消逝的白夜。

1993年

会唱歌的火炉

我的少年时代是在大兴安岭度过的。那里一进入九月，大地的绿色植物就枯萎了，雪花会袅袅飘向山林河流，漫长的冬天缓缓地拉开了帷幕。

冬天一到，火炉就被点燃了，它就像冬夜的守护神一样，每天都要眨着眼睛释放温暖，一直到次年的五月，春天姗姗来临时，火炉才能熄灭。

火炉是要吞吃柴火的，所以，一到寒假，我们就得跟着大人上山拉柴火。

拉柴火的工具主要有两种：手推车和爬犁。手推车是橡皮轮子的，体积大，既能走土路装载又多，所以大多的人家都使用它。爬犁呢，它是靠滑雪板行进的，所以只有在雪路上它才能畅快地走，一遇土路，它的腿脚就不灵便了，而且它装载小，走得慢，所以用它的人很零星。

我家的手推车买的是二手货，有些破旧，看上去就像一个辛劳过度的人，满面疲惫的样子。它的车胎常常慢撒气，所以我们拉柴火时，就得带着一个气管子，给它打气。否则你装了满满一车柴火要回家时,它却像一个饿瘪了肚子的人蹲在地上,无精打采的,你又怎么能指望它帮你把柴火运出山呢!

我们家拉柴火,都是由父亲带领着的。姐姐是个干活实在的孩子,所以父亲每次都要带着她。弟弟呢,那时虽然他也就是八九岁的光景,但父亲为了让他养成爱劳动的习惯,时不时也把他带着。他穿得厚厚的跟着,看上去就像一头小熊。我们通常是吃过早饭就出发,我们姊妹三人推着空车上山,父亲抽着烟跟在我们身后。冬日的阳光映照到雪地上,格外的刺眼,我常常被晃得睁不开眼睛。父亲生性乐观,很风趣,他常在雪路上唱歌、打口哨。他的歌声有时会把树上的鸟给惊飞了。我们拉的柴火,基本上是那些风倒的树木,它们已经半干了,没有利用价值,最适宜作烧柴。那些生长着的鲜树,比如落叶松、白桦、樟子松是绝对不能砍伐的,可伐的树,我记得有枝丫纵横的柞树和青色的水冬瓜树。父亲是个爱树的人,他从来不伐鲜树,所以我们家拉烧柴是镇上最本分的人家。为了这,我们就比别人家拉烧柴要费劲些,回来得也会晚。因为风倒木是有限的,它们被积雪覆盖着,很难被发现。我最乐意做的,就是在深山里寻找风倒木。往往是寻着寻着,听见啄木鸟笃笃地在吃树缝中的虫子,我就会停下来看啄木鸟;而要是看见了一只白兔奔跑而过,我又会停下来看它留下的足迹。由于玩的心思占了上风,所以我找到风倒木的机会并不多。往往在我游山逛景的时候,父亲的喊声会传来,他吆喝我过去,说是找到了柴火,我就循着锯声走过去。父亲用锯把倒木锯成几截,粗的由他扛出去,细的由我和姐姐扛出去。把倒木扛到放置手推车的路上,总要有一段距离。有的时候我扛累了,支持不住了,就一耸肩把倒木丢在地上,对父亲大声抗议:"我扛不动!"那语气带着几分委屈。姐姐呢,即使那倒木把她压得抬不起头来,走得直摇晃,她也咬牙坚持着把它运到路面上。所以成年以后,她常抱怨说,她之所以个子矮,完全是因为小的时候扛木头给压的。言下之意,我比她长得高,是由于偷懒的缘故。为此,有时我会觉得愧疚。

冬天的时候,零下三四十度的气温是司空见惯的。在山里待的时间久了,我和弟弟都觉得手脚发凉。父亲就会划拉一堆枝丫,为我们笼一堆火。洁白的雪地上,跳跃着一簇橘黄的火焰,那画面格外的美。我和弟弟就凑上去烤火。因为有了这团火,我和弟弟开始用棉花包裹着几个土豆藏到怀里,带到山里来,待父亲点起火后,我们就悄悄把土豆放到火中,当火熄灭后,土豆也熟了,我们就站在寒风中吃热腾腾、香喷喷的土豆。后来父亲发现了我们带土豆,他没有责备我们,反而鼓励我们多带几个,他也跟着一起吃。所以,一到了山里,烧柴还没扛出一根呢,我就嚷着冷,让父亲给我们点火。父亲常常嗔怪我,说我是只又懒又馋的猫。

天越冷,火炉吞吃的柴火就越多。我常想火炉的肚子可真大,老也填不饱它。渐渐地,我厌烦去山里了,因为每天即使没干多少活，可是往返走上十几里雪路后，回来后腿脚也酸痛了。我盼着自己的脚生冻疮，那样就可以理直气壮地留在家里了。可我知道生冻疮的滋味很不好受，于是只好天天跟着父亲去山里。

　　现在想来，我十分感激父亲，他让我在少年时期能与大自然有那么亲密的接触，让冬日的那种苍茫和壮美注入了我幼小的心田，滋润着我。每当我从山里回来，听着柴火在火炉中劈啪劈啪地燃烧，都会有一股莫名的感动。我觉得柴火燃烧的声音就是歌声，火炉它会唱歌。火炉在漫长的冬季中就是一个有着金嗓子的歌手，它天天歌唱，不知疲倦。它的歌声使我懂得生活的艰辛和朴素，懂得劳动的快乐，懂得温暖的获得是有代价的。所以，我成年以后回忆少年时代的生活，火炉的影子就会悄然浮现。虽然现在我已经脱离了与火炉相伴的生活，但我不会忘记它，不会忘记它的歌声。它那温柔而富有激情的歌声在我心中永远不会消逝。

2012 年

沧　桑

　　我住的是大连港码头最贱的一家旅馆。称它为旅馆，有点太雅，叫"客栈"更亲切随意些。那是幢类似农贸市场摊床区一样高大的简易木房，里面用胶合板打了无数个格子，将空间分割开来，那一间间格子的门前垂上一条白布门帘，便是旅人们休息的地方了。这客栈里有无数道路，我常常会迷失在里面。客人必须牢牢记住自己住的房间的号码，否则肯定会误闯到异性房间而闹出笑话。那号码无疑就印在门上的白布门帘上。

　　那是一九八五年初夏，我去参加《中国》杂志在青岛举办的小说笔会。我选择了水陆相交的旅行计划。乘火车由哈尔滨到大连，然后乘海船由大连至青岛。一位热心的编辑老师怕我到了大连人生地不熟，便给《海燕》杂志的一位编辑写了封引荐信，让她照顾我，可火车一到大连，我便把那封信的事给抛到九霄云外，一是怕麻烦别人，二是我想在大连过得更自由随意些。于是，火车一到站，我便直奔码头。我随之住进了开头所写的那家客栈。

　　这家客栈老是有着嗡嗡的说话声。吐痰声、咳嗽声、啪啪的走路声甚至恹恹的打呵欠的声音全能听到。没有木板门，门便是那条软绵绵而有些肮脏的垂吊着的白布门帘。一间房里住着八个人，但我感觉是和几百个人住在一起。房间里不能存放贵重物品，只能放些牙具一类的日常生活品。住在这里的人大都面有菜色和忧色。客栈反正是给人提供睡觉的场所，有一张我的床，我便知足了，而且那时年轻，睡眠很好，所以喧哗与纷乱几乎与我无关。

住了下来，吃了碗豆腐脑，便去买船票。排了很久，快近黄昏的时候，得到了一张隔日去青岛的四等舱船票，同客栈的住宿费一样便宜至极。拿到船票，问了同屋的一位旅客，才知四等舱也同大客店一样，乱哄哄的，大约总要有百十号人。我便害怕了，连问能躺吗，那人说躺着的地方当然有了，我也就不计较了。

既然在大连有整整一天空闲，我不能白白待着，买了张旅游图，灵机一动便去了旅顺。

第二天凌晨，才五点多钟，我便起床了，简单梳洗完毕，我为上厕所在那迷宫一样的客栈里迷了路。到处都是短短的纵横交错的通道，可我不知厕所在哪。寻厕所时，我能听到有人在打呼噜，空气黏糊糊的，有股馊味儿。最后我总算在服务员的帮助下找到了厕所，出来时回头看了它好几眼，想记住它，可当晚又重蹈覆辙。

我乘坐着码头前的旅游大巴客车去了旅顺。那天天气极好，我的位子又靠车窗，心情愉快，不厌其烦地看着窗外的景色。太阳升起来的时候，沿途的苹果树便生机勃勃地呈现了。苹果才结果子不久，青青的，很像我当时的那张脸，没有一丝皱纹，紧绷绷的，稚气十足。到了旅顺，我参观了博物馆，又瞻仰了炮台，午饭后去了黑石礁海滩。那片海很好看，游人少，能看到当地的渔民在打捞海带。我站在海滩上看大海的浪，企图从海上看到渔船的影子。可是没有渔船，只有人在浅水中单调地打捞海带。海带翻卷着，像是海中褐绿色的云。

从旅顺回到大连码头客栈时天已黑尽了。进了客栈便寻厕所，以为清晨时对它已铭刻在心，不想我如此健忘，又找不见了，于是东转西转，看到一些人在昏黄的灯下洗漱，以为洗脸的地方离厕所便不远了，可是无论如何也找不见。最后求助于一位旅客，才寻到方便。从厕所出来，疲惫不堪地去找自己住的那间屋，也寻不见了，号码没有记错，可看每一条布帘上的红色号码都不是我住的，最后只得又去找拐角处的服务员，由她送我回去。撩开门帘，见到那几张已经见过一面的旅人的脸，竟有一种说不出的亲切感。

那位旅客说得不错，四等舱的确同大客店一样，纷乱而拥挤。只是人人都拥有一张自己的铺。对我来讲，睡觉比任何事都重要，所以有了铺心中也就不再紧张了。船离开码头，我才发现四等舱基本处于水线以下，从椭圆的窗子向外看，见到的便是海水，仿佛海水要流进我的眼睛。

我是第一次坐海船，不承想晕船晕得如此厉害，船才开不久便吐了，吐出的西红柿给人一种恐怖感，就像吐血一样。我走出四等舱，沿着舷梯上了三等舱的甲板，凭栏望海，海风一吹，头脑清醒许多，胃里也不那么翻江倒海了。于是又有了好心情，当晚吃了点清淡食物，听广播说餐厅有舞会，便兴致勃勃地去了。那时船上的娱乐活动并不收费，所以只管大大方方地进进出出。晚上海面有了风浪，船有些颠簸，所以我又有些恶心。为了克制它，便一曲接一曲地跳舞，那天跟多少陌生的舞伴跳过我已经记不清了。脚被形形色色的舞伴给踩得生疼。最后一曲是迪斯科，我放纵地大跳了一次，没人认得我，我尽情扭动着，口中还发出快意的怪叫声。一曲终了，满身大汗，可心中依然激情荡漾。跳过舞，夜已经很深了，我又看了会儿海，然后回到舱位。人们大都已经睡下，我也躺了下来，到处是呼吸声，我很快睡着了。这段旅行我至今难以忘怀。现在《中国》杂志已不在了。我当时牢牢记住的门牌号码业已忘却。那迷宫般的客栈可还在？那庞大的海船的舞厅是否仍不收费？我不得而知。

  现在留下的唯一纪念是在旅顺炮台前的一张照片。我手中提着一个蓝白条相间的尼龙袋，戴顶白色遮阳帽，坐在一块石头上，笑眯眯地看着前方。我穿着一件淡蓝色衬衫，杏黄色背带裙，粗粗的独辫垂在肩头，脸很黑，能看到几块癣点，但那脸是如何的年轻啊。一九八五年至今已近十年了，真快啊。

1994年

尽 头

邮局的取款处乱哄哄的,我无精打采地排到了队尾。

排在陌生的队伍中一点点地挨近取款台,然后将身份证和取款单递过去,随着身份证被验明确凿掷回的一瞬,办事员开始飞快地点数钞票。取过钱,我便茫然地来到了人声鼎沸的街上,顺便逛逛商场,看看鞋、衣裳、化妆品、工艺品、家用电器等商品,有时也进了书店,买回一些书;当然更多的时候是进了副食商店,不厌其烦地提回一兜吃的东西。

这情景多次重复而使我觉得单调了。那是正午时分,办事员只有两三个,取款的人又多,我打了个长长的呵欠,望着前方排着的密密实实的队伍。生活真是富于戏剧性,一件普普通通的取款的事就可以使我与许多人相遇。这种没有浪漫色彩的司空见惯的相遇使我更加觉得生活的枯燥。也许是因为排得太久了,我前面的一个中年男人回头冲我笑笑,并且抱怨了一句:"太慢了。"

我看了他一眼,礼貌地附和一句:"就是,太慢了。"

那男人又说:"唉,为了取二十元钱,耽误这么长时间,真不值得。"

我没有再搭腔。

他又说:"这二十元的稿费太少了。"

我以为撞上了同行,不由惊奇地问:"你是搞创作的?"

他有些喜出望外地说:"搞书法的。"

我"哦"了一声,再无兴趣了。这男人往边侧一闪,大概还想说点什么,这时我忽然就在他一闪的瞬间发现他前面站着一位又矮又瘦的老人,她苍老的背影在那群人中显得触目惊心。

那头发灰白的老人不停地朝柜台张望。后来有一个民工去她面前加塞,她才叫了起来:"排队排队!"她转过了身,我见那是个面色极其苍白的老人,她手里提着个花布兜。她干净利落,气质不俗,看人时努力睁大着眼睛。

"您多大年纪了?"我问她。

"八十三了。"她说。

前前后后的人听到这个数字,都啧啧地望着她,夸她身体硬朗。

有人说:"八十三还能来取钱,您将来肯定能活一百岁。"

她一撇嘴说:"我活够了。"

于是就有人笑。

她并不在意别人的笑声,只是连连说着:"站得我的腿都麻了。"

我们便建议办事员先给这位老人办理取款。"她都八十三了。"我们强调着理由。

办事员用眼睛瞟了一眼老人,不耐烦地说:"把你的单子和证件拿出来。"

老人便将花布兜放在水磨石的台子上,她解开兜带,从中取出一个咖啡色手绢包,又打开手绢包,身份证和取款单才显现出来。她把它们递给办事员,口中连连说着:"同志,谢谢了,同志,谢谢了。"我注意到,她在做这一系列动作的时候,手指一直颤抖不休,她哆哆嗦嗦的。

她回过头看了我一眼,突然说:"年纪大了没意思啊,还得靠人给钱吃饭。"

我问:"你儿子给你寄的钱?"

她的脸上有了愠色,说:"哪是儿子,是儿媳妇!我儿子去了美国不管我了,去了八年了,八年还有个好吗?原先儿媳妇月月给我汇一百块,这不这回汇少了,是六十元了。"

戴眼镜的中年男人插话说:"你就一个儿子?"

老人叹口气说:"俩儿子。这个小儿子现在厂子有半年不开支了,我还得贴补他,一家人都闲着,愁死我了,唉。"

"那你出国的儿子和他媳妇离婚了吗?"我问。

"婚没离。可是人走了八年有个好吗?"老人忧戚地说,"我那儿媳妇不错,八年了,月月都汇钱。这个月她汇少了,可还是没断了给我。"

"那你儿子做什么工作的?"我问。

"是拉小提琴的。"老人有些沾沾自喜地说,"那小提琴拉得才好呢,原来在中央乐团是首席小提琴。"

老人竟知道什么是首席小提琴，我有些吃惊。

她又絮絮叨叨地说："我白白养了他，他去了美国就不管我了，扔下他的媳妇管我，真是丢人。我要和他上美国打官司去！"

她的话使一些人发出笑声。这时办事员将她的钱取了出来，她将那六十元钱数了又数，把身份证和钱放到咖啡色的手绢上包好，然后再把手绢放入那个花布兜中，系牢兜口，用手紧紧地攥住。我再次注意到她在做这些动作的时候手一直哆哆嗦嗦的。

她拱手对办事员谢了又谢，直到将人家谢烦了，不再理她，她才讪讪地出了队伍。

她走路的姿态可不比她站在队伍里显得那么硬朗。她驼着背，一拐一拐地慢慢走着，样子仍是哆哆嗦嗦的。在熙来攘往的人中，她显得那么与众不同。经过她身边的人都望她一眼，但望过也就各行其是了。我们也在注视着她，但当她缓缓出了邮局，她被更稠密的人流淹没的时候，我们也就不再注视她。

一个人走到生命尽头时大约就是这副样子，可以跟最陌生的人讲最知己的话，可以毫不避讳地倾诉苦难和不平，没有任何禁忌和障碍，就像儿童一样心灵自由。还有，一个人走到生命尽头时手会不由自主地颤抖，也就是哆哆嗦嗦。

我想我到了那种年龄也会哆哆嗦嗦的。我们都会的。

1994 年

火　灾

　　刚搬到国庆街的那一段,我和邻居们互不往来。也没什么好往来的,大家素不相识。偶尔在上下班锁门开门时碰见,也不过互相点个头,有时甚至连头也不点。

　　住了近一年,有次在开春时打扫顶楼的垃圾,也就是冬天储菜时遗留下的烂土豆、烂萝卜、霉菜叶一类的东西时,我和另外三家的人才真正相识了。那参加劳动的三个人都是男主人,一个在公安局工作,一个在设计院工作,另一个在省政府机关工作。他们见我蒙块纱巾在尘土中干得很起劲,就建议我不必在那吃灰了,他们三人就够了。他们问我,从来看不见你丈夫,你家的活总是你一个人干?

　　出于安全考虑,我说,对,我丈夫常年出差。

　　我也不客气,被赦免不必干活后就高高兴兴地回家洗手,然后喝茶翻书听音乐。

　　以后在楼道碰见这三位男邻居,我便与他们打招呼。无非是"上班去?"或"回来了?"一类的话。他们的回答也很简单,就是重复一下我的话:"上班儿""回来了",仅此而已。

在省政府机关工作的那对夫妻没有孩子，他们大约另外还有住房，所以不常见他们。但是只要他们双双回来，免不了就要有一场战争。他们通常是晚上八九点钟开始吵，直至深夜才消停。女主人通常是在声泪俱下地诉说，而丈夫则粗声大气地叫骂。今年端午节的前夜，我为了次日早起去松花江边踏青，所以早早睡下。不料不久就被他们给吵醒，听得见他们相互绝情地说着"不过了"的话，直至零点，大概都有些力不从心了，方才罢休。我迷迷糊糊再次睡去。第二天早晨还是起迟了，已经四点一刻了，太阳明晃晃地升了起来，我只能就近徒步到儿童公园买了葫芦、粽子、香荷包、鲜花、艾蒿等过节用的东西。正当我带着满身花草的气息往回走时，我忽然看见男邻居骑着自行车也朝儿童公园方向驶来，车经过我的一瞬，我见后座上侧坐着他的爱人，她面色和悦，一只手还揪着丈夫的后衣襟，真是让人吃惊不已。夜半时他们给人的感觉已是劳燕分飞了，如今却又如胶似漆地团结在一起过节。也许这才叫夫妻吧。

　　我与那三位女主人几乎没有什么交道，见面连招呼也不打。凭直觉，她们也不想与我打交道，所以偶然碰见时也就各自低头走过。

　　春天的一个深夜，我正熟睡着，忽然被走廊的一阵喧闹扰醒。我听见有人在敲邻居家的门，并且口口声声说着："快起来，快起来！"

我下了床，趿上拖鞋来到门口，透过门镜望见丈夫在设计院工作的女邻居用线毯包着孩子，正在哆哆嗦嗦地锁门。我以为她家的孩子得了急病，便打开门问她：

"孩子怎么了？"

"着火了！"她几乎是带着哭音说，"这可怎么办，我爱人公出不在家。"

"着火了？"我又问了一句，这才闻到走廊里有一股烟味。因为我们住在顶层八楼，所以常常对楼下发生的事感觉迟钝。

原来是丈夫在公安局工作的那位妻子将她母子喊醒的。我打开门后，这人又去敲另外那一家。

我连忙问她："是几楼着火了？"

她说："二楼。消防车来了好一会儿了。"

她接着又说："你家老是没动静，以为你不在家，所以就没敲你的门。"

我并不知道火势是否极其险恶，只能赶快做走的打算。我没有换掉睡衣，只是将一件风衣顺手穿上，揣上钥匙，就穿着拖鞋下楼了。走到五楼，便感觉烟气呛人，后面那两家带孩子的女人战战兢兢地不敢下了。我犹豫片刻，还是硬着头皮往楼下走，愈往下烟气愈大，而且有一股焦煳味，我极其恐惧，但想想也许退回楼上就是等死，还不如冲下楼。于是就憋足一口气在浓烟中跑出楼。一出楼洞，才发现外面异常喧闹，二楼的居室里还萦绕着火光，消防车不停地往里面喷水，楼对面的马路上站满了人，大家穿得千奇百怪，有的戴顶帽子却穿个短裤，有的赤着脚，但大多数人都穿着睡衣。可以看出，他们都是在被惊醒后的一瞬出来的。大人抱着孩子，年轻人搀着老人，像是一群刚从集中营逃出来的人。

我的那几位邻居终于还是下了楼，她们跌跌撞撞地走出楼洞，惊魂未定地看着身后的楼。一个消防队员将煤气罐扛了出来，接着，被困在屋子里的男女主人也出来了。那女人有五十多岁了，特别肥胖，她穿着背心短裤，显得特别滑稽。大家见了她忍不住发出笑声，有的男同志还打起了口哨。

大约又过了十几分钟，火基本被扑灭了。更浓的烟从二楼飘逸而出。消防队员清理火场，从阳台扔下一堆余焰残留的被褥、毛毯、布匹等东西。女主人见状便心疼得抹眼泪。据说是一个下夜班的工人路过这儿才发现火情的，否则还不知道后果会怎样。

我们都问这家人："火这么大，你们就一点没感觉？"

他们什么话也不说，只是不停地翻腾那些破烂。

待到火全部扑灭，消防车开走了，我们才慢吞吞地回楼。平素我和那几位女邻居并不讲话，这回在楼道里却很知心地聊开了，大家互相提醒要时常检查电源、煤气开关，没孩子的女人就嘱咐有孩子的，不要让小孩子玩火等等，我补充说，男人们在家吸烟要倍加小心，因为烟蒂落在地毯上后患无穷。大家和和气气地一家人似的讲了很久，这才相互说着再见各自回家了。

那一夜我便再没睡着。想想长此一人独居，室内常常无声无息，邻居总以为我不在家，出了事不来敲我的门，这有多么可怕。幸亏那夜我被惊醒了，也幸亏那夜火救得及时，否则后果不堪设想。从此之后，再在走廊碰见女邻居，我便主动打招呼，也无非是"上班下班""出去回来"一类的废话，她们的回答也便是重复一下我的话。久而久之，我厌倦了这种问候，她们也厌倦了这种回答，再见面时只是偶尔点个头，火灾带给我们的那种良好的交往开端，也就像春天中的残雪一样化得杳无踪影。

1995年

遗 忘

前几天偶然翻阅十几年前的日记，我竟对着其中一些话迷惑不已，诸如"今天是个极端倒霉的日子"，"今天是个刻骨铭心的日子"，"就这样的狗屁老师，也配给我上课？"这种结论式的句子总是用大字占满了一页篇幅，下面缀着日期，但是没有具体的事情揭示。

我斜倚在床上，窗帘低垂，在午后慵倦而安静的气氛中潜心回忆，结果我无论如何也想不起来某个日子究竟发生了什么倒霉事，那刻骨铭心的日子又缘何使我动了永不遗忘的心思，而哪位老师又令我如此反感，以至于把"狗屁"二字加到他头上？

想了许久，头昏脑涨，不得其所，我有些害怕。日记是一九八二年至一九八三年上师专时写的，距今不过十二年的光阴，何以把往事忘得这么干净彻底？难道是刚过三十便记忆力衰退了吗？

为了验证自己的记忆力，我便又回忆童年时的一些往事。很奇怪，我竟能清楚地记得六岁时同母亲绕道三合去漠河的情景，记得三合的那家大客栈，我每天爬到上铺用手指抠腐乳吃，记得临上船时一只鸡掉到江水中扑腾不休，也记得用晒干的苞米棒子为外祖母挠痒痒。甚至在雨天中喝得最香的一顿粥，除夕时因为害牙痛而愁眉苦脸面对鸭子肉的情景，我都清楚记得。

记忆力没有出现大的问题。问题出在哪里？难道说往事出了问题？

我开始假设，我在某年某月某日并没有什么大的情绪波动，只不过有些小小的不愉快，因为远离家乡和亲人，在校时又内向孤僻，所以把那事情看得过于敏感，而无形中夸大了事实。这是我遗忘往事的一种可能性。还有一种可能性，那就是千真万确发生过曾触动过我神经的事，只不过由于我的世界观发生了变化，对于某些自己当时格外看重的事情已经不看重、不介意了，所以便超然忘却了那一切。因为那时正处于好激动的年龄，而现在却内心平和，很少有什么事情能让我大喜大悲。这样一想，虽然安慰了自己，但仍不免有些恐惧：一个不再大悲大喜的人，是不是心态老化、生命走向迟暮的一种表现？

恐惧、灰心、失望笼罩着我。这样的情景已经不止一次出现了。我翻阅大段大段的读书笔记时也有这种感觉，当时促使我写下滔滔不绝的读后感的激情在哪里？我甚至连过去极为推崇的一些书的主要情节也忘却了。那一篇篇读后感文字激扬，可见那时我是如何激动不已啊，可现在面对那些字，我却惶惑不已：我究竟在为什么而激动？我绞尽脑汁，也想不出那书有什么可打动我的地方。一些逝去的人和事彻底地死在了我的记忆中。

"这太可怕了。"我只能这样对自己说。我遏制自己去回首往事。既然当时能引以为刻骨铭心的事都会忘记，看来人世间并没有令人刻骨铭心的事，或者说我经历的并不是刻骨铭心的事。人是太健忘了。

大约半个月前的某个正午，我在回家的路上，忽然听见有人喊了一声"迟子建"，我站定了，望着那人，觉得眼熟，又一时想不起在哪儿见过。他说："看着像你嘛，咱们大概有八九年没见面了。"我只能唯唯诺诺地应付："就是，好多年没见面了。"他又说："我马上就要调到北京去了，这两天正在办户口。"我一边附和着："能调到北京很好。"一边竭力回忆我在哪儿见过这个人，最后总算想起在大兴安岭师专时，他作为支边的英语教师曾与我共事过一段。人的身份想了起来，这使我倍受鼓舞，可无论如何却想不起他的名字，这使我极其心烦。回到家，为了放松情绪，我放了一段轻音乐，静下来听了不久，这个人的名字竟然奇迹般地浮出脑海，恍若初秋屋檐上的白霜一样鲜明地呈现。我这才长吁一口气。

说来奇怪，我对人和事如此健忘，可对音乐却有出奇的记忆力。只要我听过的曲子，不论多少年过去，再听时总会跟着旋律一直哼下去。当然，曲子的名字我也是记不得的，但那旋律却极悠久地笼罩着我。

能够遗忘的事毕竟也就是我不该记住的,所以也就不再深究它们。不管怎么说,我还是记住了一些人和事,某一条河流、某一家院落、某一处旅馆、某一顿晚餐、某一次海滨话别、某一个人的头发和眼神、某一条遭杀的狗、某一段非同寻常的旅行,等等等等,至少现今我记着这些。将来是否会记得,不得而知了。

一个要继续活下去的人得学会常常遗忘一些人和事,否则往事的重负是否会压得人喘不过气来?尤其是那些美好的往事,能忘得越干净越好。因为美好的东西是极易伤人的。只有遗忘一些往事,才能记住正在发生的一些事。而当正在发生的一些事也已成为往事的时候,我想恐怕我就真的老了。

我想我老时也许是个糊里糊涂的老太太,在老眼昏花地望着窗外陈旧的风景而唠唠叨叨的时候,想不起自己的一生有什么刻骨铭心的事。

1995年

撕日历的日子

又是年终的时候了,我写字台上的台历一侧高高隆起,而另一侧却薄如蝉翼,再轻轻翻几下,三百六十五天就在生活中沉沉谢幕了。厚厚的那一侧是已逝的时光,由于有些日子上记着一些人的地址和电话,以及偶来的一些所思所感,所以它比原来的厚度还厚,仿佛说明着已去岁月的沉重。它有如一块沉甸甸的砖头,压在青春的心头,使青春慌张而疼痛。

发明台历的人大约是个年轻人,岁月于他来讲是漫长的,所以他让日子在长方形的铁托架上左右翻动,不吝惜时光的消逝,也不怕面对时光。当一年万事大吉时,他会轻轻松松地把那一摞用过的台历捆起,随便扔到什么地方让它蒙尘,因为日子还多的是呢。而对于中老年人来说,看着那一摞摞用过的台历,也许会有一种人生如梦的沧桑感。

于是想到了撕日历。

小的时候,我家总是挂着一个日历牌,我妈妈叫它"阳历牌",我们称它"月份牌"。那是个硬纸板裁成的长方形的彩牌，上面是嫦娥奔月的图画：深蓝的天空，一轮无与伦比的圆月，一些隐约的白云以及袅娜奔月的嫦娥飘飞的裙裾。下面是挂日历的地方，纸牌留着一双细眯的眼睛等着日历背后尖尖的铁片插进去，与它亲密地吻合。那时候我每天最喜欢做的事情就是撕日历。早晨一睁开眼，便听得见灶房的柴火噼啪作响，有煮粥或贴玉米饼子的香味飘来。这基本上是善于早起的父亲弄好了一家人的早饭。我爬出被窝的第一件事不是穿衣服，而是赤脚踩着枕头去撕钉在炕头的月份牌，凡是黑体字的日子就随手丢在地上，因为这样的日子要去上学，而到了红色字体的日子基本上都是星期天，我便捏着它回到被窝，亲切地看着它，觉得上面的每一个字母都漂亮可爱，甚至觉得纸页泛出一股不同寻常的香气。于是就可以赖着被窝不起来，反正上课的钟在这一天成了哑巴，可以无所顾忌地放纵自己。有时候父亲就进来对炕上的人喊："凉了凉了，起来了！"

"凉了"不是指他，是指他做的饭。反正灶坑里有火，凉了再热，于是仍然将头缩进被窝，那张星期日的日历也跟了进来。父亲是狡猾的，他这时恶作剧般地把院子中的狗放进睡房，狗冲着我的被窝就摇头摆尾地扑来，两只前爪搭着炕沿，温情十足地呜呜叫着，我只好起来了。

有时候我起来后去撕日历，发现它已经被人先撕过了，于是就很生气，觉得这一天的日子都会没滋味，仿佛我不撕它就不能拥有它似的。

撕去的日子有风雨雷电，也有阳光雨露和频降的白雪。撕去的日子有欢欣愉悦，也有争吵和悲伤。虽然那是清贫的时光，但因为有一个团圆的家，它无时不散发出温馨气息。被我撕掉的日子有时飘到窗外，随风飞舞，落到鸡舍的就被鸡一哄而啄破，落到猪圈的就被猪给拱到粪里也成为粪。命运好的落在菜园里，被清新的空气滋润着，而最后也免不了被雨打湿，沤烂后成为泥土。

有会过日子的人家不撕日历，用一根橡皮筋勒住月份牌，将逝去的日子一一塞进去，高高吊起来，年终时拿下来就能派上用场。有时女人们用它给小孩子擦屁股，有时候老爷爷用它来卷黄烟。可我们家因为有我那双不安分的手，日子一个也留不下来，统统飞走了。每当白雪把家院和园田装点得一派银光闪闪的时候，月份牌上的日子就薄了，一年就要过去了，心中想着明年会长高一些，辫子会更长一些，穿的鞋子的尺码又会大上一号，便有由衷的快乐。新日子被整整齐齐地装订上去后，嫦娥仍然在日复一日地奔月，那硬纸牌是轻易不舍得换的。

长大以后，家里仍然使用月份牌，只是我并不那么有兴趣去撕它了，可见长大也不是什么好事情。待到上了师专，住在学生宿舍，根本没日历可看，可日子照样过得一个不错。也就是在那一时期，商店里有台历卖了，于是大多数人家就不用月份牌了。我自然而然地结束了撕日历的日子。

我在哈尔滨生活的这几年才算像模像样过起了日子，每天早晨起来的第一件事就是翻台历,让它由一侧到另一侧。当两侧厚薄几乎相等时,哈尔滨会进入最热的一段日子。年终时我将用过的台历用线绳串起,然后放到抽屉里保存起来。台历上有些字句也分外有趣,如一九九三年二月十四日记载着"不慎打碎一只花碗";而二月二十八日则写着"一夜未睡好,梦见戒指断了,起床后发现下雪了";八月二十八日是"天边出现双彩虹,苦瓜汤真好喝!"

到了一九九四年的一月十九日,是腊月初八的日子,东北人喜欢这天煮"腊八粥",我在这天的日历上记着"煮八宝粥。材料:大米、小米、绿豆、小楂子、葡萄干、核桃仁、大枣、花生"。三月三日写着"武则天墓被万人践踏,只因为她践踏了万人"。而七月十一日是"德国队以1:2败给保加利亚队。保加利亚用火一样的激情焚烧了陈旧的德国战车"(好像引自一位体育评论记者之言)。

台历有意无意成了我的简易日记本,当然就更加有收藏价值了。不管多么不愿意面对逝去的日子,不管多么不愿意让青春成为往事,可我必须坦然面对它。当我串起一九九五年的台历、将一九九六年散发着墨香气的日子摆在铁皮架上时,我仍然会在上面简要抒写一些我的所作所为、所思所感的。如果能把幼时已撕去的日历一一拾回,也许已故的父亲就会复活,他又会放一条狗进我的睡房催我起床,也许我家大固其固的那个已经荒芜了的院落又会变得绿意盈门。但日子永远都是:过去了的就成为回忆。

可它毕竟深深地留在了心底。当我年事已高,将台历的日子看花了,翻台历的手哆嗦不已时,嫦娥肯定还在奔月。

1996年

昆虫的天网

与我交恶的昆虫,当首推蜜蜂了。在我的记忆中,它们就是一群隐藏在林间草畔的奸细,当你还在欣赏它的雍容华贵之美时,它会出其不意地对你反戈一击,把你蜇得鼻青脸肿的。

蜜蜂确实很漂亮,它那细密的黑白间杂的绒毛就像贵妇人穿着的天鹅绒晚礼服,高贵而典雅,所以尽管它的身躯没有蝴蝶大,但是飞起来仍然给人姿态娴雅的感觉。蜜蜂喜欢群居,它们一旦飞出来,就是密密麻麻的一片。

我被蜜蜂狠狠蜇过两次,一次是七岁的夏天,妈妈带着我们姐弟三人回北极村的姥姥家,快乐地玩耍了十几天后,当离别的时刻到来时,妈妈告诉我,我将被留在姥姥家里。我抗议,把一把筷子摔在丰盛的告别席上。饭后我怀着一线希望跟着亲戚们到船站送行,当我看着一艘轮船载着妈妈、姐姐和弟弟远去,我被真真切切地留在岸边时,有一种被遗弃的屈辱感,泪水扑簌簌地落了下来。为了表达我的不满,从码头回姥姥家时,我故意不走人走的路,到路边的柳树丛中蹚着草走，不幸就是在这时降临的，我不小心撞着了一个马蜂窝，倾巢而出的小黑绒球伸出锋利的触角，把我蜇得如入地狱般的痛苦，我的身上伤痕累累，最后只得由心疼得唏嘘落泪的姥姥给背回家去。从此后，即使看到在花间采蜜的没有攻击性的蜜蜂，我也没有好感。姥姥家仓房的屋檐下，吊着一个蜂窝，虽然按姥姥的说法蜇我的蜜蜂早就自绝了性命，但我觉得它们也不是什么好货色，为了报复它们，有一回我把自己武装到牙齿，将裤管和袖筒系紧，戴上手套和蚊帽，将脖颈和脚腕用毛巾裹上，让自己的皮肉无一处裸露，然后手执一个长杆，痛快淋漓地捣毁了那个蜂窝。家中有蜜蜂做巢，与燕子前来筑巢一样，被看作吉祥的象征，我捅了蜂窝，姥姥的忧伤可想而知了。那个掉下的蜂巢里还存有蜂蜜，虽然亲戚们并未深入责备，但我觉得自己是打碎了一个蜜罐，有些愧得慌。

另一次被蜜蜂袭击，是我回到母亲身边的时候，大约有十一二岁的样子吧。我挎着篮子去山中采都柿，先是不慎掉进一个塌陷了的坟坑中，胆战心惊地爬上来后不久，就撞上了一个吊在白桦树上的蜂窝，这回的敌人比较喜欢我的屁股，专朝那里蜇，使我在归家途中步履蹒跚。

蜜蜂对我的两次围剿，使我至今对它们也没有好印象，看来仇恨在疼痛中已经不知不觉地做下了。

昆虫中最美丽也是最令我喜爱的，就是蝴蝶了。蝴蝶翅膀阔大，颜色妖娆，飞起来飘飘忽忽、风情万种的，比摇曳的流星还要炫目。当蝴蝶落在花朵上时，它就像还没有把旌旗展开的旗手一样，四翅竖立在背部，有一种静穆之美；而当它在阳光中展开羽翼，临风起舞时，它俨然就是一个盛装的新娘，人见人爱。蝴蝶有大有小，小的蝴蝶多是白色和黄色的，喜欢在庄稼地里翻飞；而大的蝴蝶以蓝色和紫色的居多，它们选择的生存领地多是茂密的林间和屋前成片的花圃。我最喜欢一种紫蝴蝶，它羽翼丰满，艳而不俗，紫色的羽翼上生有金红色的圆点和湖泊形态的白色斑点，我常常捉这种蝴蝶。我捉蝴蝶，可不像宝钗似的要用扇子去扑，扇子太金贵了，使不起，而且在我看来用它也极难扑到蝴蝶。我扑蝴蝶，把身上穿的布衫脱下来即是。蝴蝶不像蜻蜓似的可以高飞，所以也比较好扑。只不过有时候在花圃上扑它时，会连带着打落几朵花；在山中扑它时，布衫会被树枝剐出一道口子，为此而会遭到大人的责骂。但不管怎么说，蝴蝶是捉到手了。其实蝴蝶静止之时，你赤手空拳也能将它捉到。你屏住气息，慢慢向它靠近，冷不丁地伸出手指，当它还在耸身为花朵的馥郁甜美而陶醉时，它那脆弱的翅膀已经被牢牢地按住了。到了手的蝴蝶基本都活着，它们的命运有三种，要么被放到透明的大玻璃瓶中继续欣赏它的美丽，要么把它活生生地压在书页中做标本，要么用大头针从它的身子当中穿过，将它钉在天棚的电灯旁。那后一种蝴蝶的命运可说是最悲惨了，为了让灯畔能有一圈的紫蝴蝶环绕着，我不知要用大头针扎死多少只蝴蝶，现在想来真是羞愧极了。

昆虫当中，我还喜欢蝈蝈和蜻蜓。绿色的雄蝈蝈叫起来非常清脆，我们常把它塞在蝈蝈笼中，把它吊到窗前。阳光照射着它，它就叫得欢。它喜欢吃倭瓜花，我就每天早晨到倭瓜地里摘那些还带着露珠的金黄的花朵。蝈蝈之所以拥有一副金嗓子，大约与吃这种金黄色的花朵有关吧。至于爱在水边飞翔的蜻蜓，我最喜欢的是它胸部的背面那两对膜状的翅，那是真正透明的翅膀。我见过的蜻蜓多是白色的，但也有黑色、红色和蓝色的，让人觉得蜻蜓也是一种花朵，只不过它是盛开在水面上的游动着的花朵。

昆虫也有它们的敌人，它们的敌人在我看来就是蜘蛛。蜘蛛是一种节肢动物，它圆头圆脑的，有细密的触须，它的肛门尖端能分泌一种黏液，而这黏液遇到空气后会凝结成丝，形成蛛网。蜘蛛用这张网就可以捕食昆虫。蛛网是透明的，隐蔽性强，有的悬在屋檐下，有的挂在豆角架上，还有的浮在树枝上，它们无疑就是撒向昆虫的一张张天网。飞翔着的昆虫在忘乎所以之时，往往就撞上了这张网，一命呜呼。我见过撞在蛛网上的蝴蝶和蜻蜓，它们被它紧紧缠住，脱身不得，让人怜惜。但是看到蜜蜂撞到蛛网上了，我就很解气，少年的我会指着它负气地说：坏东西，你也有今天啊！

2005 年

邻里间的围栏

邻里间的关系如同夫妻间的关系，有融洽的，也有隔阂的。融洽的邻里通常共用一个院子，中间不设围栏，彼此走动方便些。你家今天吃什么饭，主人穿什么衣服，他家买了什么东西，来了什么客人，大家互为相知，俨然一家人的样子。如果东家包了饺子，一定要端上一碗，给西家送去；而西家烙了油饼的话，也会拣上两张，送与东家。当然，夫妻间难免有磕磕碰碰的，若是西家传来了吵架声，东家就会悄然谛听，静观事态发展。小打小闹的也就随它去了，若是吵到大打出手的程度，孩子们发出惊恐的哭声，东家就不能袖手旁观了，要挺身而出去拉架。拉架是有学问的，夫妻就是再吵，吵过之后依然亲，你所要做的，并不是为人家明辨是非，你充当的不过是一盆冷水的角色，把熊熊怒火浇灭了就可以了。等夫妻冷静下来，他们自会剖析和检讨自己的过错。偏偏有糊涂的拉架者，非要充当包公的角色，为人家评说是非曲直，最后反受人家奚落，碰了一鼻子灰回来，这样的事情也不是没有的。

互相交恶的邻里，最明显的标志就是院子与院子之间设置着围栏。见面还能彼此点个头的，围栏也就不那么阴森，只不过是矮矮一道透出缝隙的木板障子；而那些见了面连招呼都不能打，甚至互相啐痰飞白眼的邻里，其围栏就跟看守所的一样森严了，高且不说，一定是密不透风的，连蚂蚁钻过来也要吃力些。

我们那幢房，邻里间的关系是分外融洽的。那是一栋东西向的板夹泥房子，呈长方形，共住着四户人家。东面住着一户祖籍湖南的夫妻，他们有六个孩子，三男三女；西头人家的主人是个木匠，他家平素是五个孩子的，但有的时候会突然变成六个，因为男主人有两次婚姻，前房的夫人为他生了个儿子，他虽然远在外地，但有的时候会突然背着旅行包出现在西头的院落。不谙世事的我们就像打量怪物一样，悄悄跑过去偷偷瞧他，看他的眉眼有没有像木匠的地方，回家报告给大人。住在中间的是我们家和另外一户，我家挨着湖南人家，而与木匠家相邻的那户似乎总也住不长，今年是姓张的一对年轻夫妇，明年可能又是姓李的。住这户的人家不太爱与邻里交往，他们多是外地来的，与本地人总有些格格不入，显得落落寡合。所以围栏就是必不可少的了。不过两道围栏不高，缝隙也大，我家和木匠家也都能在夏天时看到女主人在院子里洗衣服或者奶孩子的身影，不过有些支离破碎罢了。

邻居间的交往主要靠的是女主人，而女人交往的方式就是串门。串门也可说是家与家之间的外交,由于女人生性是琐碎的,所以这种家长里短的外交在增进友谊的同时,也难免生出是非。我就见过不少因串门而绝交的邻居,深究起来,她们居然都是为鸡毛蒜皮的小事而绝交的。比如张家的女人去了李家,正赶上人家吃晚饭,李家的女人就热情地添上一双筷子请张家的女人尝尝她的手艺。张家女人大大咧咧的,就实话实说哪道菜做得不好,并把做这道菜的窍门告诉给她,李家女人自然觉得在自家男人面前丢了面子。偏偏张家女人第二天晚饭时又会把自己做的同样的一道菜送过来,李家的男人吃了赞不绝口,你想李家女人能高兴吗?她找个借口,说是自己家的鸡讨厌,老爱溜到张家拉屎,脏了人家的院子,就砍来几捆柳条,把两家共用的院子隔开了,各走各的门,从此后两家也就疏远了,各过各的日子。但这样的人家毕竟占少数。

我喜欢到东头的湖南邻居家串门。他家喜欢把生肉吊到灶房的房梁下,由着油烟熏烤。时间久了,肉会渐渐风干,变成酱红色,并且会掉下乳白的蛆来。一看到蛆,我就联想到厕所,心想他们家怎么把肉变成厕所里的东西才会吃,真是奇怪啊。可他们家把它切成片蒸熟后,却吃得津津有味的。一到春节,我们家的山东亲戚会寄来一包花生米,而他们家的湖南亲戚寄来的则是一箱通红的干辣椒,大家就互送一些品尝。我爸爸喜欢把干辣椒放到炉盖上烤酥,捏成碎末撒到萝卜条汤里。我呢,也把他家的东西当成自家的来使,我家的扁担硌肩膀,挑水时我见他家的扁担闲着,就取来用,用后放归原处即是了。如果家里来了客人,凳子不够使了,就去他家拎回两个。他家呢,发面团时没了面引子或者是做鱼时要块干姜,也会到我家来取。后来这家的男主人在冬天伐木时出了事故,人受了重伤,被送到哈尔滨后截掉双腿,也没能保全住性命。邻居没了男主人,逢年过节的,他家就会传来女主人的哭声,母亲这时就得叹着气过去宽慰她。可偏偏是祸不单行,又过了两年,她的二女儿得了急病死了,从此后就很难看到她的笑脸了。冬天时,两家都打了不少木柴没处垛,大家就自然而然地把它们摞到两家的院子中间,他家一垛,我家一垛,有了一道不高也不矮的屏障,从此就各用各的院子。又几年过去,这位失去了丈夫和二女儿的邻居,又失去了大女儿,此时她已变得麻木了。我常见她失神地站在菜园里看天。过年的时候,母亲总打发我去她家和她说话,让她转移对已逝亲人的思念,可我一踏进她家的院子,就觉得头皮发麻,总觉得鬼影在每一个角落里飘动着,尤其是当我看到除夕夜她蹲在十字路口给亲人们焚烧纸钱的,觉得她家发出的每一声响声都是鬼发出来的。从此后,我不大敢上她家了,而且走夜路也没有以前胆子大了,常常是走了一身的冷汗回来。

偶尔我也会到西头的木匠家去。我喜欢看他打桌子、椅子和躺柜,一看到他打棺材,就远远避开了。我喜欢他给活人打东西,一给死人打,我就惊恐。后来他家也死了一个女儿，我觉得他家也是鬼影憧憧，不敢去了。我早期作品那股浓郁的死亡气息，与这种童年生活经历不能不说没有关系。

我们那个小镇邻里间没有围栏的历史，最后因为一件轰动全国的杀人案，而彻底宣告结束。与我们家隔着一条道的，有一幢住着四户人家的板夹泥房子。中间的两家因为处得好，就用一个院子。一户姓张，是瓦匠；一户姓蓝，男主人在县城的派出所上班，女主人在家打理家务。女主人很俊俏，戏也唱得好，生产队年终唱戏时，她是绝对的主角。姓蓝的由于在城里上班，每天骑着自行车早出晚归的。也许由于他有工作，而这工作又比较显赫，腰间挎着枪，他看上去有些自负，见了小镇的人，也不爱打招呼。突然有一天，他开枪杀死了瓦匠夫妻以及他们的一个儿子，当他没有子弹的时候，他就举刀去砍瓦匠的女儿，幸而那个女孩从后菜园逃走了。姓蓝的自知被捉到后必死无疑，他用刀砍自己的脖子，企图自杀。可是他在杀自己上比较手软，没有杀死，我在枪响后跑到出事现场，目睹了姓蓝的躺在地上，脖子上咕噜噜冒着血泡的情景。他被抢救过来后交代，他家和瓦匠家共用一个院子，他在县城上班，他怀疑整天待在家中的瓦匠对自己貌美的妻子心怀不轨，所以想把他们一家斩尽杀绝。此案一出，整个小镇的人都惊呆了。人们私下议论说，如果两家不是合用一个院子，悲剧也许就不会发生了。看来家与家之间的围栏是必要的。从此，那些不设置围栏的邻居，都先后竖起了围栏；有了围栏的人家，则加高加固了它。而小镇邻里间的关系总不像过去那么融洽，相互警惕的多了，女人们连门也串得少了。只是邻里间的动物和家禽们还一如既往地保持它们之间的亲密交往，让人们在透出冷漠之气的人际关系中，仍能感受到一丝温暖和一脉平和之气。

2005年

动 物 们

　　有一种门，是门中门，只有一尺见方，通常设置在院门的底端，挨着地，由两个自由翻转的合页一左一右牵着它，既能往里开，又能向外开，这门当然不是走人的，更不是什么装饰物，它是专为家中的动物和家禽而设计的。白天时主人锁上家门，上班的上班，下田的下田，猫啊、狗啊、鸡啊、鹅啊的，就各忙各的去了，觅食的觅食，闲逛的闲逛，会友的会友。主人们若是回来晚了，当它们该回家的时候，就会从这扇小门钻进院子，喝喝水啦，趴在院子里打个盹啦等等。而当它们又想出门的时候，只要用头一顶这扇门，眼睛里看到的就是户外的风景了。

　　动物和动物的力气是不一样的，比如狗的力气就比猫大。而家禽呢，鸡的力气就比不上鹅。所以那扇小门的厚度就有个讲究，要轻点，薄点，使它们进出时自如一些。但是它们又不能过于轻薄，否则赶上风大的夜晚，它就会被吹得一脚门里一脚门外地摇荡，发出啪啪的响声，而搅扰了屋里人的美梦。

最自如出入这扇门的无疑就是狗了。看家的狗一般忠于职守，但它们老是待在院子里也是闷的，所以寂寞时会溜出家门，看看院外的风景，或者与其他相熟相知的狗亲昵一会儿。猫呢，它们身怀翻墙跨院的绝技，高高的院墙对它们来说根本就不是屏障，它们往往不走这扇小门，尤其是有狗望着它们的时候，它们会精神抖擞、三下两下爬过院墙，轻盈地跳到院外，让狗只能低头哀叹自己的愚笨，所以猫与狗的关系总是比较疏离。

我养过两条狗，一条是黄狗，一条是黑狗。黄狗叫傻子，黑狗叫黑子。傻子其实一点都不傻，它威风凛凛的，很剽悍，是北极村数得上的一条好狗。它太厉害，一直被一条长长的铁链拴着，只能待在后菜园里。它的嗅觉很灵敏，若是有生人来，隔着一条街，它就会发出吠叫；而若是有主人要回来了，也是隔着很远，它就能感知，提前摇起尾巴，做出欢迎的姿态，而姥爷或是舅舅一会儿的工夫就会推开家门。我常拿了馒头在它面前吃，趁大人不注意，会掰一半喂它。傻子很聪明地飞快地一口把它吞下，然后歪着脑袋十分动情地望着我，发出温柔的叫声，用一只前爪轻轻挠着地，企望我再偷着喂给它一些。我受不了它那种如水的目光和低低的狺叫，总是想方设法满足它。所以，我往往是吃了一个馒头还不够，再去拿第二个。傻子有个爱好，它喜欢吃蜜蜂，它跳得很高地捉空中飞旋的蜜蜂，几乎是百发百中，让我为之欢呼。不过它一吃了蜜蜂我就为它担心，万一蜜蜂没死，蜇破了它的肚子，它还怎么吃食儿啊？我一见它躁动不安地拖着锁链哗啦啦地走来走去，就想，糟了，一定是蜜蜂在傻子的肚子里嗡嗡地飞，闹得它心烦意乱了。我至今不明白它为什么喜欢吃蜜蜂，也许蜜蜂身上有蜂蜜，吃了能甜它的心？傻子的任务就是看家护院，不过到了冬天，家人若是去很远的山中拉烧柴或者是去江上捕鱼，就会把傻子带上。山中有野兽，狗能判断出它们的方位，发出警告的吠叫，提醒主人。而去江上捕鱼时，傻子要被套上爬犁，去时爬犁上装着捕鱼的工具，回来时则多了一样东西，那就是鱼了。傻子一跟着去捕鱼就兴高采烈的，如果运气好，上网的鱼多，姥姥会把狗鱼等不太上讲究的鱼撇给它一两条，它在冰面上就把它生吃了。回家的时候，傻子拖着沉重的爬犁，走了一身的汗，毛发上的汗气凝结成霜，使它看上去成了一条白狗了。我离开北极村的时候，最不舍得的就是傻子。我握着它的爪，哭了。回到父母身边后，只要姥姥家来信了，我会问信上说没说傻子怎么样了。可信上都是人的消息，没有关于傻子的只言片语。隔了很多年我再回北极村时，傻子还认得我，不过它已经老态龙钟了，毛发稀疏而没有光泽，姥姥说傻子有一回偷吃了鸡窝的蛋，被姥爷打得半死，自此后精神就一天不如一天。傻子最后死了，姥姥念着它对主人多年的恩情，把它埋了。

　　黑子是我回到父母身边后家人养的狗。它的毛很短，尖头尖脑的，瘸着一条腿，十分丑陋，我不明白家里为什么要养这样一条狗。我不喜欢它，左邻右舍家来了人，它多管闲事地叫得很凶，而当我们家来了生人呢，它却欢天喜地地给迎进来了，简直就是个叛徒。我爸爸的风湿病一旦发作，走路就一瘸一拐的，跟着爸爸走的黑子呢，也是一瘸一拐的，同学们见了我会不怀好意地说，你家的狗跟你爸走路怎么一模一样啊？我觉得很没面子，真想找条绳子把它悄悄勒死。我最厌烦在放学的路上它来迎我，别的同学也有被家中的狗迎接着的，但人家的狗个个都精神，黑子呢，它严格来说是个残疾，所以它一旦跑过来亲昵地蹭我的裤脚，我就没有好气地斥责它，把它赶走。它夹着尾巴灰溜溜地一瘸一拐地离去，总能招来同学们的嘲笑声。黑子虽然面容丑，它的心却是不丑的。鸡回家时若是顶那扇小门吃力了，它就帮助撞开，用一条腿支着门，让鸡进院子，很有绅士风度的样子，所以鸡们都不反感它。大多数人家的鸡喜欢与狗争食儿，我们家的鸡却不会去吃黑子的食儿。后来镇子里发生狗瘟，黑子染了病，被勒死了，当时让我觉得无比畅快，觉得一团碍眼的东西终于从眼前被清除了。只是以后在镇子里再也看不到有一条狗是一瘸一拐地走路，总觉得少了点什么。而且黑子死了，家中的鸡也显得有些落寞，傻呆呆的，不爱出门，大约是怕回来时万一顶不开门，再也没有狗帮助它们了。不过鸡的落寞也落寞不了多久，它们在冬天时会被宰了，用雪埋了，留作过年时吃。在人丛中，家禽的命运跟狗的命运一样，是轻薄的。

比较而言，猫的命运相对要好一些。它们可以依偎在主人的饭桌旁，分享主人吃的东西。而且，它们除了捉老鼠之外，没有其他的活计，所以猫常常是蜷伏在热炕上呼呼大睡。不过，若是仓房中的老鼠闹得凶，主人在米缸里发现了漆黑的老鼠屎，它们就会遭到叱骂，主人会饿着它，不让它进屋门，让它在仓房中专心捉鼠。偏偏很多猫是懒惰和贪图富贵的，一怒之下离家而去，再不肯为主人效劳。所以你家丢失了的猫，几年后在另外一个村镇的人家的炕头上可能会看到。而一个人家养的狗，你就是每天打它五十大板，它也还会兢兢业业地为主人家守夜，这大约就是猫与狗的不同之处吧。常吃人的食物的猫，也许不知不觉中，把人与人的背信弃义的气息也沾染了过去。而狗呢，就像旧时代的小媳妇，即使遭受了天大的委屈，也会忍辱负重地陪伴主人过下去。

2005年

棺材与竹板

活人的世界曾有两件事物给我带来死一样的恐慌,一个是棺材,一个是雨季时游魂一样飘荡而来的算命人。

我们那个小镇,一过了七十的老人,即使那身体硬朗得还能走上二里路,一顿能吃上两碗饭,也要提前把棺材打起来,放在柴垛或者是菜园中,为那最后一天的上路而预备着。棺材本来是空着的,可它带来的死亡的阴影却比一座真正的坟墓还要明显。你想想啊,你明明看着这个老人还能买豆腐,还能在菜园中劳作,可一看那红棺材已经摆在那儿了,一想他没有多久就会睡在那里了,就觉得自己已经看到鬼影了。所以我特别恐惧与有了棺材的老人说话,总怕他们那寒冷的目光会将我的魂给摄了去。

还有一种人,未到老年也预备下了棺材,那都是中年时一病不起、行将就木的人。人们很迷信,认为打下一口棺材,能驱赶了小鬼,把病给冲了,病人自此就会好起来。也确有这样的事情发生,有个中年男人病得只有一口气了,为他打了棺材后,他竟然奇迹般地好了,能喝水吃饭了,能用洪亮的声音说话了,能下地走动了。所以棺材在我眼中还是一剂我们参不透滋味的灵丹妙药。这样的棺材如果卖不出去,由着风雨侵蚀几十年,就糟烂了,不能用了,只得把它劈了烧火。

　　白天时若是经过有棺材的人家,我还不会太害怕,因为路面上不仅有明晃晃的阳光,还有鸡鸭鹅狗在游荡。夜晚可就不一样了,尤其是没有月亮的夜晚,路过这样的人家,心就会害冷似的一阵一阵地抽搐,头皮簌簌响,似有阴风吹过,回到家时气短得连话都说不连贯了。所以走夜路时,我往往会多走几条小巷,将摆放了棺材的人家绕过去。

　　但有一口棺材我却是不怕的,那就是刘老太太的。她是我同学的奶奶,八十多岁了,一天到晚撇着嘴,看什么都不顺眼。刘老太太每天要拄着拐杖像探望老熟人一样去看看她的棺材。鸟儿在上面拉了屎,她会骂鸟,说要剜了鸟的屁眼;蚂蚁爬上了棺材,她又会骂蚂蚁,说蚂蚁长了一身的贱腿。就是阳光照耀着棺材,她也会骂个不休,嫌阳光将棺材的颜色照淡了,旧了,不鲜亮了,将来她去那里,等于带着幢灰秃秃的房子,会让人瞧不起的。有一次,她差点被气得进了棺材,老鼠大约想她的棺材闲着也是闲着,就在里面做了窝,孕育了一窝小老鼠。当她把那窝还没长毛的小老鼠托出棺材时,眼珠都要被气冒了。她用拐杖敲打着棺材,骂家里人全都是没用的东西,眼睁睁地看着老鼠糟践她的房子。小老鼠吱吱叫着,不明白它们在棺材里待得好好的,何以被一双瘦骨嶙峋的手给甩了出来。闻讯而来的围观者都笑了起来。从那以后,我一经过那儿,就想起曾在里面作乱的老鼠,会从心底发出笑声。那个棺材在我眼里也就不是棺材了,而是一个刚从土里拔出来的水灵灵的大红萝卜,散发着一股怡人的甜香气息。

雨季到来的时候,也就是农闲时节。这时小镇会来算命的外乡人。我至今都奇怪,为什么算命的多是瞎子,而他们招揽生意的方式就是敲打着竹板?阴雨的日子中,人们喜欢坐在炕头抽着黄烟,喝着酽茶,讲一些老旧的故事,或者是昏昏沉沉地小睡,当竹板声清冷地传来的时候,人们就仿佛是听见了命运的叩门声,纷纷从炕上爬起来,打开家门,把算命人迎进屋子,当上宾招待着,炒上肉菜,烫上好酒,将家人的生辰八字报上去,听凭瞎子对自己命运的论断。想必我们都是俗人,所以被算出来的命,不如意的多,光明的少。而若想化解这些不如意,就得求助于瞎子。他化解的方式不外乎是扎上一些被称作"替身"的纸人,夜晚时将它焚化在十字路口。所以雨季到来前,商店就会进来很多的白纸和黄纸,只要竹板声响起,就不愁卖不掉它们。而算命的将替身烧完,主人会赏给他一些钱,感谢他为家里排忧解难了。算命人走后,我们依然过着老日子,不喜也不忧,平平常常,有人就会叹息说上了瞎子的当。可当他们下次到来时,竹板声一旦一声一声地响起,大家又会魂不守舍地问自己的命去了。看来命像云一样来去无定,是人心中永远的谜团和痛,人们为了解读和破译它,不会放过任何一个到来的机会,算命者在人间的足迹注定是不会消亡的了。

打竹板的人在小镇头两家算命的遭遇,决定了其他人家对算命者的态度。人们会打听他算得灵不灵。所以说算命者生意的好坏,在于他的"开市"之说是否令人心服口服。若是被算的人家说,这人掐算得可真是准啊,连我屁股上生块红记,祖父年轻时当过胡子,三年前家里失过火,都了如指掌,真是长着天眼啊。那么求瞎子去家里算命的就络绎不绝了。反之,如果一个鳏夫正因为无子嗣而郁闷,你却说他儿孙满堂;一个人家本来穷得叮当响,你却说他生在富贵之家,金银财宝满箱满柜,这种太缥缈的生活虽然像晚霞一样绚丽,但确实是远在天边的绚丽,谁又会相信呢?这样的算命者就是打上一天的竹板,把每一户都走遍,也不会再有一份生意了,最后只得灰溜溜地离开。

聪明的算命者很像哲学家,先说上一堆好话,让人心底熨帖,然后再说几句不好的,这样容易与人产生共鸣:生活可不就是有喜有忧吗!这时候算命者如果说再过三年,你有个"小坎"或是"大坎",你一定会相信的,甘愿掏出钱来求他化解那还没出现的但却被他言之凿凿的口舌之灾或是病灾。

我记忆最深的一个算命者,是一个穿着灰布衣裳的年轻瞎子。他挂着一根光亮的拐杖,打着竹板,戴着顶灰布帽子,穿梭在我们小镇中。我父亲素来是不信命的,所以算命者很难踏进我家的门。但这个小瞎子算命实在是灵,好像他前世的幽魂一样在我们小镇飘荡,每一家发生的大事没有不知晓的,所以家家户户都抢着让他去算命。我父亲经不住母亲的一再央求,破例让他上了我家。我清楚记得过年时才用的炕桌被摆上了炕,家里弄了酒菜,小瞎子盘腿坐在炕上,先是吃喝了一阵,然后就一五一十地算起命来。他算命时两手舞来舞去的,很像自己在跟自己划拳,而且瞎眼也跟着翻来翻去的,当然翻出的都是白眼。一旦他算定了这个人的命,他的手就不舞动了,也不翻眼珠了,他会喝上一盅酒,讲解你的命。我还记得他对爸爸说,到了某年某年,你家如果不遭盗贼的话,你会有场大灾。父亲当时听了哈哈大笑,权当他是胡说。当时我靠在窗台前,他在为我算命时,说我是个大命之人,将来会有花不了用不尽的钱,只是婚姻来得晚,且很周折。我记得爸爸也是哈哈大笑指着我说,她还会有那么多钱?她有两毛钱都得去商店买把糖回来;再说了,我这俩闺女中,数她爱说爱笑,我看她十八岁就得嫁人!父亲的反驳并没有激怒小瞎子,他照说他的。我当时很讨厌他,心想你可能连自己的命都不知道,还给别人算什么呢?事情过了几年后,父亲突然因病去世,我们蓦然想起小瞎子的话,一推算,他算的父亲遭灾的年份果然不差。可惜我们小镇民风淳朴,没有盗贼,否则父亲也许还在人间?而我在中年经历了婚姻的变故后,也想起了他的话,小瞎子说的话可真是"一语成谶"!想起那段话,耳畔仍然似有阴风吹过,冷飕飕的。

我现在仍然认为命运是不可知的，那个小瞎子所预言的一切，也许只是巧合吧。如今我怀恋的，只不过是已消逝的雨季那沉郁的竹板声，那当时听起来令人恐惧的命运的敲门声，如今回想起来犹如来自另一个世界的雨滴，弥散着一股别样的清凉。

2005年

蚊烟中的往事

如果是夏天,如果火烧云又把西边天映红了的话,我们喜欢将饭桌放置在院落里吃晚饭。当然,这时候必不可少的是笼蚊烟,因为傍晚的蚊子很活跃,你若不驱赶它,当你享受美味佳肴的时候,它也会叮我们的脸和胳膊,享受它的美味佳肴。

笼蚊烟其实很简单,先是用一蓬干树枝将火引着,让它燃烧一会儿,就赶紧抱来一捆蒿草,将它们均匀地散开,压在火上。这时丝丝缕缕的青烟就袅袅升起了,蚊子似乎很不习惯这股在我们闻来很清香的烟,它们远远地避开了。我们就可以轻松地吃晚饭了。

这样对着青翠的菜园和绚丽晚景的晚饭,是别有风味的。饭桌上通常少不了一碗酱,这酱都是自己家做的。每年二月二龙抬头的日子一过,寒风还在肆虐的时候,做酱的工作就开始了。家庭主妇们煮熟了黄豆,把它捣碎,等它凉透了,再把它们揉捏成砖头的形状,用报纸一层又一层地裹了它们,放置起来。这种酱块到了清明之后,自然风干了,将它身上已经脆了的报纸撕下来,将酱块掰开,放到酱缸里,对上水和盐,酱就开始了发酵的过程。酱喜欢阳光,所以大多数的人家不是把酱缸放在窗跟前,就是搁在菜园的中央,那都是接受阳光最多的地方。阳光和风真是好东西,用不了多久,酱就改变了颜色,由浅黄变为乳黄直至金黄,并且自然地把酱汁调和均匀了,香味隐约飘了出来,一些贪馋的人受不了它的诱惑,未等它充分发酵好,就盛着它吃了。夏日的晚餐桌旁,占统治地位的就是酱了。那些蘸酱菜有两个来源:野地和菜园。野地的菜自然就是野菜了,比如明叶菜、野鸡膀子、水芹菜、鸭子嘴、老桑芹和柳蒿芽。野菜通常要在开水中焯一下,让它们在沸水中打个滚,捞出来,用凉水拔了,攥干了再吃。野菜中,我最爱吃的就是老桑芹,所以采野菜时,明明看到了大片的水芹菜和鸭子嘴,我还是会绕过它们,去寻觅老桑芹。很多人不喜欢吃老桑芹,说它身上有股子奇怪的气味,像药味,可我却格外青睐它。因为有了酱,就有了采野菜的乐趣,你可以堂而皇之地提着篮子,出了家门,就说是采野菜去了,你愿意在河边多流连一刻,看看浸在水中的柔软的云,是没人知道的;你愿意在山间偷偷地采一些浆果来吃,大人们依然是不知道的;反正有那么几种野菜横在篮子中,你就可以理直气壮地踏入家门。但野菜是分季节的,春季和初夏吃它们是可以的,等到天气越来越热的时候,它们就老了,柴了,吃不得了,这时候伺候晚餐桌上酱碗的,就得是园田中的蔬菜了。青葱、黄瓜、菠菜、生菜、香菜和小白菜水灵灵地闪亮登场了。园田中的菜适宜于生吃,只需把它们在清水中洗过就是。一家人围坐在饭桌旁,这个人拿棵葱,那个人拿棵菠菜,另一个人则可能把香菜卷上一绺,大家纷纷把这些碧绿的蔬菜伸向酱碗,吃得激情飞扬的,而此时蚊烟静静地在半空浮悬,晚霞静悄悄地落着,天色越来越黯淡,大家的脸上就会呈现出那种知足的平和表情。

　　我最钟情的酱,是炸鱼酱。鱼来自草甸子中的水泡子。水泡子里有鲫鱼、柳根和老头鱼。父亲用一根柳条杆为我做了根鱼杆,虽然它不直溜,但钓起鱼来却不含糊。我挖上一些蚯蚓,放到铁皮盒里用土养起来,做诱饵,然后扛着简陋的鱼杆和蚯蚓罐去了大草甸子。水泡子大都在芳香的草甸子上,面积不大,圆形或椭圆形,非常幽静,我择一个水深的地方,将鱼杆抛下去,静候鱼咬钩的时刻。只要鱼上钩了,鱼杆就会像闪电那样颤动着,这时候你轻轻收回鱼杆,随着银白的饵线露出水面,鱼也就跟着摇头摆尾地上岸了。我把逮住的鱼用铁丝穿上,重新上了蚯蚓,把饵线再次抛入水中。水泡子中的鱼不似河里的,它长不大,都是小鱼,而且由于是死水,鱼有股土腥味,所以决不能清蒸和调汤喝,只能放上浓重的调料煎炒烹炸。我钓回来的鱼,基本都是把它连着骨头剁成泥,舀上一碗黄酱,炸鱼酱吃了。只要晚餐桌上有一碗鱼酱,园田中的蔬菜就遭殃了,一盆青菜往往不够,再拔上一盆,可能还是不够,不把酱碗蘸得透出瓷器的亮色,我们的嘴是不会罢休的。当然,我去水泡子边钓鱼的次数屈指可数,一个是因为女孩子家,家长不放心我去;还有一个是我自己也恐惧去了,因为水泡子边的蚊子十分猖狂,一场鱼钓下来,我的脸上被咬得到处是包。终于,有一个学生溺死在水泡子,彻底结束了我的钓鱼活动。七十年代不是响应毛主席的号召,到大风大浪里锻炼成长吗?有一次体育老师就把学生带到水泡子,不管大家会不会游泳,一律给赶下水去,让他们经受风浪的洗礼。结果一个不会水的男生被洗礼得丢了性命,他被淹死了。他妈妈闻讯赶来,晕厥在岸边,从此她就常常念着儿子的名字,在水泡子边疯疯癫癫地走。人们说水泡子有了鬼,会缠人,就很少有人涉足了。我猜想那以后水泡子里的鱼也是寂寞的,因为它们听不到人类的脚步声了。

  酱缸其实是很娇气的,它像小孩子一样需要精心呵护着。它的脸要蒙上一层白纱布,以防蚊虫飞进去,弄脏了它;它喜欢晒太阳,似乎还很害痒,要经常用一个木耙子捣一捣它,把它身上的白醭撇出去;它还惧怕雨水,所以酱缸旁通常要放着一块玻璃,一看雨要来了,就把它盖上去。我就很心疼家中的酱缸,有的时候在学校上课,一听到雷声轰隆隆地响起,就举手跟老师请假,撒谎说要上厕所,而我出了教室后会一路飞奔回家,冲进菜园,盖上酱缸。酱没被淋着,我却会在返回的路上被雨水打湿。

  蚊烟稀薄的时候,火烧云也像熟透了的草莓似的落了。我们吃完了晚饭,天也就越来越陈旧,蚊子又三三两两地回来了。我们把饭桌撤了,打扫干净笼蚊烟的灰烬,站在院子里盼着星星出来,或者是打着饱嗝去火炕上铺被窝。我还记得父亲酒足饭饱在院子中看天时,如果被飞回的蚊子给咬着了,他会得意地喊我妈妈出来,说他很招人稀罕,母蚊子又啃他的脸了!我们那时就都会发出快意的笑声,以为爸爸在开玩笑。长大后我才知道,父亲说得也没错,吸食人的血液的确实都是雌蚊,而雄蚊吮吸的则是植物的汁液。如今曾说过这话的父亲早已和着缥缈的蚊烟去另一个世界了。菜园依然青翠,火烧云也依然会在西边天燃烧,只是一家人坐在院落中笼起蚊烟吃晚饭的岁月一去不复返了,让我在回忆蚊烟的时候,为那股亲切而熟悉的气息的远去而深深地怅惘着。

2005年

五花山下收土豆的人

　　这世上最出色的染匠,一定就是秋霜了。只要它来了,青山就改变了颜色。初霜来的时候,树叶只是微微转黄,这时节的山峦看上去更像是洋溢着丰收气息的麦田。到了第二场霜降临之后,浅黄的树叶变得金黄或浅红,山峦有如戴上了一顶顶红黄相间的呢毡帽。而如果你沐浴着第三场更为浓重的霜走进森林,你是想看到什么颜色就能看到什么颜色。树叶大多是金黄和金红的,但也有黄中带粉、粉中含翠、翠中生红、红中隐紫、紫中有褐的,这时的山峦分明就是一个春天的花园,五彩缤纷的。我们把此时的山峦称作"五花山"。

　　五花山簇拥着我们的时候,大雁向南飞了,河水流动得平缓了,天空中的云朵没有盛夏时多了,天显得格外的高、格外的蓝。人们把形形色色的菜子吊到山墙上,开始了秋收。而秋收中最苦最累的活儿,就是起土豆。

　　土豆既能做蔬菜,又能当主食,还能作为家畜的饲料,在那个粮食需要定量供给的年代,土豆被广泛种植也就不足为奇了。一家种上一两亩,那算是少的了,平平常常的人家都要有三四亩；而那些人口多的人家，种七八亩是很普遍的。所以说秋收在我们那里，等于是"起土豆"的代名词。五花山的景色一呈现，人们见了面跟对方说的话往往是"起土豆了吗"，或者是"你家今年能收多少麻袋土豆"。

　　起土豆的工具是二齿子和三齿子。当然也有四齿子，但它因为密度高而容易伤着土豆，用它的人家很少。二齿子和三齿子是铁制的，它们的形状常使我联想到"M"和"N"的拼音字母，一握着它们，就老是想发鼻音。人们去离家较远的大地起土豆时，要拉起手推车。去的时候，手推车上放置着二齿子、三齿子、空的麻袋、土篮等工具，当然，也要带上水壶和午饭。回来的时候，饭没了，水壶也空了，先前还明晃晃的铁齿上沾满黑油油的泥土，好像二齿子和三齿子在劳作的过程中为自己梳了几根小辫子。手推车上满载着用麻袋摞起来的土豆。若是赶上晴好的天气，车行起来还不吃力，而要是赶上秋雨连绵，路面的水洼一个连着一个的话，车轮往往会陷在泥泞中，几个人合力拉它，它也只是徘徊，最后只得回镇子朝养了牛的人家借牛，把手推车给从泥潭中拖出来。所以那些养了牛的人家，一到起土豆的时候就很牛气。人们把土豆运到家后，会把它们划分为三类：又大又光滑的是最好的，它们会被下到菜窖中，一部分作为来年的种子，一部分留作食用。那些中不溜的属于第二类，它们也会被下到菜窖中，作为越冬蔬菜。而那些跟驴粪蛋一样小的、青着半边脸的、被铁齿刨得满脑子都是窟窿的，属于最次的一类，它们通常是被埋在菜园的坑里，没被冻着时由人削削拣拣地随吃随取，等雪降临之后就喂了猪了。

土豆地都在山下开阔的平地上，所以起土豆累了，就可以坐在地上欣赏五花山。这时候再鲜艳的鸟进了森林，也会慨叹自己的羽毛不如树叶绚丽。山峦此时就是一幅连着一幅的流金溢彩的油画，会看醉了你。所以当你再低头刨出一墩土豆时，就觉得那大大小小的土豆不是乳黄色的了，而是彩色的了，看来丰富的色彩也会迷了人的眼睛。人们回家的时候，手推车上麻袋的缝隙中往往插着一枝小孩子歇息时跑到山上折来的色彩纷披的树枝，它像一枝灿烂的花，把秋天给照亮了！

在我们小镇，种植土豆最多的人家可能就是住在北山脚下的一户姓刘的人家了。刘姓夫妇是外来人，他们从哪里来，众说纷纭。反正不会有人因着富裕而来到我们小镇。他们家一共有十一个孩子，九男两女，仅次于谭富家，谭富家是十三个孩子。刘家人很少出门，基本生活在自己的领地上。他们自己造了房屋，把北山的荒地都开垦出来，种了大片大片的庄稼，其中土豆大约有十来亩。那些孩子平素是不与我们小镇的孩子玩耍的，也不见他们成群地出来。有人说他家穷得被子不够盖，衣服不够穿，所以是两个孩子合盖一个被，而衣服也是两个孩子合穿一套。他们中绝大部分都到了上学年龄，可被派上学的只有两三个。传说上学的孩子穿着衣服去学校时，被窝里就得躺着两个光着屁股的孩子。有人看见，在农忙时节，他们家常常是晚上在田间劳作，而其中起码有半数孩子是精赤条条的。他们的衣服是冬天絮上棉花当棉衣，开春后拆开了又做单衣。有人说，那个生育了这十一个孩子的主妇每天晚上都要清点一下她的孩子，就像农民放羊归来要数一数他的羊一样。也许她算术太差，或者是屋内光线太暗，她往往查不清楚那些挨着炕沿的一溜儿脑袋究竟有多少，所以她常常以为少了一个孩子，出门吆喝她的孩子。都说他家的粮食不够吃，所以他们家起完了自家的土豆，还要打发孩子出去溜土豆。

　　溜土豆就是在收获过的土豆地上，再沙里淘金地寻觅仍被遗落在土中的土豆。我们一般喜欢到生产队的土豆地里去溜土豆。因为那土豆是公家的，社员起土豆时没有给自己家起那么精心，埋在土里的仍然数量可观。溜土豆通常要使用四齿子，它的铁齿间隙窄，搜到土豆的概率高。通常被留下的土豆都不很大，所以这样的土豆拿回家去，通常是洗一洗后连皮蒸了吃，或者是用叉子磨成粉了。溜土豆的都是如我一样的孩子，大人们是不屑做这种活儿的。好像一旦到不属于自己家的土地去溜土豆，就是偷人家的东西似的。我们溜土豆时一手拿着四齿子，一手拎着面袋。有时运气好，一个下午就能溜上一袋。扛着一面袋溜来的土豆朝家走时，是十分有成就感的，比在自家的园田起了几十麻袋还要高兴，因为这属于意外的收获。我每年都要去溜土豆，其实家里并不缺那点土豆，我只是喜欢在光秃秃的大地上再打捞一份惊喜罢了。那感觉很像是在寻找宝藏。

我溜土豆的时候，常常会遇见住在北山的刘家的孩子，他们两人一伙，提着麻袋，在别人家的土豆地里溜得格外仔细。经他们溜过的土豆地，可以说是光光溜溜的了。所以一看到他们，我就避开了。他们很有眼力和经验，知道哪片地的哪个地方会有幸存的土豆，每天都会溜上半麻袋到一麻袋的土豆。他们见了我们也不打招呼，只不过有时会顽皮地打几声口哨。有的时候溜土豆溜累了，我坐在地上歇息的时候，会看到黑油油的土地上，那几个穿着暗淡衣裳的孩子，弯腰弓背溜土豆的情景。他们和他们面前的土地是那么暗淡，而他们背后的五花山则是那么的绚烂。他们看上去是那么的单调，可他们因为他们的劳动，而成为了我眼前这巨幅画卷中最生动最永恒的一部分。

2005年

伐木小调

雪花弹拨森林的时候，有一种声音会在苍茫中生起，它不是鸟鸣，而是伐木声。

那时的树木茂密、高大得遮天蔽日，如果你独自走进森林，又有山风吹过，林海发出阵阵轰鸣，那种肃杀、神秘的气息就会令你心生寒意。那时林中的动物也很多，一年之中谁家不会套上一两只兔子和狍子呢？

伐木声通常是在十月响起，到了次年五月，冰消雪融了，它才余音袅袅地飘逝在森林中。伐木的有公家的，也有私人的。公家伐木的都是各个林场的工人，而伐木的私人都是住户，他们是为着家中的火炉而伐木。公家伐木是天经地义的，他们伐的是落叶松、樟子松这些上等木材，它们被运送到全国各地后，可以造房屋，建桥梁。私人砍伐的，被允许的只有风干了的树木——我们俗称"杖杆"的已无生长迹象的树木，以及那些不能成材的杂树，譬如水冬瓜、柞木、枫桦树、水曲柳等等。但是由于这些杂树枝丫纵横，修剪起来麻烦，而且作为烧柴又不抗烧，所以偷着砍伐新鲜的落叶松作为烧柴的大有人在。

公家砍伐树木一般都选择到离居民区比较远的地方,当地人把它叫"工段"。工段搭着帐篷,工人们晚上就住在那里。他们喝的是雪水,吃的往往是冰凉的馒头。蔬菜不是黄豆粉条,就是海带和咸菜。帐篷里虽然有地火龙可以取暖,但到了后半夜,没人给火炉添柴,人就会被冻得缩成一团。白天呢,他们又得蹚着没膝的雪去伐木,所以林业工人十有八九都患有风湿病。他们伐木使用的工具是油锯和弯把子锯,电动的油锯发出的声音很大,比拖拉机运行的声音还要响,你隔着一里地都可以听到,但那时油锯是奢侈的工具,不是每个工人都能够用上的。大多数的人使用的是手工操作的弯把子锯。由于锯是铁制的,而被伐的又都是水分充足的鲜树,所以弥散的伐木声清脆悠扬、悦耳动听。由于人使用锯的时候有急有缓,有轻有重,有间歇,因而听伐木声跟欣赏一首完整的乐曲一样,有舒缓的行板,也有急遽的快板,更有给人留下回味余地的休止符,最后那声令人回肠荡气的"顺——山——倒——啦——"的呼喊,总是与树木的訇然倒地声融合在一起,浑厚圆满地作为伐木曲的结束。

我童年进山伐木,通常是跟着父亲。他很爱惜树木,喜欢盘树墩来作为烧柴。如果伐一棵高高的树,把它锯为几截,那么你会得到很多的柴火;而伐一个只有人的膝盖高的侏儒般的树墩,获得的只是一截烧柴,而你用的又是同样的力气和工夫,所以我常常觉得父亲愚痴,树木那么多,伐他上百棵又如何？况且别人家都伐树，为何我家要盘树墩而遭人耻笑？而且盘下的树墩因为散而不好装车，常常是拉着一车树墩朝家走，半途中就会有因为颠簸而骨碌骨碌滚到路上的，还得停下车来重新装车，费尽周折。在我们的抗议下，父亲盘树墩就盘得少了，但他仍然恪守规矩，不伐落叶松和樟子松。我们进了山里，就得像猎人寻找猎物一样，东搜西寻地寻找"杖杆"。"杖杆"的形成多种多样，有的是因为树的根部裸露，树渐渐枯死倒地而形成的，这样的"杖杆"上往往附着青苔；还有一种树，它是被狂风吹折后形成的，这样的"杖杆"多数躬着腰；而那些身上有黑漆漆的被灼伤痕迹的"杖杆"，都是被雷电击中的。如果按人类的说法，雷劈死的都是些作恶多端的人的话，这样的树想必也作了什么孽。也许它曾在风的怂恿下捣毁过鸟巢？或者是人类缠绕在它身上的铁丝套，曾套住过活蹦乱跳的兔子，而使它永远失去了在雪地中奔跑的自由，成为了人口中的美味？

我很喜欢寻找"杖杆"，这是一件乐趣无穷的事情。因为你可以随心所欲地在森林中穿梭。有的时候雪大，把树压弯了，我就以为找到"杖杆"了，喊来父亲，一鉴定居然还是棵正在生长的树，好不懊恼。而有的时候寻着寻着，突然听见一阵笃笃笃的声音，类似敲门声，循声一望，原来是只羽翼鲜艳的啄木鸟，正顿着头吃藏在树缝中的肥美的虫子呢，啄木鸟看上去就像别在树上的一支花卡子。这时我就会联想起我带到山上的食物，它们在篝火下熟了几分？我喜欢用旧棉花裹上几个土豆,把它们带到山上,父亲总会在我们放置着手推车的营地上划拉一堆树枝,笼起一堆火,让我们能时常烤烤火。我们把土豆埋在火堆下,篝火尽了,土豆也就熟了,在寒风中吃这热气腾腾的烤土豆,滋味实在是美妙。啄木鸟一吃虫子,我就觉得口水要流出来了,不想再找"杖杆"了。

我在寻找"杖杆"的时候,还不止一次遇见了狼,但当时我是把它当狗看待的,因为它确实跟狗长得一样,只不过耳朵是竖着的。在我们小镇,大多人家的狗我都认得,所以一回到营地,我会告诉父亲我在深山里遇见了一条狼狗,我不认识它,它也不认识我,不知是谁家的。父亲就很慌张,他说没谁家会把狗领到这么远的山上,那也许是狼吧。他煞有介事地去那片雪地辨别留下来的足印,嘱咐我以后不许一个人走远,大约是怕狼把我给叼走吧。我想狼在山中可吃的东西很多,它们过着养尊处优的生活,哪会有想吃一个毛头小孩的胃口呢!

我最喜欢自己拉着爬犁上山拉烧柴。带上一把锯,不用走太远,就可以伐到水冬瓜。青色的水冬瓜很好伐,如果锯齿比较锋利的话,几分钟它就会扑倒在地。水冬瓜的枝条很脆,你不用斧子就可修剪。把锯转个身子,用锯背去砍枝条,唰唰唰地,那些枝条就像被剪掉的头发似的落在雪地上了。伐水冬瓜的声音非常好听,它不像松树,常常会因为身上漫溢的金色树脂粘了锯而发出喑哑的声音;水冬瓜和锯的关系如同琴弓与琴弦的关系,非常和谐,所以我最爱听这样的伐木声，跟流水声一样清亮。水冬瓜很好烧，但它燃烧的速度很快，所以挥发的热量不足，青睐它的人就少而又少。除了水冬瓜，我还喜欢伐碗口那么粗的白桦树，不过白桦树的枝条极有韧性，修剪起来比较费劲。我们喜欢把白桦树的皮剥下来，用它做引火的材料。当然，手巧的人还会用它做盐罐和烟盒。剥桦树皮的时候，手往往还能触着它身上漫溢着的汁液，那时我就会伸出舌头吮吸，天然的桦树汁清冽甘甜，喝了让人的精神顿时为之一爽。

冬日月光下的白桦林是我见过的世界上最壮美的景色了。有的时候拉烧柴回来得晚，而天又黑得早，当我们归家的时候，月亮已经出来了。月光洒在白桦林和雪野上，焕发出幽蓝的光晕，好像月光在干净的雪地上静静地燃烧，是那么的和谐与安详。白桦树被月光映照得如此的光洁、透明，看上去就像一支支白色的蜡烛。能够把这蜡烛点燃的，就是月光了。也许鸟儿也喜欢这样的美景，所以白桦林的鸟鸣最稠密，我经过白桦林时，总要多看它几眼。在月夜的森林中，它就像一片宁静的湖水。

我曾因为给学校拉烧柴而冻伤了双脚。那时每个班级都有一个火炉，冬天的时候，值日生要充当烧炉工，提前一个小时赶到教室，把炉子生起来，等到八点钟同学来上课时，玻璃窗上的霜花就化了，教室也暖洋洋的了。火炉吞吃的柴火，也大都由学生们自行解决。劳动课时，班主任会带领学生上山捡烧柴。我大约那天穿的棉乌拉有些潮，又赶上天冷，把脚给冻了。回家后双脚肿胀，钻心地疼，下地走路都吃力。躺在滚烫的火炕上养着冻疮，听着窗外北风的呼啸声，看着父母一趟趟地进我的小屋嘘寒问暖的，心里觉得又委屈又幸福。那冻疮最后虽然好了，但落下了疤痕。而且一到雨季的时候，冻疮的创面就开始发痒，直到如今。好像它们也如我一样，仍然怀念着已逝的寒风和飞雪，仍然忆念着那已不复存在的伐木声。

2005年

上天的九级浪

楼下的农家,大约在白山黑水间生活久了的缘故,他家饲养的家禽,非黑即白。看门的狗呢,也是一黑一白。白的是大狗,黑的是小狗。女主人六十多岁了,虽然她多子多女,但因为孩子们大都下岗,无力奉养她,她便一早一晚地蒸了馒头,拿到小市场卖。她出门的时候,由白狗率领着,那条威猛的白狗看上去就像翻卷在她前面的一团云。

白狗在家,小黑狗是老实的。白狗和主人一出门,小黑狗大约觉得天下是自己的了,立刻神气起来了。它会翻越木栅栏,跳到鸭子和鹅的领地,把鸭子撵得四处奔逃。鸭和鹅平素也是掐架的,但小黑狗一旦欺负鸭子了,鹅就会昂首挺胸地,梗起它气贯长虹的脖子,雄赳赳地出击。小黑狗此时会落荒而逃,溜回果树下的老窝。别以为它受了威胁后会长记性,没脑子的小黑狗,下次照样去骚扰鸭子。

这些鸭子和鹅居于园田的角落。鹅一律是白色的,鸭子呢,大多是灰黑的。有一只鸭子,羽毛是黑的,唯有胸脯那儿是白的,好像这只鸭子给自己开了一扇窗。这只鸭子,便也遭同类的嫉妒，不仅黑鸭子对它群起而攻之，傲慢的大白鹅，也时常袭击它。它们那架势，似乎不合力把它胸前的那扇窗撞碎，就决不罢休。所以只要听到楼下的鸭子发出受惊的叫声了，十有八九是那只黑白花的鸭子。

狗对鸭子和鹅的食物，是不闻不碰的，它们吃的不是一路的。狗捡主人的剩饭，鹅和鸭呢，啄食的多半是谷物。冬天的时候，尤其雪大的日子，山上的麻雀寻觅不到吃的了，就会惦记这家院落家禽的食物。麻雀密密麻麻地落下来，往往刚偷个三口两口的，鹅就会张开蒲扇似的翅膀，驱赶它们。麻雀一哄而起，逃向天空。我想鹅身上无所畏惧的英雄主义气概，大概源自它与众不同的眼睛吧。老人们说鹅眼是收缩的，所以往往把人和风景都看小了。人在它眼里也许只是谷穗一般大，麻雀呢，不用说就是一缕浮尘了。

我观察了，不仅人喜欢看风景，动物也是一样的。起风的时候，果树抖得厉害，狗就喜欢钻出窝，歪着脖子看摇摆的树，欣赏它的万种风情吧。正午的阳光将大地照得泛出白光时，鸭子和鹅就格外欢实，"嘎嘎——呱呱——"地叫着，且歌且舞。它们张开翅膀的时候，一定是把阳光当成了上天垂下的长发，而把自己的翅膀当成了梳子。

五月二日的傍晚，天空本来晴朗着，可是突然，一团连着一团的阴云从西南方向飞涌而出。它们气势宏大，像一支无坚不摧的铁甲部队，顷刻间横跨天际，占领了东北部的天空。灰云压顶，天色黯淡，它们却还嫌兵力不够，继续增兵，阴云厚起来，天黑起来，一看，就是大暴雨要来了。果然，我刚把窗子关上，雷声轰隆隆响起，闪电在云层中游鱼似的穿梭，暴雨已经来了。它们把玻璃窗打得噼啪噼啪响，像是放爆竹。我站在窗前，看了一眼楼下的农家小院，发现家禽都已回棚了，小黑狗也回窝了，只有白狗，站在窗棂下，随时准备出发的样子。

大兴安岭的暴雨就是这样，来得猛烈，去得也快。一刻钟吧，云薄了，雨小了。又一刻钟，天放晴了。本该落山的太阳，又明晃晃地跳了出来，大约雷声把它给打回来了吧。山上的水雾与阳光交融，生出了今年的第一道彩虹！好像老天嫌山河还缺乏春意，特意为它加上一只妩媚的眼。本来它要加一双的，可是第二条彩虹只是隐隐约约眨了眨眼，就不见了。而第一条彩虹，也很快被轰轰烈烈的云霓所淹没。

并不是所有的阴云都能演化成雨水。暴雨过后，天空还飞涌着大片大片的云。这些云带着股重生的喜悦，翩翩起舞，姿态万千。灼灼的夕阳把西边天空的云照得一片嫣红，而东方的云，却是一派金黄。给人的感觉就是西方的天空在炼丹，而东方的天空则在炼金。在这嫣红和金黄之间，又有逐渐化开的蓝天，一块块地，散发着宝石色的光泽。风云变幻的天空，其壮丽之色，让我想起了艾伊瓦佐夫斯基的《九级浪》。都说天空如海，那多半是指它平静广阔的一面；而这场暴雨后的天空，让我明白天空之所以如海，是它也能卷起层层波浪！而且每一条波浪，都那么惊险，又那么绚丽！

农家小院的鸭和鹅，抖着翅膀出来了。它们看上去欢欣鼓舞的，大概知道彩虹出来后，河水就会暖了，它们离下河嬉戏的日子也就不远了。只是它们不知道，主人还有没有时间放牧它们。因为暴雨过后，它们透过木栅栏，看见小黑狗侧着身子蹭着果树玩耍，而白狗又引领着老迈的女主人，去小市场卖馒头去了。

2009 年

奏捷之驿

　　四十年前，姐姐八岁，我五岁，弟弟三岁。母亲呢，只有二十七岁。那时的母亲在我们小镇人的眼里，是个不会过日子的女人。因为每隔一两年，她就要领着孩子，回娘家去。旅行在那个年代，费钱又费时。由于交通工具的单一、稀缺，加上路况和天气等因素所造成的车船的运营时间的不确定性，从我们小镇到外婆所在的漠河乡，虽然不过三百来公里的路程，可是一旦走起来，少则三四天，多则六七天，煞是曲折。做小学校长的父亲爱开玩笑，他将路途的艰难，算到地球身上去。说是人在一个球上走，这个球还转着，当然走着走着就要滑下来，哪儿那么容易到老家呢。我一想蚂蚁有时在圆石头上爬，也有栽跟头的时候，便觉得父亲说得在理。

　　母亲大约不太放心英俊洒脱的父亲吧，她回娘家，总是带上两个孩子，留一个在家中。弟弟年幼无知，每次都要被带走，而我和姐姐呢，轮流在家。我们的角色，跟密探差不多。记得四十年前母亲回外婆家的那次，她出发的前夜，先是许诺回来时给我买件花衣裳，然后反复叮嘱我，让我晚上时跟着父亲，他去哪儿串门，我就去哪儿。我忠于职守，天一黑，父亲前脚出门，我后脚就跟上。我就像牧羊人一样，握着无形的鞭子，看着月亮升得高了，赶紧把父亲赶回老窝。这个时刻的父亲，只能乖顺地做我的羊。其实父亲对母亲是非常忠诚的，他每天总要念叨她几句，猜测母亲他们到没到，路上遇没遇见麻烦，到了又是怎样一番情形。由于我们小镇和漠河乡都不通电话电报，到的人无法报平安，所以这种牵肠挂肚的念叨，一直要持续到母亲风尘仆仆地返回。

　　从我们小镇去漠河乡，如果是夏天，通常是先坐长途客车，沿着坑坑洼洼的沙石路到三合站，然后再换乘轮船，逆水而上。如果是大轮船，到漠河乡的码头要航行三四天，小轮船呢，也得两三天。船长是一条船的皇帝，若是碰到性情随和而又富有浪漫情怀的人，除了规定的停靠站，中途若遇可人的风景了，比如说发现岸上有一片艳红的山丁子果，大家垂涎欲滴的，他就会让船停靠一刻，放下浮桥，让旅客下去采摘。当然，大多的船长是一丝不苟的。比如我六岁时跟着母亲和弟弟去外婆家，因为乘坐的大客车中途坏了，修车耗蚀了时间，客车到了三合站的码头时，船已开了。我们眼见着一条白轮船缓缓地离岸而去，母亲哭倒在沙滩上。因为这条船错过了，等下一趟，要三天以后。那一刻我恨那条船，为什么它就不能折回来接上我们呢？看来船不是风筝，说拉就能拉回来。我们滞留在一家大客店里，睡着分上下两层的光板通铺。这个意外无疑削弱了母亲并不丰裕的钱袋，她整天气咻咻的。我还记得她带了一罐豆腐乳，放在了上铺。住在下铺的我，常常趁母亲不备，小老鼠一样地爬上去，用手指头偷着抠腐乳吃。下一趟船终于等来了，那是我第一次乘船。由于船航行在中苏界河上，白天站在甲板的时候，常能看见被我们称为"江兔子"的苏联巡逻艇在江面上突突地跑。艇上那些大鼻子的巡逻兵，喜欢摘下帽子，朝我们挥舞，像嬉皮士。我喜欢看自己船上的船员站在船尾用挂网打鱼，喜欢看环绕着轮船左右翻飞的雪白的江鸥。当然，我也爱看火烧云，它们把西边天镶嵌成了一张又宽又长的年画，那么的鲜艳、热闹。等到船终于停靠在漠河乡的码头，母亲向前来接船的亲人委屈地哭诉着这一路的艰辛时，我撇着嘴，心想有什么好哭的，在三合站等船的日子，过得多有意思啊。

冬天封江了，船停了，母亲归乡的路，只赖汽车轮子了。汽车不像轮船坚如钢铁，它的轮子是凡身肉胎，说坏就坏。轮胎一旦破了，汽车抛锚了，罪也就跟着来了。因为汽车行驶时散发着热量，车内虽然不很温暖，但不至于把人冻着。可它一停下来，如同一个人挺了尸，立刻变得冰凉，我们只得下车，在冰河上奔跑，以免被冻伤。而冰河时常有大面积的冰包出现，这时汽车只能绕道而行。如果绕不好，汽车轮子轧到了苏联疆域，麻烦就大了，双方还得照会。所以开客车的师傅，在拣好路走的时候，还得留意着边界。

即便这样，那些年，无论冬夏，都没有阻断母亲回娘家的路。大概我十三四岁的时候吧，铁路开始往漠河延伸，有了火车,汽车和轮船就面临着退役了。火车是森林小火车,只有一列,每小时五六十公里的速度吧。它虽然逢站必停,还常常晚点,但坐火车稳当便捷,母亲再回家,就选择火车了。

如今从我们小镇到漠河乡,不仅有新修起的光滑如镜的水泥路,还有提速的火车。以前三四天的路程,现在半天就走下来了。前年漠河又开通了机场,从北京飞往那里,三个小时就够了。你想饱览北极风光,不过是一盘棋的工夫。

我还记得读大兴安岭师范时,每逢寒暑假,因为县城的火车站离我们小镇还有十几公里的路程,而那儿又不通汽车,我在返校时,常常要搭生产队进城的马车。由于火车是夜间的,而我往往中午或下午就到火车站了,所以候车室里,常常只有我一个人。坐困了,我也不敢睡,怕万一进来坏人,把我的包给偷了。因为旅行包里,装着书本、炒面和咸菜。那个年代,它们都是我的宝贝啊。

父亲一九八六年冬季在故乡突发脑溢血,由于没有及时找到车辆,他被送到城里的医院时,耽搁了近三个小时,错过了最佳抢救时机,终遭不治,离世时年仅四十九岁。那条十几公里的坎坷的故乡路,在我眼里就像一把长长的尖刀,深深地刺痛了我的心。我总想,如果换作今天,父亲肯定能逃过劫难。因为现在从县城通往那里的车辆,不计其数。

前年我在翻阅大兴安岭地方志的时候,看到一段有趣的史料,清军第一次雅克萨自卫反击战胜利后,有三个兵丁从雅克萨出发，飞马奏捷。他们五月二十五日出发，穿越我故乡的莽莽林海，直达关内，六月六日巡幸在古北口外的康熙帝收到了此报。五千余里的路程仅用了十一天，堪称奇迹。从此后，这条驿路就被称为"奏捷之驿"。我在想，十一天，五千里路，会留下了多少湿漉漉的马的蹄印呢？康熙帝大约不会想到，三百年后，这样的喜报，瞬息可闻。

　　但母亲还怀恋着她年轻时代的归乡路。去年冬天，她意外摔伤骨折，卧床养病的时候，有一天忽然惆怅地对我说，现在往漠河乡也不通船了，要不坐一趟船儿回去多好啊。我说乘船有什么好，跟牛车一样慢。母亲望着我，满怀忧伤地淡淡回了句：风凉啊。

2009年

晚风中眺望彼岸

一九九九年十二月三十一日的零时,我想同其他的时刻也不会有什么特别的区别。也许一个婴儿出生了,而另一个老人却死亡了。有的国家被白雪笼罩,而有的则被洪水围困。某一朵花静悄悄地开了,而某一棵树却在雷电声中訇然倒下。河流不会因为新世纪的到来而改变方向,它依然会在淤满泥沙的旧河床中无波地流动;房屋如果不受地震、火灾和龙卷风等的威胁,也依然会在这个一天中最黑暗的时刻负载着人类千奇百怪的梦境。新世纪在零点钟声清寂地落下后迎头而来,我想不会有人看见它头顶的曙光,因为那时对自然来讲是最沉重和黑暗的时刻。

时间绝对不会因为二十世纪的完结而脱胎换骨,它该如何循序渐进地走下去就如何走下去。我们一觉醒来,发现二十一世纪同昨日的二十世纪没有什么具体的区别,依然是陈旧的阳光照着古老的街道,卖早点的人也同以往一样眼角淤着眼屎呵欠连天地炸油条。菜摊儿前的妇女提着形形色色的菜篮子在为一家人的生计操心,而餐桌前的孩子则像雏燕一样等待家长把饭喂到他们口中。

　　二十一世纪就在一片庸碌声中平凡地开始了。你别指望在那个世纪之交会有数百条彩虹横空出世令你惊喜不已，也不必担心像某些预言家所讲的那样会面临灭顶之灾。地球和人类在我看来都是很皮实的东西，虽然有陨石雨、战争、饥荒、瘟疫等不间断地折磨他们，但他们总是能够找到战胜和消解它们的方式。他们自身有着强大的免疫力。这种巨大的存在是不可抗拒的。所以我从不担心二十一世纪会像出现了病毒的计算机中的资料一样消失得无影无踪，它肯定会如期来临。

　　像我这样出生于二十世纪六十年代的人，基本上是把半辈子扔给了二十世纪，而另外的半辈子则会在二十一世纪奔波。从我出生时起，世界就早已形成了。它轮廓分明，井然有序。人们生病了去医院，该上学了去学校，缺柴米油盐了去粮店，犯罪了去蹲监狱，看破红尘的人踏入寺庙，仿佛一切都已约定俗成。早已有人发明了汽车、飞机、电话等便捷的交通工具和通信工具，使我们的出行和联络变得极为方便。房屋有电的照耀，随之产生了电视、冰箱、洗衣机、组合音响、吸尘器等靠电为人类提供娱乐和舒适生活的工具。你几乎不用动什么脑筋，就可以安然地进入一种与世无争的生活状态。一切都是现成的，使你没有思考的余地和创造的空间。

　　我开始逐渐懂得国家有别，国与国之间以政治的名义又划分出了几个世界。至于国家内部的政治也是错综复杂的，所以战争既有世界大战也有国家内战。至于经济，它越来越成为人类生活最关注的话题，而直接带动经济腾飞的科学技术也备受重视。经济实力的强弱在很大程度上已经开始主宰人的精神生活，所以它不知不觉地已经渗透到政治、军事、上层建筑等诸多领域。而文化艺术发展到今天，仿佛最辉煌的时刻已经过去，无数的艺术大师像群星一样闪烁在茫茫夜空中，使我们只有顶礼膜拜的份儿。就我的狭窄视野和生存状况来看，建筑有了中世纪欧洲各国那些著名的大教堂就已经算是登峰造极了。而音乐有了巴赫、贝多芬、柴可夫斯基就够了。至于绘画，凡·高一个人就把激情的表达推到了顶点。而文学，东方有了川端康成、西方有了福克纳也足以使黯淡的天空为之一亮。

　　这个世界正在有条不紊地向前走着，以至于我常怀疑在它的深处埋藏着巨大的阴谋。我们的一切仿佛都已经被预定了，到处都是秩序和法则，你无法使自身真正摆脱羁绊而天马行空。所以在现实社会中，你若内心拥有自由的情感，无疑是把苦难之水倾在自己的头上。这世界需要的仿佛只是木偶，只有这样你才能毫不受伤害地平静走完一生。你若对这个世界问询多了，它便会给你致命的一击。尼采是问得太多了，所以他发疯了；凡·高也问多了，他亲手割下了自己的耳朵作为代价；贝多芬也问多了，所以最后让旋律诀别了他，使他失聪而坠入一个强大的寂静空间。还有海明威、三岛由纪夫等，他们干脆把自己的命也问进去了。然而正是这些人,使我觉得这世界还能让人活下去。

　　文化艺术是靠想象力的支撑才得以发展的。想象诞生了数不清的神话和传说,使我们觉得在嘈杂的生存空间里有隐隐的光带在闪闪烁烁而令人倍觉温暖。然而现在,神话和传说却难以诞生了,那些自诩为神话的东西让人嗅到的却是一股浊重的膏药味。我怀疑人类的想象力正在逐渐萎缩。同一模式的房屋、冷漠的生存空间、机械单调的生活内容,大约都是使想象力蜕化的客观因素。房屋越建越稠密,青色的水泥马路在地球上像一群毒蛇一样四处游走,使许多林地的绿色永远窒息于它们身下。我们喝着经过漂白粉消毒的自来水,吃着经过化肥催化而长成的饱满却无味的稻米,出门乘坐喷出恶臭尾气的公共汽车。我们整天无精打采,茫然无从。这种时刻,想象力注定是杳如黄鹤,一去不回。高科技的发展在使生活中的一切都变得极为方便和舒适的同时,也在静悄悄地扼杀着人的激情。如果激情消逝了,人也就不会再有幻想和回忆,也许在新世纪的生活中,我们的周围会越来越缺乏尘土的气息,我们仿佛僵尸一样被泡在福尔马林中,再没有如烟往事可以拾取,那该多么可悲。

　　我对人类文明的发展进程总是心怀警惕。文明有时候是个隐形杀手。当我们结束了茹毛饮血的时代而战战兢兢地与文明接近时,人适应大自然的能力也在不同程度地下降。战争是和平的敌人,但谁能否认在战争的硝烟中诞生了无数动人的故事,而在和平生活中人们却麻木不仁? 更可怕的还是道德。我们所接受的道德观基本是以伪君子的面目出现的，它无视人内心最为自由而人道的情感，而衣冠楚楚的人类却视其为美德。梁山伯与祝英台的爱情故事多么畸形，可它居然被演绎成爱情的典范。而最近轰动一时的《廊桥遗梦》，其实也无非是对传统道德观的一次最积极的维护。道德阻碍了情感的融合，人解决不了这个矛盾，于是就诗情画意地让他们死后的骨灰相会在清风荡漾的罗斯曼桥下，这是多么残酷。我们不应该为这个令人肝肠欲碎的爱情故事而流泪，而应该为人类情感所身处的尴尬处境痛哭。对人而言，以道德来压抑幸福和情感，这世界还有什么值得令人动情的事物而让人赖以生存呢？每当我想起这些，内心便有一种深深的恐惧和绝望之感。任何独辟蹊径的生活方式便也就屡屡遭到世人的责难和白眼，所以幸福的获得是辛酸的。我非常崇敬卓别林，因为他最为深刻地理解了幸福，那就是有代价的幸福。所以他的喜剧作品让人笑过之后充满凄楚，从某种意义上说，他的作品也就是悲剧作品。我记得他曾经复述过这样一个故事，一个侍者端着盘子笑吟吟地走进餐厅，突然一个香蕉皮让他滑倒了，于是他狼狈地倒在地上，众人见状便大笑起来。卓别林认为跌倒并不引人发笑，引人发笑的是一个人在瞬间由快乐而突然坠入了忧伤。他的这种理解使我觉得卓别林是一个参透了人世间酸甜苦辣的艺术大师。被辛酸浸淫着的幸福，一定像洒满晨露的蓓蕾一样让人心动。我不知道自己的一生能否获得这样的幸福，因为它到来的过程充满桎梏，实在像船行进在浅滩中一样艰难。

　　我们站在动物园里看到被关在铁笼子中的老虎时总是充满同情，因为它威风扫地，懒洋洋如肥胖的家猫。可我们却并不知道，我们自身的处境同它一样，只不过我们的笼子是巨大而无形的。我们的激情也如同老虎的威风一样正成为昨夜长风。

　　二十一世纪能真正给予我们一些什么？更高更新的科学技术？如秋水一般波澜不兴的和平？只有教堂而没有监狱的空间？再没有了吸毒和卖淫的人，人人都成为了彬彬有礼、深有教养的文明人？倘若人类果真发展到这种境界，世界还成其为世界吗？我怀疑那时候人恐怕连自杀的勇气都丧失殆尽了。

　　我太喜欢有个性的生命了，因为他们周身散发着神性光辉。所以我对克隆羊的诞生深恶痛绝，因为它的出现是对共性生命的认同，却对个性生命充满了蔑视和讽刺。可以同一模式复制的生命在我看来就不是生命。生命是多元化的，所以他们的身上能产生绚烂多彩的幻想。人类生命之所以能得以顺利延续下来，也许并不仅仅在于生育（它充其量只是诞生人的一种方式和手段），而在于绵绵无尽的幻想。如果问我这世界有什么东西是不朽的，我会毫不犹豫地回答：是幻想。幻想使内心最深切的渴望与现实拉近了距离，它在某种程度上达到了沟通的目的；幻想使你最为看重的价值在瞬间得到了认同；幻想能够融化一座巍峨的冰山，能够使河流出现彩虹般的小舟。幻想在幸福与痛苦夹峙起来的深谷中像鱼一样坚韧地浮游，它在你的双足无法抵达的地方，却将你的心拴上浪漫的丝线牵扯到那里。所以幻想是人生存下去的最有力的支撑和动力。我想二十一世纪的人类只要还保有幻想，就仍然会充满无限的生机而使文化艺术的源流不至于过早枯竭。

最初开始写作的时候，我的内心总有一种骚动不安的感觉，你每时每刻都处在激动之中，以为自己正在笔下创造出诗意的生活。那一时期最喜欢的作家便是屠格涅夫和川端康成，他们笔下的风景和人物很容易与我身处的极北环境达成和谐。那时总觉得与周围的人际关系有着巨大的隔膜，与世界格格不入。十几年过去，当我步入中年后，我才明白那其实是青春期的一种可爱的骚动，它带着许多自以为是的虚荣，而与朴素的艺术背道而驰。生活本身就是最好的老师，它会在不知不觉中把你引向真正的人生之旅。现在我不太喜欢屠格涅夫了，因为他笔下的悲剧人为的痕迹太浓，而且弥漫在作品表层的诗意氛围太明显。但我仍然欣赏川端康成，我认为只有他真正代表了东方精神。所以从某种意义上说，学贯中西的人只能成为大学问家，却很难成为大艺术家，因为艺术需要那些偏颇而又棱角分明的人的净化和完善。学问不需要极端，而艺术往往需要，也许这是我个人理解上的偏差。

文学在未来的世纪中还会不会有巨大的高峰出现？我看可能性不大。因为文学不像科学技术，未知的领域仍然很广阔,只要有了新发现就会轰动全球。文学是靠话语来维系和表现的,而话总有说尽的时候。但我仍然对它满含敬意和痴迷,因为它毕竟是使我能够平静跨入新世纪的一把雪亮的钥匙。它虽然如晚风一样令你难以看清,但毕竟你能感觉到它温柔的抚摸和沁人心脾的爽意。而其他的事物绝对没有给我如此经久不衰的激情。我在香火缭绕的寺庙中叩头祈祷的一瞬,内心里满是人间烟火的事情,脱离凡尘于我来讲似乎是不太可能的事情。也许正因如此,我极其恐惧未来世纪的人间尘土气息会在道德和文明的挤压下越来越淡薄,如一棵树经过持续不断的修剪后,规规矩矩地僵直地立着,再没有屈曲盘旋的虬枝能给人制造变幻的阴影和遐想,那么即使这树下仍有极小的一块阴凉,我们也不情愿靠在它的身下休息。虽然我明白幸福的获得是辛酸的,但我依然热切地渴望它,渴望它能像一场意外的雨一样淋湿我、滋润我,哪怕它姗姗来迟呢? 我是不是过于贪婪了?

　　英国哲学家罗素认为,中华民族是全世界最富忍耐力的。他认为白种人都迷恋战争、掠夺和毁灭。此种观点在辜鸿铭的文章中也有体现。辜氏认为:"在中国,战争是一种意外事故,可是在欧洲,战争则是一种必需。"他们几乎不约而同地认为是孔教赋予了中国人儒雅而安静的性格。而我却在想另外的问题,当我们避开战争的时候,我们在享受和创造出些什么? 欧洲在流血,而我们却在吸食他们送上来的鸦片。这种忍耐力又有什么值得称颂的呢? 我们是一个太容易在出生时就安排好归宿的民族，所以我们的自由精神和创造力总是显得那么贫弱。儒教的最大弊端在我看来就是扼杀人的激情。

二十一世纪即将来临了，伫立在本世纪的晚风中，我希望新世纪依然有我们这个世纪所喜欢和所憎恨的事物，它们仍能带给我们种种复杂的情感。如果我不能置身于鱼群飞舞、星汉灿烂的环境，就让我的心灵抵达那里。我将随着那些方方正正的优美的汉字一同继续新世纪的漫漫旅程。

1997年

一滴水可以活多久

这滴水诞生于凌晨的一场大雾。人们称它为露珠,而她只把它当作一滴水来看待,它的的确确就是一滴水。最初发现它的人是一个七八岁的小女孩,她不是在玫瑰园中发现它的,而是为了放一只羊去草地,在一片草茎的叶脉上发现的。那时雾已散去,阳光在透明的空气中飞舞。她低头的一瞬发现了那滴水。它饱满充盈,比珠子还要圆润,阳光将它照得肌肤晶亮,她在敛声屏气盯着这滴水看的时候不由发现了一只黑黑的眼睛,她的眼睛被水珠吸走了,这使她很惊讶。我有三只眼睛,两只在脸上,一只在草叶上,她这样对自己说。然而就在这时她突然打了一个喷嚏,那柔软的叶脉随之一抖,那滴水骨碌一下便滑落了。她的第三只眼睛也随之消失了。她便蹲下身子寻找那滴水,她太难过了,因为在此之前,她从未发现过如此美的事物。然而那滴水却是难以寻觅了。它去了哪里?它死了吗?

后来她发现那滴水去了泥土里,从此她便对泥土怀着深深的敬意。人们在那片草地上开了荒,种上了稻谷,当沉甸甸的粮食蜕去了糠皮,在她的指间矜持地散发出成熟的微笑时,她确信她看见了那滴水。是那滴水滋养了金灿灿的稻谷,她在吃它们时意识里便不停地闪现出凌晨叶脉上的那滴水,它莹莹欲动,晶莹剔透。她吃着一滴水培育出来的稻谷一天天地长大了,有一个夏日的黄昏她在蚊蚋的歌唱声中,发现自己成了一个女人,她看见体内流出的第一滴血时,确信那是几年以前那滴水在她体内作怪的结果。

　　她开始长高,发丝变得越来越光泽柔顺,胸脯也越来越丰满,后来她嫁给了一个种地的男人。她喜欢他的力气,而他则依恋她的柔情。她怎么会有这么浓的柔情呢?她伏在男人的肩头老有说也说不尽的话,夜晚时被男人搂在怀里就总也不想再出来,后来她明白是那滴水给予她的柔情。不久她生下了一个孩子,她的奶水真旺啊,如果不吃那滴水孕育出的稻米,她怎么会有这么鲜浓的奶水呢?后来她又接二连三地生孩子。渐渐地她老了,她在下田时常常眼花,即使阴雨绵绵的天气也觉得眼前阳光飞舞。她的子孙们却像椴树林一样茁壮地成长起来。

　　她开始抱怨那滴水,你为什么不再给予我青春、力量和柔情了呢?难道你真的死去了吗?她步履蹒跚着走向童年时去过的那片草地,如今那里已经是一片良田,入夜时田边的水洼里蛙声阵阵。再也不见碧绿的叶脉上那滴纯美至极的水滴了,她伤感地落泪了。她的一滴泪水滑落到手上,她又看见了那滴水,莹白圆润,经久不衰。你还活着,活在我的心头!她惊喜地对着那滴水说。

她的牙齿渐渐老化,咀嚼稻米时显得吃力了。儿孙们跟她说话时要贴着她耳朵大声地叫,即使这样她也只是听个一知半解。她老眼昏花,再也没有激情伏在她男人的肩头咕哝不休了。而她的男人看上去也畏畏缩缩,终日垂头坐在门槛前的太阳底下,漠然平静地看着脚下的泥土。有一年的秋季她的老伴终于死了,她嫌他比自己死得早,把她给丢下了,一滴眼泪也不肯给予他。然而埋葬他后的一个深秋的月夜,她不知怎的格外想念他,想念他们的青春时光。她一个人拄着拐杖哆哆嗦嗦地来到河边,对着河水哭她的伴侣。泪水落到河里,河水仿佛被激荡得上涨了。她确信那滴水仍然持久地发挥着它的作用,如今那滴水幻化成泪水融入了大河。而她每天又都喝着河水,那滴水在她的周身循环着。

直到她衰老不堪即将辞世的时候,她的意识里只有一滴水的存在。当她处于弥留之际,儿孙们手忙脚乱地为她穿寿衣,用河水为她洗脸时,她的头脑里也只有一滴水。那滴水湿润地滚动在她的脸颊为她敲响丧钟,她仿佛听到了叮当叮当的声音。后来她打了一个微弱的喷嚏,安详地合上眼帘。那滴水随之滑落在地,渗透到她辛劳一世的泥土里。她不在了,而那滴水却仍然活着。

她在过世后又变成了一个七八岁的小女孩,有一天凌晨,大雾消散后她来到一片草地,她在碧绿的青草叶脉上发现了一颗露珠，确切地说是一滴水，她还看见了一只黑亮的眼睛在水滴里闪闪烁烁，她相信她与一生中所感受的最美的事物相逢了。

1997 年

睡眠与劳动

睡眠就是把一条奔腾喧嚣的河给拦腰截断，让它微波不兴地暂时进入平静状态。然而并不是所有的河流都安于这种命运的安排，它们有的就冲破阻拦，仍然一泻千里地向前奔流，不舍昼夜。这就产生了失眠者，医学上称这种病为"神经衰弱"。

神经衰弱说白了就是睡不好觉。有觉不睡，岂不是烧包？再说睡觉是件多自然、多令人幸福的事啊。然而事情没那么简单，有的人就是辗转反侧，彻夜难眠，同窗外的星星一样睁着眼睛度过长夜。夜晚对于失眠者来讲，不再是温柔的梦乡，而是荆棘遍布、青蛇游走、充满阴沟的地狱。

神经衰弱者以知识分子居众。很少听见哪个农民抱怨他睡不着觉，更没有天真烂漫的儿童说他苦于失眠。看来知识和阅历是失眠的两大症结。没有知识，就没有更深的追求和幻想，没有那种精神激情驰骋后所造成的身心疲惫。没有阅历，也就少了那些断肠般的回忆和被惨痛现实撞得头破血流后的凄凉心境。失意、痛苦、徘徊、伤感、患得患失，这些都是造成失眠的主要因素。也许你会说，看破红尘，把一切置之度外不就安然了吗？然而我们就生活在滚滚红尘中，岂能获得真正意义上的超脱，就连弘一法师临终的手书遗言也是"悲欣交集"四个大字，那么大彻大悟的他仍然满含着人类共通的一种情怀，真让我们这些挣脱不了凡俗羁绊的人热泪盈眶。既然世界上清静的庙堂都可能只是形式上的东西，那么我们只能在自己的心中设置一座庙堂来供奉它。没有上天赐予的福音书能够拯救你所面临的困境，于是你就让思维飞速旋转，搞得自己精疲力竭，却仍然是百思不得其解。于是乎就把白日的苦恼延伸到夜晚，在黑暗中承受苦不堪言的失眠。

有关治疗失眠的方法简直太多了。我想哪位有心人若是乐于搜集整理，定能写出一本《失眠者百科丛书》。西医中有为人们广泛使用的"助眠灵"，中医有针灸、煎服汤药等疗法。最广泛的是流传于民间的一些说法，诸如查数、念佛经咒语、想象船在八级大风的海面上颠簸、想象绿意盈门的小院或者无边无际的沙漠……真是数不胜数。看来对精神疾病的治疗总是千奇百怪的。有些偏方对于一些患者确实有效，然而大多是水中明月、纸上谈兵，给人似是而非的感觉。

我在师专做教师时曾有过失眠经历，阶段性失眠。经常是夹着教案去讲台时呵欠连天，精神萎靡。人过三十岁之后，仿佛一双脚真正落到了大地上，幻想的东西少了，睡眠也变得踏实起来。然而也不是一沾枕头就能入眠，总要在床上辗转一番方能入睡。去年省作协分给我一套新居，因我家中的亲人远在大兴安岭，所以只能独自操持装修工作。尽管请了装修公司，不用我做具体的活儿，但是有些事儿还必得我去做。比如选择各种贴面材料的质地、颜色，比如选购卫生间的洁具。大到购买每个房间的吊灯，小到选购门把手和锁头，事必躬亲，我几乎把哈尔滨比较大的装饰材料市场都跑遍了。买到东西，往往是雇了三轮车拉回来，我坐在车尾，被骄阳曝晒得无精打采，就像个辛劳过度的农妇。所以那一段时间，我从新居工作完一天回到老房子，连爬楼的力气都没有了。吃过饭倒在床上立刻入睡，而且睡眠中多半没梦。整整一个月，因为过度的体力消耗，我尝到了睡眠的美好感觉。

　　前一段时间读到某位老作家谈当年被下放到农村的感觉，说他经过劳动后，奇怪的是多年睡不着觉的老毛病竟好了。我看后不禁哑然失笑。睡眠与劳动确实有着水乳交融的关系，那就是体力劳动可以助眠，而脑力劳动则造成失眠。能够把二者恰当地结合起来，才是解决失眠的真正途径。

　　川端康成和海明威的晚年都被失眠所困扰，是不是失眠把他们搞得心力交瘁，因而他们用自戕的办法来寻求解脱、击碎一切梦境？杜拉斯晚年也因失眠而酗酒。我想人确实是痛苦的，因为当晚年我们的思维仍然敏捷、充满激情的时候，我们却没有足够的体力用劳动换得宁静的睡眠。当我们的灵魂还如此鲜活的时候，躯壳却已残破不堪。即便如此，我想没有人会因此而放弃梦想。

1998年

也说离别

就不说人类的离别了吧,它演绎出的动人的爱情故事实在多如繁星。比如好莱坞的很多影片,早期如《魂断蓝桥》,新近如《廊桥遗梦》《泰坦尼克号》,都是把离别推到登峰造极之境、令人肝肠欲碎、赚足了观众泪水的影片。这种离别看似很美,实则有着某种虚荣的情怀隐含其中。比较而言,我更喜欢那种看似平淡,却饱含深情的离别。当然,它又不是日本影星高仓健饰演的那种故作深沉、嘴角一抽的冷面离别。

离别是一种现实,同时也是一种精神。现实的离别有距离感,精神的离别则没有距离感。而距离感的有无,与人的心理体验有关。所以虽然有的人与你远别天涯,你却觉得近在咫尺,思念拉近了空间距离;而与你终日厮守的人,可能在心理上你们已经远隔万水千山。

离别每时每刻都在发生,因为世界上没有任何一个时间是重复的,我们随时随地都在与时间告别。即使你天天都在走相同的路,与同样一个人说着话,但是时间的属性却发生了变化。在离别中,有人与人的离别,人与自然的离别,动物与动物之间的离别。人类的离别不说我们也了如指掌,它具体、细微、凄切动人;而人与自然的离别则是一种大离别,它宏阔、抽象、迷离,直击灵魂。动物与动物之间的离别也与人类的离别一样饱含着深情,人的缠绵悱恻和惆怅伤感它们全部拥有,绝不逊色,甚至于它们的思念情怀比人类更执着。我忘记了哪一种鸟,当雌或雄的一方死去后,另一只肯定为其哀鸣不止,悲恸自绝。而报纸也曾登载过这样一条消息,二战时,一名犹太人遭纳粹枪杀,遇害者的爱犬目睹了这一幕情景。和平时期,这名昔日的刽子手在街上行走,忽然遭到了一条狗的凶猛袭击。这条狗正是已故主人的爱犬。人类的忠诚与它相比要逊色许多,动物所葆有的那种离别后的深情实在纯洁之至,令人感佩。

  我感兴趣的是人与自然的离别。人与自然的离别在中国古人的文章中屡见不鲜,而且均洒脱俊逸,气韵非凡。有的浸润着无边的哀痛,如屈原的辞赋;有的则哀婉伤感,如与辛弃疾交往甚笃的刘过所写的《唐多令》:"芦叶满汀洲,寒沙带浅流。二十年重过南楼。柳下系船犹未稳,能几日,又中秋。　　黄鹤断矶头,故人今在不?旧江山浑是新愁。欲买桂花同载酒,终不是,少年游。"当然,也有的文人在与大自然的离别中获得了某种力量,如苏轼的《前赤壁赋》:"月出于东山之上,徘徊于斗牛之间。白露横江,水光接天,纵一苇之所如,凌万顷之茫然。浩浩乎如冯虚御风,而不知其所止,飘飘乎如遗世独立,羽化而登仙。"苏轼与赤壁的离别,便有着一种与大自然水乳交融的忘我之境界,而这应该是人与自然离别的最佳境界,实在令人神往。

　　大自然是寂静的,同时又是生气勃勃的。人与大自然的离别,可以升华人的灵魂,给人留下无穷无尽的幻想空间。离别了森林、河流、白云、草原,无论你走到哪里,都会更加深沉地记忆着这一切。远去的森林仍在你视野中闪烁出现,白云依然会在河面投下美丽的倒影,草原的馨香气息会在你枕畔流连,你与大自然虽然离别了,但在另一种情境中,它却始终环绕着你。我们人类最需要的,正是这种有如雨露一般的离别。

1999年8月　塔河

在温暖中流逝的美

　　我是一九八三年开始写作的,至今刚好有二十个年头。二十年前,我的发丝乌泽油亮,喜欢咯咯笑个不停,看到零食时两眼放光,看着可爱的小动物爱上前跟它们说上几句俏皮话。那时我可以彻夜不睡地写上一万字,第二天照样精力充沛地工作。我爱到田野和山间散步,爱随手掬上一捧河水喝上一气,爱摆个姿势照相。二十年前的我还没有属于自己的一间屋子,没有出版一本书,对生活满怀憧憬。但那时的我是多么的青春啊。

　　现在的我不爱照镜子,镜子中的我常常是双眼布满血丝,面色青黄。我的发丝有些干涩了,眼角悄悄爬上了皱纹。我常常丢三落四,时常找不着要用的东西。有的时候进了超市,我看着商品一片茫然,不知自己是要来买什么的。所以,如今去超市,我的手里通常攥着一张纸条,那上面记着我平素写下的需要添置的生活日用品。我依然喜欢在黄昏时散步,只是看着夕阳时常常徒自伤悲。我如今有了自己的屋子,出版了三十多部书,不用为着生计而奔波和劳碌了,可快乐却不如从前那般坚实地环绕着我了。看着自己所创作的那一部部书，我在想自己的最好年华都赋予文学了。这是不是太傻了？去年爱人因车祸而故去后，我常常责备自己，如果我能感悟到我们的婚姻只有短短的四年时光，我绝对不会在这期间花费两年时间去创作《伪满洲国》，我会把更多的时光留给他。可惜我没有"天眼"，不能预知生活中即将发生的这一沉重的劫难。

文学对我来讲，就像我的亲人一样，我对它有强烈的依赖性。它给了我生存的勇气和希望。在生活中，我是一个循规蹈矩的人，可在我的梦想中，我却是一个无拘无束、激情飞扬的人。文学为我打开了生活的另一扇窗。有一家刊物曾问过我如何解决理性与现实的矛盾？我是这样说的："石头和石头碰撞激烈的时候，会焕发出灿烂的火花。现实是一块石头，理想也是一块石头，它们激烈碰撞的时候，同样会产生绚丽的火花，那就是艺术的灵光在闪烁。"的确，我认为理想与现实冲突越激烈的时候，人的内心所焕发的艺术激情就更加强烈，这种矛盾使艺术更加美轮美奂。所以生活中多一些磨难对自身来讲是一种摧残，对文学来讲倒可能是促使其成熟的催化剂。但任何人都情愿放弃文学的那种被迫成熟，而去拥抱生活中那实实在在的幸福。

我是一个很爱伤感的人。尤其是面对壮阔的大自然的时候，我一方面获得了灵魂的安宁，又一方面觉得人是那么的渺小和卑琐。只要我离大自然远了一段日子，我就会有一种失落感。所以这十几年来尽管我工作在城市,但是每隔三四个月,我都要回故乡去住一段时日。去那里的目的其实并不是为了写作,只是因为喜欢。那里的亲人、纯净的空气、青山碧水、宁静的炊烟、鸡鸣狗吠的声音、人们在晚饭后聚集在一起的闲聊,都给我一种格外亲切和踏实的感觉。回到故乡,我心臆舒畅,觉得活得很有滋味。其实乡村是不乏浪漫的,那种浪漫不是造出来的,而是天然流露的。城里人以为聚在灯红酒绿的酒吧闲谈是浪漫,以为给异性朋友送一束玫瑰是浪漫,以为携手郊游是浪漫,以为坐在剧场里欣赏交响乐是浪漫,他们哪里知道,农夫在劳作了一天后,对着星星抽上一袋烟是浪漫,姑娘们在山林中一边采蘑菇一边听鸟鸣是浪漫,拉板车的人聚集在小酒馆里喝上一壶热酒、听上几首登不了大雅之堂的乡间俚曲是浪漫。我喜欢故乡的那种浪漫,它们与我贴心贴肺,水乳交融。我的文学,很多来自于乡间的这种浪漫。

童年的时候,我很喜欢在冬天起床之后去看印在玻璃窗上的霜花。它们看上去妖娆多姿,绮丽明媚。我常想寒风在夜晚时就变成了一支支画笔,它们把玻璃窗涂满了画。我能从霜花中看出山林、河流的姿态,能看出花朵、小鸟和动物的情态,能看出形神各异的人的表情。但是往往是看着看着,由于阳光的照耀和室内炉火的温暖的熏炙,这霜花会悄然化成水滴而解体。那时候我就会很难过。霜花是美丽的,我知道有一种美是脆弱的,它惧怕温暖,当温暖降临时,它就抽身离去了。我觉得我的生活呈现的就是这种美，它出现了，可它的存在是何其短暂！

我不该为了生活的变故而怨天尤人、顾影自怜，我应该庆幸，我曾目睹和体验过"美"，而且我所体验到的美消失在温暖中，而不是寒冷中，这就足以让我自慰了。如果"美"离开了我，我愿意它像霜花一样，虽然是满含热泪的离去，但它却是在温暖中消融的。

我愿意牵着文学的手，与它一起走下去。当我的手苍老的时候，我相信文学的手依然会新鲜明媚。这双手会带给我们对青春永恒的遐想，对朴素生活的热爱，对磨难的超然态度，对荣誉的自省，对未来的憧憬。我相信再过一个世纪，人们也许会忘记这世界上许多政治上的风云人物，但人们永远不会忘记柴可夫斯基、贝多芬、巴赫、莫扎特；不会忘记凡·高、蒙克、毕加索和莫奈；不会忘记莎士比亚、雨果、托尔斯泰和巴尔扎克。战争是陨石雨，它会过去，而艺术是恒星，永远闪烁在人类文明的星空中。如果没有这样的星空照耀我们，我们人生该是多么的灰暗啊！艺术拯救不了世界，但它却能给人带来心底的安宁和幸福。

2003年

红绿灯下

在城市，当你走到十字街头时，往往会与红绿灯相遇。

说来好笑，我最初来到城市时，最怕的就是过街。在西安和北京求学期间，只要是有天桥和地下通道，我绝不走十字街。我对红绿灯不信任，它们闪来闪去的，像是两只鬼眼，变换太快，常常是绿灯一亮，我起步走，却遭逢侧向驶来的一串汽车，它们占据了半边路，阻断你。等它们过去后，你再前行，绿灯的心房就颤动了，红灯随之亮起，你被隔在马路中央，身前身后是川流不息的车辆，有被钢铁夹击的感觉。此时我总会联想起卓别林的《摩登时代》中，那个被卡在机器中的工人，觉得自己是工业化时代的一个可怜虫。

我喜欢回到故乡，其中的一个缘由是，在乡间路上，我不会为红绿灯左右。能够阻断我脚步的，有时是一群在黄昏中归家的羊，有时是几只正午时通过堤坝，要下河戏耍的鸭子。

据说在交通事故中，死于红绿灯下的行人占了很大比例。闯红灯，是肇事的元凶。有时是汽车闯红灯殃及行人，有时是行人闯红灯自蹈黄泉，这样的行人无疑就是举着阎王爷掷来的招魂牌在过街。不管责任在哪一方，倒霉的总归是人。所以家长送孩子上学的路上，在过十字街时，如临虎口，总要拉起孩子的手。在幼儿教育中，学会通过红绿灯下的街口，也成了必修课。走到红绿灯下，人的心就会紧张起来，你要眼观六路，耳听八方，稍有不慎，就会酿下惨祸。在我眼中，十字街就像匍匐在大地的十字架，它主宰着人的生死。行人到了它面前，只能心怀虔诚，脚踏实地慢行，才会安然无恙；反之，慌里慌张，视红灯于不顾，则会遭遇不幸。

　　我到哈尔滨生活以后，习惯了走红绿灯。前些年，每当过十字街时，看见绿灯闪烁了，我会一路飞奔，分秒必争，抢在红灯敲响警钟时到达街对面。由于年轻，体力充沛，我与绿灯的赛跑很少有输的时候。当街口的行人集体闯红灯时，我也尾随其后，大摇大摆地招摇过市。汽车像一支支飞来的箭，唰唰地在我们身旁呼啸而过，可是大家对它们毫无惧色，我也心底泰然。

　　二〇〇二年初春，爱人离开哈尔滨时，带我去花店买花。我们到了海城街的鲜花批发市场，我选了一束红色康乃馨、几枝玫瑰。当我把玫瑰拿在手中的时候，爱人说，别老买黄色的，换点鲜艳的颜色吧。于是，我挑了两枝娇艳的粉色玫瑰。他捧着康乃馨，我拿着玫瑰，散步回家。经由红军街桥下的十字路口时，恰好赶上绿灯眨眼了，我说等下一个绿灯再过吧。爱人说，你跟着我，能抢过去的！他个子高，步伐大，很快就跑到街对面了。我呢，一见红灯亮了，腿立刻就软了，向回撤。这样，我站在街这头，他站在对面，我们中间，是一台连着一台的疾驰的车辆。车辆就像汪洋大海，把我们分开了。三天后，爱人在回故乡的山间公路上出了车祸。故乡的路没有红绿灯，可是他为了早点回到工作的地方，急于赶路，还是出了事故。他的心中，看来一直亮着一盏颤动着的绿灯啊。他是一个疯狂的旅人，只知道一刻不停地向前赶，赶，赶。这种"赶"，这种热情的"奔命"，使我们一个在此岸，一个在彼岸，永隔着万水千山。他像流星，以为自己生命的光华还很漫长，却不知道当他飞速掠过天际的时候，迎接他的却是永恒的寂静。

爱人离去后，我身边没了陪伴的人，可是路还是要走下去的。我曾在十字街头为他焚烧纸钱，都说那是灵魂聚集的地方。再经过那样的路口时，我感觉有无数的灵魂在幽幽地歌唱。远远地看到绿灯要变换了，我便会放慢脚步，在路边静心等待；人们蜂拥着闯红灯时，我也会原地不动，气定神凝地候着。红绿灯下那些步履匆匆、神色慌张的赶路人，在我眼里是那么的可怜可笑。

我想，人生是可以慢半拍，再慢半拍的。生命的钟表，不能一味地往前拨，要习惯自己是生活的迟到者。人是弱的，累了，就要休息；高兴了，就要开怀大笑。郁闷的时候，何苦要掩饰自己，对着青山绿水呼喊吧。我们可以与友人畅饮，一醉方休；也可以对那些邪恶的人当面示以唾弃。我们可以在月夜下多几分缠绵，也可以在旅途中因着美好的风景而多几日的停留。随遇而安，随缘而行。随风而舞，随雨而歌！

　　是的，我们要给自己多亮几盏红灯，让生命有所停顿，有所沉吟。这样的红灯，就是我们生命中不熄的火焰！只有这样，弱的生命才会变成强的生命，黯淡的生命才会变成有光华的生命！当生命的时针有张有弛、疾徐有致地行走的时候，我们的日子，才会随着日升月落，发出流水一样清脆的足音。

2007年

我的世界下雪了

　　沿着堤坝向南走,可以看到一带蜿蜒起伏的山峦。春夏时节,那山是绿色的。当然,这绿也不是纯粹的绿,其中仍夹杂着点点的白色,那是白桦树荡漾在松林中的几点笑窝。山脚下,有一条清澈而宽阔的河流——呼玛河。从河岸到堤坝,是一片茂密的柳树丛和几百棵高大的青杨。那些青杨间距很广、错落有致地四散开来,为这带风景平添了几分动人的风韵。初春的时候,残雪消融,矮株的柳树红了枝条,而高大的青杨则绿了身躯,那些青杨就像是站在河岸的穿着绿蓑衣的渔民,而那丝丝柳枝,有如一群漫游在他们脚下的红鱼。

　　如果是沿着河岸向南走的话,你仍然可以看到山峦、柳树丛和青杨,不过在岸边还可以看到一块又一块的庄稼地和在那里劳作的农人的身影。如果你乐意,可以停下脚来问问他们今年的庄稼长势如何,他们会热情地告诉你,哪种庄稼长势喜人,哪种庄稼缺了雨水,哪种庄稼又遭了虫灾。他们跟你说话的时候,偎在农人身旁的先前还跟你汪汪叫着的狗,立刻就停止了吠叫,它会摇着尾巴,歪着头听你和它的主人友好地交谈。而那谈话始终是有流水声相伴着的，河水哗——哗——地流着，就像一位腰肢纤细、身材修长的白衣少女，正躺在那里懒洋洋地小睡着，而河水发出的如歌的行板就是她均匀的呼吸。

　　当然，我是从一个漫步者的角度描述我故乡居室窗外的风景的。如果你坐在书房的南窗前观赏山峦、柳树丛和河流，那就是另一番情境了。通常情况下，河水看上去只是浅浅细细的一条亮线，但是到了涨水的季节，而月亮又格外的圆润皎洁的话，河流就被映照得焕发出勃勃金光，明亮得就像镶嵌在大地上的一道闪电。而山峦和柳树丛呢，它们也会因着观察角度的变化而改变了容颜，山显得低了些，山峦与天相接所呈现的剪影也就更为明显，它那妖娆的曲线一览无余；柳树丛呢，它们缥缈得就像岸边的一片芦苇，而那些高大的青杨，由于你看不清它们身上那些纵横的枝丫和漫溢着的鲜润的绿色，则很有点武士的味道了，显得是那么的浑厚、苍劲和威严。

　　如果把老天比喻为一个画师的话，那么它春夏时节为大自然涂抹的是如梦似幻的温柔之色；到了秋天，它的画风发生了巨变，它借着秋霜的手，把山峦点染得一派绚丽，那灿烂的金黄色成为这个季节的主色调，让人想起凡·高的画。但这种绚丽持续不了多久，随着冷空气频频地入侵，落叶飘零，山色骤然变得黯淡陈旧了。但这种黯淡也不会让你的心灰暗很久，伴随着雪花那轻歌曼舞的脚步，山峦迎来了另一次的灿烂，它披上一件银白的棉袍，于苍茫中呈现着端庄、宁静的圣洁之美。

  我之所以喜欢回到故乡，就是因为在这里，我的眼睛、心灵与双足都有理想的漫步之处。从我的居室到达我所描述的风景点，只需三五分钟。我通常选择黄昏的时候去散步。去的时候是由北向南，或走堤坝，或沿着河岸行走。如果在堤坝上行走，就会遇见赶着羊群归家的老汉，那些羊在堤坝的慢坡上边走边啃噬青草，仍是不忍归栏的样子。我还常看见一个放鸭归来的老婆婆，她那一群黑鸭子，是由两只大白鹅领路的。大白鹅高昂着脖子，很骄傲地走在最前面，而那众多的黑鸭子，则低眉顺眼地跟在后面。比之堤坝，我更喜欢沿着河岸漫步，我喜欢河水中那漫卷的夕照。夕阳最美的落脚点，就是河面了。进了水中的夕阳比夕阳本身还要辉煌。当然，水中还有山峦和河柳的投影。让人觉得水面就是一幅画，点染着画面的，有夕阳、树木、云朵和微风。微风是通过水波来渲染画面的，微风吹皱了河水，那些涌起的水波就顺势将河面的夕阳、云朵和树木的投影给揉碎了，使水面的色彩在瞬间剥离，有了立体感，看上去像是一幅现代派的名画。我爱看这样的画面，所以如果没有微风相助，水面波澜不兴的话，我会弯腰捡起几颗鹅卵石，投向河面，这时水中的画就会骤然发生改变，我会坐在河滩上，安安静静地看上一刻。当然，我不敢坐久，不是怕河滩阴森的凉气侵蚀我，而是那些蚊子会络绎不绝地飞来，围着我嗡嗡地叫，我可不想拿自己的血当它们的晚餐。

在书房写作累了,只需抬眼一望,山峦就映入眼帘了。都说青山悦目,其实沉积了冬雪的白山也是悦目的。白山看上去有如一只只来自天庭的白象。当然,从窗口还可以尽情地观赏飞来飞去的云。云不仅形态变幻快,它的色彩也是多变的。刚才看着还是铅灰的一团浓云,它飘着飘着,就分裂成几片船形的云了,而且色彩也变得莹白了。如果天空是一张白纸的话,云彩就是泼向这里的墨了。这墨有时浓重,有时浅淡,可见云彩在作画的时候是富有探索精神的。

无论冬夏,如果月色撩人,我会关掉卧室的灯,将窗帘拉开,躺在床上赏月。月光透过窗棂漫进屋子,将床照得泛出暖融融的白光,沐浴着月光的我就有在云中漫步的曼妙的感觉。在刚刚过去的中秋节里,我就是躺在床上赏月的。那天浓云密布,白天的时候,先是落了一些冷冷的雨,午后开始,初冬的第一场小雪悄然降临了。看着雪花如蝴蝶一样在空中飞舞,我以为晚上的月亮一定是不得见了。然而到了七时许,月亮忽然在东方的云层中露出几道亮光,似乎在为它午夜的隆重出场做着昭示。八点多,云层薄了,在云中滚来滚去的月亮会在刹那间一露真容。九点多,由西南而飞向东北方向的庞大云层就像百万大军一样越过银河,绝大部分消失了踪影,月亮完满地现身了。也许是经过了白天雨与雪的洗礼,它明净清澈极了。我躺在床上,看着它,沐浴着它那丝绸一样的光芒,感觉好时光在轻轻敲着我的额头,心里有一种极其温存和幸福的感觉。过了一会儿,又一批云彩出现了,不过那是一片极薄的云,它们似乎是专为月亮准备的彩衣,因为它们簇拥着月亮的时候,月亮用它的芳心,将白云照得泛出彩色的光晕,彩云一团连着一团地出现,此时的月亮看上去就像一个巨大的蜜橙,让人觉得它荡漾出的清辉,是洋溢着浓郁的甜香气的。午夜时分,云彩全然不见了,走到中天的明月就像掉入了一池湖水中,那天空竟比白日的晴空看上去还要碧蓝。这样一轮经历了风雨和霜雪的中秋月,实在是难得一遇。看过了这样一轮月亮,那个夜晚的梦中就都是光明了。

我还记得二〇〇二年正月初二的那一天,我和爱人应邀到城西的弟弟家去吃饭,我们没有乘车从城里走,而是上了堤坝,绕着小城步行而去。那天下着雪,落雪的天气通常是比较温暖的,好像雪花用它柔弱的身体抵挡了寒流。堤坝上一个行人都没有,只有我们俩,手挽着手,踏着雪无言地走着。山峦在雪中看上去模模糊糊的,而堤坝下的河流,也已隐遁了踪迹,被厚厚的冰雪覆盖了。河岸的柳树和青杨,在飞雪中看上去影影绰绰的,天与地显得是如此的苍茫,又如此的亲切。走着走着,我忽然落下了眼泪,明明知道过年落泪是不吉祥的,可我不能自持,那种无与伦比的美好滋生了我的伤感情绪。三个月后,爱人别我而去,那年的冬天再回到故乡时,走在白雪茫茫的堤坝上的,就只是我一人了。那时我恍然明白,那天我为何会流泪,因为天与地都在暗示我,那美好的情感将别你而去,你将被这亘古的苍凉永远环绕着!

所幸青山和流水仍在，河柳与青杨仍在，明月也仍在，我的目光和心灵都有可栖息的地方，我的笔也有最动情的触点。所以我仍然喜欢在黄昏时漫步，喜欢看水中的落日，喜欢看风中的落叶，喜欢看雪中的山峦。我不惧怕苍老，因为我愿意青丝变成白发的时候，月光会与我的发丝相融为一体。让月光分不清它是月光呢还是白发；让我分不清生长在我头上的，是白发呢还是月光。

几天前的一个夜晚，我做了一个有关大雪的梦。我独自来到了一个白雪纷飞的地方，到处是房屋，但道路上一个行人也看不见。有的只是空中漫卷的雪花。雪花拍打我的脸，那么的凉爽，那么的滋润，那么的亲切。梦醒之时，窗外正是沉沉暗夜，我回忆起一年之中，不论什么季节，我都要做关于雪花的梦，哪怕窗外是一派鸟语花香。看来环绕着我的，注定是一个清凉而又忧伤、浪漫而又寒冷的世界。我心有所动，迫切地想在白纸上写下一行字。我伸手去开床头的灯，没有打亮它，想必夜晚时回电了；我便打开手机，借着它微弱的光亮，抓过一支笔，在一张打字纸上把那句最能表达我思想和情感的话写了出来，然后又回到床上，继续我的梦。

那句话是：我的世界下雪了。

是的，我的世界下雪了……

2004年

发现大地的星星

我出生在正月,是和着风雪的节拍来到人世的,这个季节对极北地区来说,天黑得早又亮得晚,人们做早晚饭时,得点油灯或蜡烛。但这样的光明是耗钱的,所以为着节省,一般的人家会把炉火当灯。我印象最深的画面,是隆冬时分,主妇们做好了饭,一家人坐在板凳或是柴火堆上,就着炉膛的火光,把灶台当饭桌,围聚一团吃饭的情景。若是早饭可以磨蹭着吃,天是越吃越亮;而晚饭得抓紧吃,天会越吃越黑,炉火也越来越弱。视线模糊时,你想将筷子伸向土豆丝的菜盘,误入的可能是卜留克丝的咸菜碗,这一口下去,齁得人立马找水瓢,喝多了水解溲是免不了的,此夜就别想有好梦了。

可是春夏秋时,我们在屋内无需炉火,拉开窗帘,月亮就来屋子投胎了,无论吃饭、刷碗、洗衣、扫地还是铺被子,都可借上它大度的光。而冬天里为抵御寒风,双层窗格塞了厚厚的锯末,进户门也钉上毛毡,再加上一早一晚气温低,霜花就像玻璃窗娶的俏媳妇似的,紧密贴合着,浓得化不开,住屋与月亮仿佛隔了两世,炉火便是主要光源了。

但冬夜的光明依然是辽阔的。天黑得早,月亮升起得也早。只要不是瘦得伶仃的上弦月和下弦月,月亮都是顶呱呱的天灯,而雪花铺就的大地,就是一个天然的反光板,天地间因之焕发着乳白的光晕。你可以穿得暖暖和和的,在月亮地里劈柴挑水,给牲口棚的牛马加草料。女人们串门子不用带手电筒,男人们凑一堆喝酒也不怕回来晚,月亮给他们照着路呢。但男人要是回来晚了,女人是坐不住的,得赶紧出去寻,万一他们醉倒在半道上,大冬天的无人路过,会有冻伤甚至死亡的危险。

屋檐结了冰溜子,说明春天张开翅膀了。屋顶的积雪被暖阳融化后,屋檐白天滴答滴答地淌水,但随着夜晚温度持续走低,它们就被活活冻僵,冻成螺旋状,雪亮而参差地站成一排,恰如竖琴。弹奏冰溜子的还是暖阳,待到太阳升高,冰溜子便又淌水了,一点点地瘦下去,矮下去,直至不见。有时我们一夜醒来,见晨曦将冰溜子镀上一层乳黄的微光,晶莹剔透得像棒棒糖,便跳起来摘下一根,咯嘣咯嘣地嚼,嚼得透心地凉。大人们这时会吓唬我们,说是吃冰溜子容易长大粗脖,哪个女孩不想有漂亮的脖颈呢,赶紧扔了它。冰溜子落地碎成几段,看家狗也是馋嘴的,以为主人吃过的必定甘美,欢天喜地跑来舔舐,一尝就缩回舌头呜呜叫,满脸冤屈的模样。

春天里家家烧荒草、翻地、上粪肥、打垄,做着播种的准备了。我很吃惊那些小小的种子埋进土里，隔不多久，会长出绿苗。菠菜、小白菜、生菜、水萝卜，要不了多久，就水灵灵地上了餐桌，菜窖剩下的萎靡的冬储菜，只能烀猪食了。杂草总是伴着庄稼生长，所以菜地最少不了的活儿，就是拔杂草。杂草中有猪喜欢吃的灰菜、车轱辘菜、荠菜、苣荬菜，采到它们丢到猪圈，猪享用时眼神都是温柔的。

到了夏天，我们会在院子临时搭灶，把餐桌搬到灶旁。这时菜园的茄子豆角和西红柿都下来了，姹紫嫣红的它们进了油锅，若是再有几片肉加持，炖煮时满院子都是香味了。吃过饭，蚊子也起来了，赶紧笼一堆艾草熏蚊子。蚊烟缭绕时，常有串门子的来，主妇就泡一壶家常的茉莉花茶待客，人们喝茶聊着季候天气、家长里短、婚丧嫁娶、生老病死、雷公发怒、河神镇妖、借尸还魂等天上人间地狱的事，听得我们这些小孩子一惊一乍的。蚊烟散了，月亮和星星也出来了，极北的星空四季都是花园，而星星花儿是开不败的。

秋天一到，风又硬了。燕子离窝了，大雁南飞了，林间落叶，河水枯瘦。人们抓紧时间秋收，因为天这时变得小心眼，说变脸就变脸，常常是庄稼没收完，雪就来了。这时节的女人最忙碌，给家人做棉袄棉裤，大人的通常翻新一下，再加一层棉絮，小孩子长得快，几乎年年都得接裤腿和袖管，不然会冻手脖子和脚脖子。收了秋，把土豆萝卜白菜下到地窖，腌上咸菜，再腌上一大缸酸菜，趁着正午的太阳还是热心肠，赶紧打了糨糊，裁好窗纸，把窗户缝溜了。不然寒风的小舌头三九天伸进来，你就会有被咬的感觉。此时在菜园角落自由了半年的鸡，就不能成溜达鸡了，鸡架被抬进灶房一角，鸡被圈了起来。冬天时我就多了一项活儿，每天早起烧火前，要把炉膛的灰掏了，用笤帚均匀撒到鸡架下，打扫鸡屎。把鸡屎撮到园田攒起来，开春时用于种倭瓜，倭瓜会特别面；用于种花，花朵则饱吸了颜料似的，格外艳丽。

冬天一拉开帷幕，就是一出长达半年的大剧，我们偎在火炉旁吃东西听故事的时候，山林的狍子野兔正努力扒开厚厚的积雪，寻找干枯的浆果和蘑菇，留鸟在树缝中探寻僵死的虫子果腹。一场又一场壮丽的日落染红了西边天，一场又一场辉煌的日出，让我们懂得黑暗不是没有尽头的。人们进入腊月就忙年了，买春联年画蜡烛爆竹，买烟酒糖茶和罐头，买冻梨冻柿子，买花生瓜子，当然女孩子还要买漂亮的发夹和鲜亮的头绳，让彩蝶先于春天落到我们头上。大人们宰年猪，蒸年干粮，洗被扫尘，当然还得惦记死去的人，只要小年一过，人们就可以带着烧纸和供品去山上祭奠。上坟人挂着泪痕从坟场回来，洗把脸，叹上一口气，又忙年去了。这让我打小就懂得，死是必然的平凡的，从未有死者远离过我们，就像从未有生者会长生一样。

熬过一冬，向阳山坡的积雪开始消融时，蓝紫色毛茸茸的耗子尾巴花就顶着冰凌开了。体恤我们的春天，想着这地方的人被寒风吹打了半年，怪不容易的，便把羽翼伸向这里了。它所到之处，冰雪作古，碧草萌发，糊了一冬的窗纸和毛毡拆卸下来,屋子陡然明亮起来,鸡架被挪回园田,我们买来猪崽,了无生气的猪圈,又有生气了。看门狗不必蜷缩在窝里,它们以主子的姿态,得意洋洋地站在院门口,审视过往行人。若是主人的亲戚和熟人,它们无需请示,摇着尾巴就迎进院子了;若是与我们没过往的,它们就汪汪叫,提醒着生人来了。

　　我们的日子就在这四季中,随日月和流水,艰辛而踏实、朴素而温暖地缓缓流转。发生在山镇的每一个变革和进步,都令我们欣喜和激动。记得电灯取代了蜡烛的那天,全家人盘腿坐在炕上,简直不能相信头顶这颗小小的玻璃圆脑袋,发出的光比蜡烛要亮上几百倍,能照清人脸上的雀斑,照明花瓶的蜡花,照亮地板上匍匐的蜘蛛。而镇子首户买了电视的那年,我们一拨拨拥入这家,炕上地上站满了人,但见一个灰白的四方盒子通上电后,雪花点闪烁,随着主人拨动调弦钮,黑白的画面出现了,要山有山,要水有水,人能说话,鸟能飞翔,跟看电影一样,却不知放映员藏身何处,让人佩服得五体投地。我们更忘不了铁轨铺到山镇,第一列火车呼啸而过时,一帮人追着火车啧啧惊叹,这可不就是森林的神龙么。

　　我还忘不了童年的识字板,那是仰头可望的纸棚。过年要刷墙和糊棚,糊棚用的通常是废旧报纸。板夹泥的房屋低矮,所以炕离棚顶很近,大人站起来得弓着腰,我们刚好站起就能望见满棚的字。我不认识的字就问父亲,他讲这个字时，常从报纸那句话的含义引申出去，讲它的多义性，让我明白一个字跟人一样，有着多重性格，识别它们没那么容易。我最得意的时刻，是父母躺在温暖的火炕上，我站在炕上，给他们读纸棚上的文章，虽然因为裁剪有些段落缺损，但我依然能把一篇社论或是报道的多半内容读出，父母表扬我时，我会要奖励，讨一块糖吃，含着它入梦，所以牙疼伴随我的童年。

我在小镇抢过婚礼的喜糖，也跟着大人吃过丧饭。我喜悦地看着姐姐穿着鲜艳的嫁衣出嫁，也悲伤欲绝地看着父亲在阴冷的冬天吐出最后一口气。母亲寡居的那年，我第一次恐惧她会自杀，但父亲去世一个月后的除夕，她依然在灶上为我们煮出饺子。永远记得饺子将熟时，她拉开沉沉屋门，朝寒风凛冽的户外撒了一勺饺子汤，召唤父亲吃饺子的情景。所以今年初春，我爱人二十周年忌日时，我一个人在哈尔滨的家中，也包了他生前爱吃的饺子，煮熟前也往门外撒一勺饺子汤，叫着他的名字，召唤他吃饺子。两个画面相隔近四十载，真是生死契阔，天上人间！

我最初走上文学之路，采撷的正是那片土地现世与隔世的花朵。风云变幻的大自然，动物植物，生灵的欢欣与悲苦，万物的雨露与寒霜，都是我下笔的动力。几十年过去，熟悉的乡土无论是人口结构还是情感结构，都发生了很大变化。有些东西富庶了，可又贫瘠了；有些东西生动了，却又僵化了。当熟悉的乡土已经陌生时，我们要跟上认知，摸不到它的脉搏，作品又怎能血肉丰满。

　　我很难定义文学是什么，只能说天地间有两个星空，一个是澄明上苍赐予的，要抬头仰望；一个是悲欢人间赐予的，需低头拾取。一个作家不断深入地挖掘人性之光，就是发现大地的星星，一块顽石会发光，一条河流会唱歌，一朵花会讲前世今生的故事，一只鸟会把人间消息传遍四方。在浩瀚宇宙中，所有的房屋都是陆地的船，载着芸芸众生，朝着星光的灯塔，远航。

2022年岁尾

好时光悄悄溜走

……

第二辑

马背上的民族

我童年生活的山镇离鄂伦春人的居住地很近。黄昏的时候,我常到公路玩耍,有几次撞见鄂伦春的马队经过。骑在马上的都是鄂伦春的男人,他们穿着过膝的蓝布长袍,挎着枪,用兽皮去县城换取食盐和肥皂。一听到马蹄声从公路一侧流水般地袭来,我就连忙躲在路边,满怀好奇和胆怯地望着马队经过。

父亲年轻时曾当过一段放映员。他对我们说,他去给鄂伦春人放电影,每次都被灌得酩酊大醉,有的时候醉得连机器都摆弄不了,让那些候在场地上的人空等。父亲说,你要是不喝醉,鄂伦春人就认为你不诚实。在我们山镇,有关鄂伦春人的传说特别多。人们说他们爱打架斗殴,杀人可以不伏法;说他们爱喝酒,爱吃生肉,爱跳舞;说他们的人死后要吊在树上"风葬";说他们住在松木搭制的"撮罗子"里;说他们在水上撑的是轻巧的印着花纹的桦皮船;还说他们的人生病了不用去医院看,请个"萨满"来跳神就可以除病。基于这些传说,我每次见到鄂伦春人的马队时,都有些战战兢兢，生怕他们把我当作山林中的一只野兔，在马上冲我开一枪。有一次马队中的一个鄂伦春小伙子在经过我身边时勒住马，吓得我魂都要丢了，他笑着，从背囊里取出几块乌黑的肉干给我，然后又策马前行了。我捧着鹿肉干，得意洋洋地回家，说鄂伦春人给的，家人都很吃惊。我们嚼那肉干，怎么也嚼不烂，这使我相信我们汉族人的牙齿就是连弱小的鸡鸭都可以钻过的破烂篱笆，而鄂伦春人的牙齿就像石壁上嶙峋的石头一样坚不可摧。

鄂伦春人被称为是生活在马背上的民族。他们喜欢狩猎，骑马善射。他们有自己的民族语言，虽然它没有形成文字。他们游荡在山林中，就像一股活水，总是让人感受到那股蓬勃的生命激情。他们下山定居后，在开始的岁月中还沿袭着古老的生活方式，上山打野兽，下河捕鱼。我没有见过会跳神的"萨满"，但童年的我那时对"萨满"有一种深深的崇拜，认定能用一种舞蹈把人的病医治好的人，他肯定不是肉身，他一定是由天上的云彩幻化而成的。

几年前，我来到了鄂伦春人的定居地。我看不到那些骑在马上的英武的男人了。他们的民族服装，也只有到了特殊的节日才会被穿在身上。至于传说中的"萨满"，也只有到了为外地游客展示民族风貌时，才会披挂上"神衣"，做一些空泛的动作，全没了那种与灵魂共舞的"出神入化"的感觉。我在一户居民的墙角，发现了一只破败的桦皮船，它沾满尘垢，已然成为这个民族的化石。我想起三十多年前在公路上相遇鄂伦春人的马队的情形,不由怅然若失。那时马上的鄂伦春人是那么的富有朝气,而他们背后的森林也不似今日这么因过度的砍伐而稀疏矮小,而是苍翠繁茂,浓荫遮天。

2003年

中国北极的天象

在我的故乡北极村，每逢夏至到来，白夜就降临了。天色在午夜时分仍很清朗，你甚至能辨别出落在花圃上的蝴蝶。白夜就像新嫁娘一样容光焕发，那洒满了阳光的路，宛若它拖曳下来的洁白的婚纱一样，令童年的我欢喜不已。因为这时的我可以放纵地在户外戏耍，大人们若是吆喝我回屋睡觉，我会理直气壮地说："天还没有黑呢！"

有一年的白夜，我和外婆去黑龙江畔刷鞋子，我刚把大大小小的鞋子装上石子浸到水中，突然，天空变得黯淡了，水面被一层微红的光影笼罩着。外婆叫了一声"来了极光了"！我抬头一望，只见先前还晴朗的天空有一团橘红的东西在瑟瑟抖动，很像挨宰的大公鸡在毙命时的挣扎，而江面上的那些红光，就像它滴下的血，这不禁使我骇然！我死死地抓住外婆的手，差点被吓哭了。可见欣赏美是要有阅历的。极光之美对于懵懂无知的我来讲，就像童话故事中的大灰狼一样令人胆寒。

也许是我与北极光的第一次接触不那么"两情相悦"，从那以后，再也没有见过它。尽管离开故乡后我又几次专程去寻它，可它始终未露真容。在我的心目中，它永远是一个幻影了。

大约是一九八八年或者是一九八九年吧，暑假时，我从北京回乡探亲。某日黄昏，我正站在菜园旁和家人聊天，突然，空中出现了一个圆盘形状的散发着淡绿色光晕的飞行物！家人大惊失色，说那一定是"飞碟"！母亲让我们赶快回屋，她怕我们被这个神奇的圆盘给吸走。我哪舍得错过这难得一遇的天象奇观？我欣喜而胆怯地仰望它，看着它饱满地变大，颜色由浅及深，感觉老天这是丢下了一个玉盘，赏给凡尘人做瓜果的容器了。可惜我无福拾得这块玉盘，它最终还是消失在茫茫太空中。

我在极北之地观赏到的最壮美的天象，是一九九七年三月九日的日全食。那是上个世纪人类所能看到的最后一次日全食。还记得清晨起来时见太阳如往常一样光鲜动人地从山上升起，然而它没有走多远，就被传说中的"天狗"给咬了一口，出现了"初亏"。接着，太阳被蚕食的面积越扩越大，大地变得暮气沉沉，寒意逼人。当太阳被完全遮住的时候，它的边缘出现了一圈银白色的毛茸茸的光圈，好像衰老的太阳戴着一顶金光灿灿的草帽，那就是著名的"日冕"现象。那一时刻我突发奇想：月亮把太阳完全遮住的那一瞬间，它们是不是在浪漫而热烈地"做爱"？那弥漫在它们周围的光芒，一定是它们合二为一时，体内流淌出的最明亮、芬芳的生命之泉!

  在人迹罕至的北极，奇异的天象就像热恋中情人的眼睛，每一个回眸，都令人心旌摇荡，难以忘怀。

2003年

远去的邮车

近读严济慈先生的《法兰西情书》，颇多感慨。严先生是著名的物理学家，曾受恩师何鲁先生的资助留学法国。我以为一个物理学家满脑子装的都是天体呀、大气的臭氧层呀、光谱学等知识，没想到严先生是那样一个感情丰富的人，他与未婚妻张宗英在信中谈《西厢》，谈歌曲 *Long, Long Ago*，谈戏剧，他的情书热烈大胆与缠绵悱恻的程度，比徐志摩写给陆小曼的情书有过之而无不及，且文采斐然。

严先生是乘邮轮赴法国的，他的情书在船上就一篇篇诞生了。他记叙着游船所经之处的风景，譬如香港的灯火、西贡湄公河上的飞鱼、直布港乞钱的黑人、红海的日出日落，他满怀温情地把他的所见所闻、所思所想一一倾诉给亲密爱人，把一个浪迹天涯的才子的相思之情展现得淋漓尽致。读这些情书的时候，我蓦然想起了钱钟书先生的《围城》，开篇的一幕也是写一条法国邮船，不同的是那是条归国的邮船，钱先生在写到船抵西贡时，有这样几句极精彩的话："西贡是法国船一路走来第一个可夸耀的本国殖民地，船上的法国人像狗望见了家，气势顿长，举动和声音也高亢好些。"钱先生与严先生一样，有乘邮船负笈海外求学的经历，所以他们在写到邮船时是满怀感情的。

读罢《法兰西情书》，我很怅然。我想在一个交通和通讯业极其发达的今天，这样的文字是不可能再有了。首先，航空业的崛起使距离感消除了，如今去一次法国，经过十个小时的飞行就足够了。其次，电信、网络以及电视就像一张巨大的网，把整个世界都罩在掌骨之间，世间万事万物的风云变幻，马上就会经它们反映出来。我们能在第一时间看到"9·11"事件和伊拉克战争的现场直播画面，它给我们带来了最直接的视觉冲击和情感震荡，让我们领略了什么是恐怖，什么是残忍。可是我们明明仿佛身临其境看到的这一切，却很快像焰火一样消失在记忆中，它甚至不如我们对一张诺曼底登陆的老照片记得那么真切。我们在极其便利获得这一切"资源"的同时，对它的忆念也在减弱。情人间纸上的絮语已经化作电话中的喃喃细语，那种真正的牵肠挂肚和彻骨的思念之情，也由于这"唾手可得"的问候而减去了几分浪漫之气。如今很少有人用信件传递感情了，所以当代绝对不会再有鲁迅与许广平的"两地书"，不会有沈从文写给三三的那些比散文还要优美的情书。当然，也不会有严济慈先生和钱钟书先生对邮船的那种带着闲适之情的描述了。

那种曾笼罩着我们生活的邮车离我们远去了。有谁还能记得人们盼望邮车的那一双双充满了渴望和期待的眼神呢?！当我们在空中飞越万水千山时,也在无形中遗失了与山相拥的浪漫和遐思,遗失了驻足水畔思念恋人的那如水的缠绵。

2004 年

水墨丹青哈尔滨

没来过哈尔滨的朋友,征询我什么季节来这里好时,我总是回答:冬天!

是啊,哈尔滨号称"冰城",如果不看银装素裹的她,那等于没有见到这位佳人最美的一面,令人遗憾。

关于"哈尔滨"地名的由来,存在着多种说法。有人说这是由满语"晒渔网"衍生而来的,还有人说是蒙古语"平地"之意。而俄国人认为,"哈尔滨"是通古斯语,指"渡口"。

不管哪一种说法,都可以看出,哈尔滨最初的人间烟火,是游猎民族生起的。这样的烟火,野性,蓬勃,妖娆,生生不息!

如果让我给哈尔滨这张名片打上几个关键词的话,我会写:冰雪、教堂、步行街、啤酒、列巴红肠。

在中国,最适宜过圣诞节的城市,莫过于哈尔滨。十二月下旬,通常是这里雪下得最大的时候。此时,太阳岛的冰雪博览会开幕在即,冬泳比赛如火如荼。你来到哈尔滨,一定要记得穿上羽绒服,这样,才能抵御零下二三十摄氏度的严寒。夜晚的冰雪大世界灯火璀璨,晶莹剔透的冰墙与飞旋的光束,构筑了一个人间的水晶世界。当你在黑夜里,乘着雪爬犁在冰道上飞驰时,看着眼前摇曳的五彩光影,会有在天宫的逍遥感。玩久了,如果你不胜严寒,牙齿打战,手足发木,完全可以在雪地上,和着热烈的音乐节拍,跳起欢快的舞蹈。当然,你也可以推开江北那些裹着毛毡的小酒店的门,与三两朋友,要上一壶烧酒、一盆热气腾腾的酸菜白肉,温润肺腑,畅叙友情。

有着百年历史的中央大街,是条步行街,由花岗石铺就,大约三里长。虽然在商业成为霸主的那几年,街两侧的一些老建筑死于非命,但保存下来的欧式建筑,还是很多。所以有人说,走在中央大街,其实就是行走在建筑艺术博物馆里。在这条街上,你可以看见老的松浦洋行,它是这条街上巴洛克风格的标志性建筑;而声名远播的马迭尔旅馆,张扬的则是新艺术运动的精神,简洁流畅,典雅灵动。如今的妇女儿童用品商店,是旧时的协和银行,从它身上,你可以体味文艺复兴时期的建筑风格。你在这条街上走累了,冬天的时候,可以到华梅西餐店和马迭尔旅馆要上一杯热咖啡,舒缓筋骨;夏季时,则可以在街角的露天食肆买上一瓶冰镇啤酒,痛饮一番。哈尔滨啤酒,清冽,回味绵长,是盛夏时节哈尔滨人不可或缺的"甘霖"。

哈尔滨的教堂很多,最著名的,是位于透笼街的圣·索菲亚大教堂,此外还有东大直街上的圣母守护教堂、尼埃拉依教堂，以及士课街的天主教堂。这些教堂宛如一盏盏神灯，照耀着尘世中疲惫的旅人。

除了冬天，凉爽宜人的哈尔滨之夏也是迷人的。这时节，很多人家都喜欢在周末时去太阳岛野餐。秋林公司俄式风味的列巴红肠，是野餐必带的食品。列巴，也就是大面包，是用啤酒花做酵母，用白桦木熏烤的，外焦里嫩。而力道斯红肠，肥而不腻，是下酒的好菜。

当然，历史上，哈尔滨也有其沉重惨烈的一面。参观一下东北烈士纪念馆和位于平房的七三一细菌部队旧址，会帮你重温这片土地曾有的壮怀激烈的抗日情怀，以及漫漫长夜中的血雨腥风。你也许会明白，为什么这片土地的夕阳，会浓烈如血。

哈尔滨的四时风景，不管怎样变幻，总有着抹不去的清丽，脱不去的庄严！我总觉得，白山黑水间的它，无论在哪个季节，呈现给世人的，都是一幅幅耐人寻味的水墨丹青画。它不以浓艳和华丽吸引人的眼球，而是以经久的淡雅和素朴示人。这样的美，恰如飞雪，满目灿烂，永不凋零！

2008年

鹤 之 舞

齐齐哈尔旧名"卜奎",是古黄金驿站的起点,位于松嫩平原西南部,沃野千里,水草丰美,曾是黑龙江省的省会。

我去过齐齐哈尔两次,不过途经它,却有七八十次了吧。往返于故乡与哈尔滨之间,它是必经之地,所以在我心目中,它是黑龙江的"山海关"。出了齐齐哈尔,向北,景致是苍茫的,就连风也是硬朗的;可是由齐齐哈尔往南,却是步步温暖,越走越明媚。

比起中原的城市,齐齐哈尔的历史并不算长。三百多年前吧,清政府派吉林水师驻扎齐齐哈尔,使它人烟渐起。伪满时,马占山率部抗日的江桥保卫战,就发生在这里。新中国成立后,它是国家重要的工业基地,著名的第一重型机械厂,第一、第二机床厂,齐齐哈尔车辆厂以及国内三大军工生产企业,都在这里。可以说,齐齐哈尔是新中国建设的巨人。

不要以为,这座盛产钢铁的城市,面目冷峻,气质威严,其实它清丽脱俗,有着一颗柔软的心。齐齐哈尔境内有嫩江、诺敏河、雅鲁河、罕达罕河、乌裕尔河等一百七十多条河流，此外，大大小小的湖泊和水泡子也有八百多个，以渔猎为生的达斡尔族，就休养生息在这里。在达斡尔语中，"齐齐哈尔"就是"天然牧场"的意思，而这座北方的城市，也确实像一个辽阔的牧场。

如今的齐齐哈尔，最为世人所知的，就是扎龙湿地自然保护区，那儿是鸟类的天堂，著名的丹顶鹤就栖息在那里，所以齐齐哈尔也称"鹤城"。

这个保护区距齐齐哈尔二十多公里，占地约四万平方公里。每年四五月份，万物复苏时，那些去南方越冬的珍禽，天鹅、白鹭、白鹤等，就会团团簇簇地聚集在一起，挟着浩荡的春风，千里迢迢地飞回北方。它们大概嫌北方湿地的野花开得不够硕大，特意以它们如花的姿态，翩翩落在碧草中，为北方的原野增色。在这些候鸟中，最引人瞩目的是鹤。全世界的十五种鹤中，扎龙就占有六种：丹顶鹤、白头鹤、白枕鹤、蓑羽鹤、白鹤和灰鹤。其中的丹顶鹤被称为"仙鹤"，尤为人喜爱。

鹤是最美丽的鸟，它头小颈长，双腿修长，是鸟类的"芭蕾天使"，飞起来姿态优雅，落地时轻盈无声。鹤的寿命大抵可以与人类相当，所以它们所感受的世间荣辱与兴衰，与我们一样，它们也因此成了最具沧桑感的鸟。去年，我看了一部关于扎龙自然保护区的专题片，其中的一只丹顶鹤，因为失去了伴侣，在水畔孤寂地立着，时不时迎风展开翅膀，

好时光悄悄溜走

哀鸣不止。丹顶鹤对爱情格外忠贞，一只鹤去了，另一只绝不再寻觅伴侣。看着那只形单影只、满怀忧伤的丹顶鹤，我的眼泪哗地一下流了下来。

  十多年前吧，夏天的时候，我从大兴安岭出发，经过一夜的旅行，将至齐齐哈尔时，看到了一幅惊心动魄的画面。那时太阳刚刚出来，窗外，是大平原清新湿润的早晨。忽然，一片茂密的绿草丛中，一只白鹤翩然升起，从半空掠过。平原因为有了日出，已经够绚丽的了，可它还嫌不够，又为平原奉献了一场日出。它身披霞光，头顶朝露，飘飘洒洒的，精灵似的飞翔，照亮了满车疲惫的旅人。这场不期而至的"日出"，让我明白，它才是大平原的主人，而我们，不过是匆匆过客。

2008年

水袖烟波

一个缺树少水的城市，不管它装扮得多么五光十色，也是没有精气神儿的。

长春虽然没有大江大河环绕着，但它拥有两块宜人的水域：南湖和净月潭。它们就像一双飘逸的水袖，在舞动的一刻，一只弯在了心脏部位，散发着清辉；另一只则跃过肩头，像一道闪电，飘向远方。

对于在山里长大的我来说，进入城市最大的苦楚，是嗅不到树木的清香气了。城市也不是没有树，人行道上、公园里，总会看到它们的影子。由于被高楼压迫着，被浓重的汽车尾气熏染着，被蜂拥的人流簇拥着，不管多么高大的树，看上去都显得孱弱；而且树的气色也不好，叶片通常是萎黄寡绿的，给人病病怏怏的感觉。

可是，长春这两只水袖中掩映的树，却是郁郁葱葱、蓬蓬勃勃的。究其原因，大约是这座城市绿化好，树多了，联合抵御外部环境的能力便也增强了。还有，长春人怜惜树，我注意到闹市区的商铺前，没有店家欺树，在它身上张贴广告,或是将消夏的凉棚搭在它身上,使它能在天地间自由地生长。

我去过三次长春,每次都要到南湖公园走走。这座居于市中心、对老百姓免费开放的公园,是市民散步和休憩的好地方。一个人若是起了烦恼,不消走多远,就可以看见湖面上旖旎的晨光,看到落枝于湖畔垂柳上的夜鸟,你的心境就会渐渐平复起来。我注意到,与前几年不同的是,南湖公园多了一道风景,就是遛狗的人多了。而公园的小路上,却看不到我在哈尔滨居住的小区花园里随处可见的狗屎,说明长春的市民是有社会公德感的。爱犬遗矢了,主人把它及时清理掉了。

长春的一只水袖荡在了南湖,而另一只妖娆的水袖呢,甩在了十八公里外的净月潭。我喜爱的山名,都在天府之国,一个是峨眉山,一个是青城山。最爱的水名呢,是西湖。真是奇怪,东湖和南湖,与西湖比起来,就是少了些韵味。除了西湖,云南的水名与它的风光一样是美不胜收的,如泸沽湖、洱海、蝴蝶泉、抚仙湖等。在东北,我心目中最佳的山名是长白山,最美的水名呢,就是镜泊湖和净月潭了。

净月潭兴建于二十世纪三十年代,为解决城市用水问题,当局截断了伊通河的支流,修建了一座大坝,在三座山间蓄水,让积水与自然的泉眼相汇合,形成一个人工湖。这个湖比市区的南湖足足大上四倍,有四百多万平方米。为了保护水源地,环湖大量植树,使这里拥有了八千多公顷的森林。

在城市里少见的红松和樟子松,在这里随处可见。林木之茂盛,植被之丰富,让我联想起童年的大兴安岭。在林荫路上徜徉,看着有着半个世纪树龄的大树,听着阵阵鸟鸣,你有置身原始森林的感觉。微风起来了,它先是做了乐师,谱写了动人的松涛声,接着又化作了香水师,把樟子松树身上好闻的松脂气播撒开来。

在松林间走了一程后,我们来到一个小码头,登上一艘艘小船,游览净月潭。机动船形如梭子,两丈来长,可容四五人坐。但见其他小艇的同伴都穿上了橘黄色的救生衣,纷纷离了岸,可我们搭乘的那艘小艇却因为没有配备救生衣,落在最后。开船的是个十七八岁的小伙子,他正处在天不怕地不怕的年华,哪甘其后,把船开得飞快。可是没容他畅快五分钟,汽艇突然一个趔趄停了下来,原来油门短路了。因为没穿救生衣,我又不会游泳,再加上汽艇骤停时剧烈颠簸,左摇右摆,感觉水就要漫进汽艇,我惊叫起来。同船的舒婷还有心思与我开玩笑,说是落水后她可以救我,我的长头发好抓。油路畅通后,小艇奔向彼岸,我才懂得,在水路抛锚,是多么的可怕!净月潭在那一刻,好像正表演着悲剧的唱段,因而水袖颤动,抖个不休。而一座人工湖,能如此烟波浩渺,给游人以惊险,说明它造化深,气象万千,这样的潭,便有点得道成仙的意味了。

我羡慕长春有这样两条云卷云舒的水袖。虽然它们都不是天然的,却给人浑然天成的美感!它们的存在,也为现代都城提供了再造自然的典范。

　　净月潭这名字，按照我的解释，是洗濯月亮的潭。试想，一潭能除掉月亮浮尘的水，又怎能不给风尘仆仆的旅人带来别样的清凉呢！

2009 年

紫气中的烟火

房子跟人一样，老了也会生皱纹。而历史往往就掩藏在那一幢幢老房子的褶皱里。

能够留存下来的老房子，大抵都是有着不凡身世的。要么是皇室贵族、达官显要的宫殿和城堡，要么是富甲天下的阔商的豪宅大院，古今中外莫不如此。所以建筑史上的杰作，往往与权力和金钱是分不开的。宫殿上那些经过了千百年风雨，仍然无比灿烂的琉璃瓦，与被岁月风雨侵蚀后大批大批倒塌或歪斜了的民居，形成了鲜明的对照。民居虽然温暖、朴拙，但它身上泥土的成分太多，等于是肉做成的，摧折也快。而宫殿的一砖一瓦、一石一木，都是由工匠们精心烧制、打磨和挑选的，耐用性强，所以说宫殿是由骨头筑就的。

我不喜欢阳光，而喜欢雨。阳光是人的铺路石，而雨是人的绊脚石。雨一来，街市中的人气就寥落了。这时候最适宜到老房子游览。

我在一个微雨的夏日午后走进沈阳故宫。雨丝时有时无，太阳若隐若现着。被忽明忽暗的天色和薄雾笼罩着的故宫，有点海市蜃楼的意味。

　　游人果然因为雨丝的落脚,少而又少。一座远离了人语的宫殿,就是一本干干净净打开的大书,可以激发人凭吊的情怀。

　　沈阳故宫也被称作"盛京皇宫",它是清太祖努尔哈赤在天命十年开始修建的宫殿,可惜他在定都沈阳后的第二年就晏驾归西了,留下的未完成的建筑,是由他的第八个儿子皇太极建造的。皇太极继承汗位后,于一六三六年在此登极称帝,改国名为"大清",所以这里也可称是大清的奠基地。

　　我最先进入的是那些"偏殿",它们大都是侍奉皇族的那些下人的居所。一座座灰色的小屋子看上去乌蒙蒙的,是那么的清冷,让我仿佛听到了夜半时分寂寥的梆声。

　　大正殿是努尔哈赤时代建立的宫殿,远远望去,它很像公园里那些随处可见的八角亭。不过走到近前,当你的目光与南门两侧柱子上盘踞着的两条栩栩如生的金龙相遇时,还是明白它终归不是寻常百姓可以驻足的亭子,仍然带着股帝王君临天下的霸气。尤其是大正殿的古色斑斓的天花彩绘,那"万福万寿万禄万喜"的篆书汉文与含有吉祥意味的梵文以及龙凤图案交相辉映,让人顿时嗅到了三百多年前的宫内的繁华气息。大正殿是处理政务、颁布诏书、召见大臣之地,充满了政治色彩,这样的殿堂在我眼里缺乏人间烟火的气息,所以在它面前站站脚就走开了。

　　沈阳故宫中,最让我动心的就是后宫,它其实就是皇太极的家。沿着石级向上，穿过高高的凤凰楼的楼阁，迎面即见皇太极和皇后的居所——清宁宫。

清宁宫的两侧是六座配宫，其中有四座是皇妃的寝宫。东侧靠北的是关雎宫，靠南的为衍庆宫。西侧靠北的是麟趾宫，靠南的则是永福宫。这四座宫中的皇妃都来自蒙古部落，其中宸妃和庄妃两姐妹尤为著名。

在这些建筑中，除了殿顶的琉璃瓦和檐下的彩绘呈现出别样的绚丽，居所里面却是布局简单：粗粝的锅灶、宽大的万字炕、古朴的屏风，看上去庄重朴素，体现了满族人传统的生活习俗。如果说正中的清宁宫是一位敦厚的男人的健壮的身躯的话，那么左右对称着的皇妃寝宫就是这个男人张开的宽厚的双臂。他揽入怀中的，正是与他的生命息息相关的女人。

历史上没有哪个皇帝能像清太宗皇太极那样，身上既有英雄的传奇，又有爱情的传奇。

宸妃和庄妃这对姐妹是皇后哲哲的亲侄女，她们先后成为了皇太极的皇妃。在这些人中，最为皇太极宠幸的，是关雎宫的宸妃海兰珠。海兰珠入宫的时候，她的妹妹庄妃已经跟着皇太极近十年了。皇太极对海兰珠无比钟情，所以后人喜欢用"后来者居上"来评价海兰珠。当宸妃生下皇子后，皇太极喜不自禁，大赦天下。然而好景不长，皇子出生后没有几个月就夭折了。宸妃受到打击，三年后终于一病不起，撒手离去。皇太极抚尸恸哭宸妃的佳话，可谓广为流传。

除了宸妃和庄妃，衍庆宫和麟趾宫中的两位皇妃也值得一提，她们是蒙古察哈尔部首领林丹汗的妻子。林丹汗是成吉思汗的后裔，被皇太极打败，逃至青海，郁郁而终。林丹汗死后，可谓是众叛亲离，他的两个妻子先后归顺了皇太极，改嫁与他。这在当代来说都是"有辱门风"的事情，皇太极却默然接受了，这完全是出于江山社稷的考虑。看来即使是一个皇帝，他也不能完全爱自己之所爱。

爱妃海兰珠的离去，使皇太极忧思沉沉，一年多以后，他端坐在清宁宫里，猝然倒下。我想他最后所看到的情景，一定是关雎宫冷落的门庭。

皇太极走后，庄妃与皇太极所生的皇九子、六岁的福临即位，庄妃为了辅佐年幼的顺治皇帝可谓殚精竭虑。清入关以后，都城迁至紫禁城。顺治帝二十四岁早逝，庄妃又开始辅佐她的孙儿玄烨，也就是日后开创了太平盛世的康熙大帝。所以庄妃的一生，跟皇太极一样，充满了传奇色彩。宸妃领受了皇太极最深厚的爱，但她像露水一样一闪即逝了。而被爱所冷落的庄妃，却在日后使两个皇帝成就了霸业。流连在永福宫里，我似乎能感受到年轻的庄妃的气息，她的气息是沉凝的，她的叹息也一定是浑厚的。

我在清宁宫的后面，看到了宫中保存下来的唯一的一座烟囱。它底阔顶尖，笔直向上。两百多年前，清宁宫中的烟火就是从这里袅袅漫出的。先前我曾在宫里见过乾隆御书的"紫气东来"匾，我想真正的紫气就是从这座烟囱中升起的烟火,它虽然消散了,但在它的周围,后世的人间烟火,却仍然丝丝缕缕、团团簇簇地升起来,生生不息!

我听见了雨滴从那皱纹重重的清宁宫的飞檐下滑落的声音,那么的曼妙,带着股旧时代迷离的音色,仿佛在为已逝的烟火,声声唱着挽歌。

2006年

黄沙蔽天时

　　看过了秦始皇兵马俑，游过了茂陵、乾陵，领略了汉武帝、武则天占尽风水的寝陵后，我又去了大雁塔、小雁塔，以为对西安已有了全面了解，所以安然地在落霞时分流连于西大学府南路的市场，听当地人操着土语吆喝买卖，时不时踅进小吃部经济而实惠地饱尝一顿美味，至今对那条街上的李记玫瑰油糕、张记油泼扯面、福顺羊肉泡馍记忆犹新。常常是一碗面或泡馍落肚后还觉得余兴未尽，于是饭后的一块玫瑰油糕就成了一道好点心。我边吃边慢慢地踱步在小街上，看着两侧摊床上新鲜的牛羊肉、瓜果、蔬菜，听着买卖双方互不相让的讨价还价声，有一种十分朴实和亲切的感觉。那条街上总是有卖山核桃和板栗的，这是我读书之余比较青睐的零食，当然还有水晶柿子和猕猴桃，我散步回来手里总是提着吃的东西。

　　就这样在一种散漫富足的情调下开始了在西安的求学生活。有时候突然起了浪漫情调，就跑到古城墙上望云，感觉那天空和云彩都不同寻常的晴丽；有时也在炎热的夏日彻夜躺在柔软而清香的草坪上，看夜空和星星，感觉那夜空和星星也是不同寻常的晴丽。我以为西安就是这样子，有古中国的生活情韵，节奏缓慢，民风淳朴，繁荣而不雕琢，朴素而不失大都市情调，天清气朗，晴日永照。然而一九八八年春季的一场黄沙却使我改变了对它的看法。

那天上午并没有风沙袭来的任何迹象，天空很蓝，透明度也很高，一上午的课程结束后我在食堂吃过午饭便回宿舍休息。我的午睡时间一向很长。三点左右我懒散起床到学府南路散步，看见摊床上的草莓鲜艳而饱满，便称上一些边走边吃。还未走到市场尽头，忽然感觉一阵旋风袭来，天蓦然黯淡了，树叶被疾风吹得哗哗地响，一些挂在树枝上的广告条幅被刮得四处飞扬。商贩们吆喝叫着麻利地收拾摊床，几家店铺很快把板窗落了下来。先前还忙碌而从容的街市一下子变得纷乱起来，人们在风中急急地仄着身子赶路，狂风似乎想使每一个人都成为秃子，奋力撕扯着人的头发。我的长发狂舞着，几乎蒙住了整个的脸。

黄沙就在此时滚滚而来，它们那细小而尖锐的尘埃不遗余力地击打着店铺的玻璃窗、惊慌失措的行人、树木以及商贩们没有完全收完的水果。太阳不见了，远远近近都是苍黄的色彩。空气令人窒息，我在弥漫的黄沙中艰难地朝回走。然而我只能是踉踉跄跄地走，没吃完的草莓早已沦落风尘中。学府路到我的住处并不很远，可我却觉得那是我一生中走得最漫长的路。没有说话声，有的只是默默前行的人。人们一律垂头弓背走着,以尽可能地减轻黄沙对自身的侵害。世界一片混沌。我的眼前一片模糊,只觉得自己被人活生生地抛到了荒郊野外,人群不见了,房屋不见了,树木不见了,公共汽车也不见了,无边无际弥漫着的是那用粗哑的嗓子歌唱着的黄沙。它来自苍凉无垠的黄土高坡,来自域外曾经刀光剑影、血染黄沙的古战场。它带来了晦暗的窑洞里那微弱的一点光亮,带来了玉米身上一缕抖不掉的沉香,带来了在这黄土地上终年耕种着的农人们沉重的咳嗽和叹息。黄沙蔽天,西安不见了,西安仿佛沦陷了。我也消失了,因为我变成了一粒黄沙,我的思绪漫无边际地飘游。我隐约看见一个女人抱着孩子贴着围墙慢慢而小心地走着,而一对恋人则紧紧相拥相抱在一爿店铺的墙下。在如潮一般涌来的黄沙中,所有的人都像是刚出土的泥塑,古典而沉重。我不由得蓦然想起气势恢宏的秦始皇兵马俑,如果没有展厅高大的棚屋环绕着它们,让它们经受一次黄沙的洗礼该有多么壮观!它们本来就来自地下,来自蒙蒙黄沙之中,它们与风雨有着肌肤之亲,它们在地下是活的,而它们的出土则意味着死亡。当络绎不绝的中外游客一遍遍地将惊奇的目光投向它们时,它们为什么总是显得无与伦比的冷漠和持重?也许它们渴望回到它们诞生的地方,渴望着我们视为劫难而它们视为辉煌的横贯天际的黄沙的洗礼,渴望着一种心对心的交流。

我在黄沙中有一种说不出的辛酸,有一种要哭的欲望,有一种想呐喊的欲望,有一种要永久消失的欲望。多少帝王将相将他们颓败的宫殿留了下来，将他们的黄金、珠宝、玉玺留了下来，然而他们死后无一不是归隐黄土。黄土是一个血肉之躯最后的永恒的梦乡。我们在一心一意建设一个城市时，筑起了高楼，修起了宽敞的水泥马路，使那么多房屋色彩纷呈，雕梁画栋，以绿化为名种植了一排排单调的树木。我们以为已经隔绝了黄尘、隔绝了贫穷之气，然而就在我们几近麻木的庸碌而饱食终日的生活中，一场黄沙却浩浩荡荡地袭来了，它为我们自以为是的生活敲响了警钟。

那是我一生中走得最漫长的一段路，我在黄沙蔽天时为自己在古城墙上附庸风雅地望云有了一种彻骨的羞耻感。我知道我先前了解的只不过是西安的一些皮毛的东西，它深层的内蕴我还远远没有挖掘到。两个相爱的人在黄沙中相拥体味的是爱情，一个女人抱着一个孩子在黄沙中体味的是母子间的挚爱深情。而只有我，一个独行者，才能体味到黄沙鞭打心灵的那种疼痛和温暖。我知道自己很可能在一生中都处于一种孤独的境地，但这并不可怕，因为只有孤独的人，却没有孤独的心灵。当我步履蹒跚将要回到住处时，我的嘴巴、鼻孔、耳朵、头发、颈窝里满是黄沙，我想此刻有人把我送入秦始皇兵马俑的俑坑该是多么恰当——我满身风尘如泥塑，而那里又是多么缺乏一位裙裾飞扬、长发飘飘的女人与它们相守。

1995年

萤火一万年

在张家界的一天夜里,我非常迫切地想独处一会儿。我朝一片茂密的丛林走去,待我发现已经摆脱了背后的灯火和人语时,一片星月下的竹林接纳了我。

我拨开没膝的蒿草坐在竹林里。其实我并不喜欢竹子,尤其是在各座名山的栈道上见到由它做成的滑竿抬着人咿咿呀呀地上下时,便觉得它的卑贱和不成器。然而它的秀气却是无可争议的,只有在南方的水泽之乡才能生长这种植物。

竹林里的空气好得让人觉得上帝也在此处与我共呼吸,山涧的溪水声幽幽传来。在风景宜人的游览胜地,如果你想真正领略风景的神韵,是非常需要独自和自然进行交流的。

那是个朗朗的月夜,我清清楚楚记忆着竹林里无处不在的月光。我很惧怕阳光,在阳光下我老是有逃跑的欲望,而对月光却有着始终如一的钟情,因为它带给人安详和平静,能使紧张的心情得到舒缓与松弛。

眼前忽然锐利地一亮。一点光摇曳着从草丛中升起,从我眼前飞过。正在我迷惑不已时,又一点光从草丛中摇曳升起,依然活泼地从我眼前飞过。

这便是萤火虫了。如果在我的记忆中不储存关于这种昆虫的知识有多好,我会认定上帝开口与我说话了。我也许会在冥想中破译这种暗夜里闪光的话语。

然而我知道这是昼伏夜出的萤火虫。它的腹部末端藏有发光的器官。它出现在墓地的时候,人们老是将它说成鬼火在一明一灭。我的周围没有坟墓,只有洋洋洒洒的一片竹林,可萤火虫依然出现了,也许我的身上附着谁前世的幽魂。

这种飞翔的光点使我看到旧时光在隐隐呈现。它那颤颤飞动的光束不知怎的使我联想到古代仕女灿烂的白牙、亮丽的丝绸、中世纪沉凝的流水、戏园里琤琮的器乐、画坊的白绸以及沙场上的刀光剑影。一切单纯、古典、经久不衰的物质都纷至沓来,我的心随之飘摇沉浮。

萤火虫的发光使它成为一种神奇的昆虫,它总是在黑夜到来时才出现,它同我一样不愿沉溺于阳光中。阳光下的我在庸碌的人群中和尘土飞扬的街市上疲于奔命,而萤火虫则伏在安闲的碧草中沉睡。它是彻头彻尾的平静,而我只在它发光时才消除烦躁,获得真正的自由。因为它本身是光明的,所以它能在光明下沉睡,只有在黑暗中它才如鱼得水,悠游自如。而哪一个人能申明自己是完全拥有光明的呢?我们曾被一些阳光下的暴行吓怕了,所以我们无法像萤火虫一样在阳光下无忧无虑地沉睡。我们睡着,可我们睡得不安详;我们醒着,可我们却又糊涂着。萤火虫则不然,它睡得沉迷,醒得透彻，因而它能心无旁骛地舞蹈，能够在滚滚而来的黑夜中毫不胆怯地歌唱。

月光下萤火虫的光束毕竟是微不足道的，能够完全照亮竹林的还得是月光。然而萤火虫却在飞翔时把与它擦身而过的一片竹叶映得无与伦比的翠绿，这是月光所不能为的。萤火虫也在飞过溪涧的一刻将岩石上的一滴水染得泛出珍珠一样的光泽，这也是月光所不能为的。

萤火虫忽明忽灭地在我眼前飞来飞去，我确信它体内蓄积着亿万年以前的光明。多少人一代一代地去了，而萤火虫却永不泯灭。旧坟塌了成为泥土，又会有新坟隆起，而萤火虫却能世世代代地在墓园中播撒光明。也许它汲取了人的白骨中没有释放完全的生气和光芒，所以它才成为最富于神灵色彩的一种昆虫。

我坐在竹林里，坐在月光飞舞、萤火萦绕的竹林里，没有了人语，没有了房屋的灯火，看不见炊烟，只是听着溪流，感受着露水在叶脉上滑动，这样亲切的夜晚是多么让人留恋。

可我还是朝着有人语和灯火的地方回返了。那种亘古长存的萤火在一瞬间照亮了我的青春。我将要走出竹林时一只萤火虫忽然从草丛中飞起，迅疾地掠过我面前，它在经过我眼前时骤然一亮，将我眸子里沉郁的阴影剥落了一层。

1995年

周庄遇痴

未见周庄,先就喜欢上了它的名字。文人总改不了"望文生义"的虚荣毛病,所以一厢情愿地认为周庄一定是个古朴、宁静、平和的有种夕阳西下安闲情调的小镇。

从苏州到周庄,乘车大约要一个多小时。那天是周日,阴雨。同行者说这日子游周庄不好,因为上海离周庄很近,每逢双休日,周庄便人潮如涌,到处都是"阿拉"声。我便暗暗祈祷雨下得再大一些,那样"阿拉"声也许便会退潮。可是乌云并不偏袒我满含自私情怀的游兴,它很正直地从天庭撤退了。我第一眼望见的周庄,便是一带青砖灰楼顶上跳荡着的一轮湿漉漉的白太阳。

周庄旧名贞丰里,开始只是个小村落,到了元朝中叶,它才逐渐发展起来。一个地方的迅速繁荣,必定与商业活动有关,而商人中的巨富无疑起着举足轻重的作用。周庄也不例外。是江南富豪沈祐由湖州南浔迁徙至周庄,才仿佛在一夜之间给周庄下了一场白银大雪,使这里富得闪光。而沈祐之子沈万三又给这白银般的富庶涂抹了一层灿烂的金黄色,使它显出一派登峰造极般的辉煌，以至于人们传说沈万三有一个聚宝盆。然而富庶极端了便有"招摇"之嫌，沈万三便因此而罹难。

据民间传说，明太祖朱元璋要修筑南京城墙，沈万三曾资助一万三千两白银，负责洪武门至水西门一段工程。后来工程超支，他又捐出一万三千两。但朱元璋贪得无厌，命沈万三献出聚宝盆。沈万三不从，将银子运回周庄，藏在银子浜下，又携带聚宝盆远走他乡。后来他被朱元璋的御林军捉住，发配云南充军。而《周庄镇志》记载："富民沈秀者助筑都城三分之一，请犒军，帝怒曰：匹夫犒天下之军乱民也，宜诛之。后谏曰，不祥之民，天将诛之，陛下何诛焉！乃释秀，戍云南。"

不管是传说还是史料，都能证明沈万三是因为"露富"而犯上。只要你让皇帝感觉到富得咄咄逼人了，即便不马上人头落地，也只能是虽生犹死、苟延残喘地度过残生。

沈万三终于客死他乡，他的灵柩后来被运回周庄，葬于银子浜底。

周庄的石桥和窄窄的巷道中，果然有层出不穷的"阿拉"声。我们随着导游进入"沈厅"。沈厅原名敬业堂，清末改为松茂堂。由沈万三后裔沈本仁于清乾隆七年建成。沈厅面临河埠，水上有苫着天蓝色布的船在往来穿梭。没有我想象中的临河梳妆或淘米洗菜的女人，那船虽然也古旧，但载的都是嬉笑不已的游人。沈厅的中部是茶厅和正厅，我坐在厅中央的红木椅子上小憩的一刻，觉得一股砭人肌肤的阴凉从足下生起，仿佛我正踩在寒气萧森的地狱之口上。我参观过很多有钱人的宅院，它们大都有着高大的门楼，厅堂四四方方，里面雕梁画栋，陈设的椅子也大都笨重不堪。这样的屋子因为远离窗口，所以阳光的进入就极为艰难。何况周庄的建筑屋檐与屋檐之间几乎相交错，阳光投射下来已经颇多阻隔，又怎谈得上一泻厅堂呢？少见阳光的房屋，在拥有其凝重气氛的同时，必然给人一种挥之不去的压抑感，给人一种隔绝了自然的沉闷感。流连于沈厅那数不清的房屋，就仿佛是行走在地下墓穴一般，让人觉得阵阵悲凉。后来我们一行人聚在一处小茶坊前就着腌苋菜喝阿婆茶，我偶然看见窗前几株绿色植物的叶片上鼓着几滴被阳光照得晶莹剔透的雨滴，才觉得沈厅的周围仍然有生命在搏动，而在那一瞬间抹去了拜访它时萦绕于心头的凄凉感和萧瑟感。

  周庄保留下来的基本上是明清建筑，它的基调是灰色的。在绿色永不凋落、永远是春天的江南，这种灰色总是像闪电一样跳跃。一座座的石桥像一匹匹骏马一样横跨在水巷上，并在水中投下它们的倒影。阳光照着石桥和石桥上的人，也照着水中的石桥和人淡墨似的倒影。吆喝茶点的声音仍然从深巷中掠过奇峭的飞檐传来。在某一瞬间，我似乎捕捉到了周庄的神韵，然而络绎不绝的游人很快就冲淡了那种感觉。我在嘈杂声中想象九百年前的周庄，也是这样的建筑，不过人很少，坐在厅堂里喝茶的时候，便能清楚地听到归船的桨声。船归的时候,也许会惊扰水中浮游的鸭子,也许闺中的小姐在临河的绣楼里推开窗户,看看那归船上是否有她喜欢的人。若没有她喜欢的人,又有没有她喜欢的丝绸或陶器。屋前的垂柳把一半绿意赋予石墙,另一半绿意却袅袅漫向河水。天色黄昏时,水巷里溢满金色,糯米糕和清茶的气息在每一位盼夫归来的妇人的指间琴音般萦绕。灰蒙蒙的周庄就在一派典雅平和的气氛中滑入夜晚。后来月亮起来了,周庄没有夜游人,月光就散散淡淡地照着周庄的石桥、流水、屋檐、垂柳以及树深处的鸟……

然而纷乱的现实很快又把我与周庄的"神交"隔绝,我们开始参观"迷楼"。迷楼原名德记酒店,柳亚子先生同南社诗词社的人曾在此居留并饮酒作赋。顺着狭窄的楼梯攀上二楼,突然看见几个南社成员的蜡像,他们看上去仿佛是在切磋诗艺,然而人物凝固的表情却给人一种彻头彻尾的做作感。其实有这一座古旧的小楼足以让人想象南社成员在此居留时的风采了,然而人们却总以为用蜡像来复原某种生命才能达到栩栩如生的效果。于是我败兴地下楼,又尾随大家来到三毛茶楼。据说三毛曾在一九八九年仲春来到周庄,我们参观的正是三毛喝茶的地方。茶楼很小,桌凳比较古旧,墙壁上有三毛的巨幅黑白照片。我觉得三毛自缢时不该选择丝袜,而应该用自己的长发做绳索来结束自己,她的长发太美了。我坐在三毛茶楼小憩的一刻,石巷中忽然传来一阵泼辣的叫骂声。那是一个女人的声音。骂声琅琅,无拘无束，跟雨后的阳光一样自由洒脱。我从窗口探出头，见是一个梳短发、着白背心的微胖的中年女人倚着一家铺子的石墙在骂，她目光散漫，举止粗俗，一眼望去便知她是个痴呆。然而正是她这一通骂，使我觉得九百年前的周庄突然掉头回来了。这深深的石巷中有一种经久不息的痴语长风般地穿越了时空。我蓦然想起了沈万三的悲剧命运，他因"露富"而犯上，而痴人却不会因为"露痴"而遭贬谪。"痴"向来被认为是一种无知，所以处于这一状态的人不管说出如何辛辣的话，都不会遭人嫉恨。难怪历史上有那么多名人因为突遭厄运而"佯痴"渡过难关，他们以一种消极的方式进行了内心最痛切的反抗。于是就有了阮籍、嵇康的假意"癫狂"，有了明代大才子杨慎被流放云南后，酒后插花满头穿巷而过，使人疑为痴人的传说。"痴"是一种可以使心灵自由飞翔的生存状态，它像一座永远开着窗口的房屋，可以迎接八面来风。于是我便想，沈万三若是一个"痴人"，肯定会逃出朱元璋为他设置的"虎口"。但沈万三不是一介书生，而是财大气粗的商人，这决定了他不会佯痴来求生存。所以世上的英雄有两种：一种是叱咤风云、我行我素、把生命置之度外的人；一种是内敛激情、藏锋不露、能忍受奇耻大辱的人。而我更欣赏的是前者，因为他们像飞旋在阳光中的灰尘一样透明。

朱元璋在南京拥有一片绿意浓郁的山陵作为长眠之所，而沈万三则是"水冢"一座，葬于周庄的银子浜底。王者的灵魂在千秋万代后仍然可以在大地上浪漫地浮游，而沈万三的灵魂则永远湿漉漉地浸在水中，仿佛是在低低饮泣。

1997年

听时光飞舞

去年中秋节我若拥有霓裳羽衣就好了，我也许会在清幽的丽江古城里被千年以前的帝王之魂引入九霄轻歌曼舞。因为在那个月夜，我看见了千年前的古泉依然淙淙流淌，千年前的古乐依然在雪山脚下回旋。在一个烛光摇曳、微风轻拂的时刻，我的双眼突然蒙上了泪水，因为我听见了时光飞舞的声音，在这种声音中，已逝世纪的宫殿、回廊、车马、银器、帝王、身着丝绸高绾发髻的女人突然纷至沓来。我触摸到了先人们勃勃跳动的脉搏。

到达丽江时已是黄昏，从车上便遥遥望见了屹立于古城北的玉龙雪山。它巍峨挺拔，山顶终年被积雪覆盖，至今尚未被人类征服。我对人类从未征服过的山总是心生无限的崇敬，因为它瓦解了人类自以为战无不胜的意志，让人类明白挑战是有极限的。它的主峰"扇子陡"海拔五千五百九十六米，绝大多数时间被云雾缭绕，难得"开脸"，使无数企望一睹它芳容的人怅怅而归。

丽江是世界闻名的赏月景点，我们有意在中秋节的那天赶到那里。这座老城始建于宋末元初,是纳西族居民的聚居地。这里没有汽车,没有噪声,连骑自行车的人都少见,人们走在石板路上没有焦虑和匆忙,有的只是从容和安详,我在细雨中沿着泉水漫步,听着高跟鞋敲打石板路的清脆的回响,有种梦回唐朝的感觉。

天色已晚,空中仍然云雾涌动,我们对月亮的出现已经不抱什么幻想,一行人便去四方街听洞经音乐。

这是主人特地为我们举办的一场音乐会。在此之前,我对这种音乐几乎一无所知。我们走进一座极其古朴的矮小的木屋,面积不过一百平方米,屋子的木椽未着油漆,透出本色,给人一种十分温暖、亲切的感觉。主人已经有备在先了,赏乐者矮矮的小木椅前横置着杏黄色的长条凳,上面用碟子装着果品点心,最使我惬意的是座下那遍铺着的碧绿的松针,它们松软舒适,散发着一股植物特有的芬芳。主人说,只有贵客来临,他们才用松针铺地。

我们落座不久,演奏古乐的老人们就带着乐器一一入场了。他们都在花甲之年,有的甚至已经七八十岁了。他们穿着黑底印满金黄色铜币图案的绸质长袍,有的头发和胡须完全花白了。他们的演奏有三大特点,一是演奏的是纯粹的古乐,二是演奏者以老人居绝大多数,三是他们使用几件我国外地均已失传的民间乐器:四弦弹拨乐器"速古笃"(胡拨)、曲项琵琶及双簧竹管乐器"波伯"(芦管)。

老人们坐在黑色木椅上,手扶乐器,明亮的灯光将他们脸上的皱纹很明显地照映出来，但他们一致拥有不惧沧桑的平和表情。演奏台与看台没有界限，我坐在第一排，与他们近在咫尺。

演奏终于要开始了。屋子里的灯光突然消失了，我们陷在黑暗中，一种摄人心魄的寂静中忽然有划燃火柴的嚓——的声响，一簇橘黄色的火苗鲜润活泼地诞生了，它被一双老人的手护卫着，勃勃地靠近台中央神龛上的一支蜡烛，蜡烛亲切地接受了火光的热吻，欣然散发出柔和恬淡的光晕。在这片黎明般飞旋的烛光中，咚咚——咚咚——咚——咚咚——咚咚——咚咚咚咚咚——的鼓声突然如骤雨袭来，接着是一声开阔悠长的锣声响起又落下，音乐如长河流水一般汹涌而来。那一瞬间，我犹如回到了远古的洪荒年代，看到了篝火、奔跑的野兽、茂密的丛林和苍凉的黄昏。随着音乐越来越走向细腻、典雅和舒缓，时光也迅速向前移动，我来到了汉朝的石桥，河对岸店铺林立、画坊遍布；空气中洋溢着好闻的墨香气，文人学士饮酒作赋。这是《八卦》曲，它以一种无法言传的魅力把我带入了遥不可及的旧时光中。我专注地看着已逾八旬的赵应仙老先生，他双目微合，手操大胡，烛光将他的白发和那缕花白的胡子染成金黄色，仿佛要将他燃烧。他的嘴唇不由自主地轻轻嚅动，仿佛在咀嚼着什么。他在咀嚼音乐还是已逝的青春？

洞经音乐是一种道教音乐，当然也有人认为它融入了佛教的精神。研究者对于它如何流入偏远的云南丽江地区看法不一，有人认为它来自京城，也有人认为来自南京，还有人认为它来自四川乐山。旱路由司马相如治西夷时传入，水路大抵是由大渡河至宜宾，然后再入金沙江。不管它来源何处，这种典型的汉族音乐最后落脚于雪山脚下的纳西族人的居住地，由他们继承和发展下来。

欣赏完《八卦》，跟着奏响的是《山坡羊》《十供养》《到夏来》《浪淘沙》《清河老人》等曲目。在这过程中，我的思绪一直朝着古代翻涌。主人悄悄送上来一盅盅美酒，然后又是一碗碗雪茶。雪茶是一种生长在玉龙山雪线附近阴湿岩石和苔地上的地衣类植物，形似松针，体色银白，气味先苦后甘，清香沁人。这种别致的茶和如临仙境的音乐使我对现实产生了一种虚幻感，我不知道自己是否还在，我在我又是谁。我所能感觉到的就是音乐带来的遥远的时光，我看过许多反映汉唐时期生活的电影和电视剧，也读过许多汉唐时期文人墨客的文章，也曾见过这个时期留下的石窟和陈列在博物馆中的文物，可它们从未把我真正带入过去，我没有听到那个时代的呼吸声，是洞经音乐终于叩开了我的心扉，轻而易举就让我在古城中领略了千年以前的流水和斜阳。

演奏的间隙，我悄悄抽身来到屋外的方形场院。仰望天空，我不由得惊呆了：月亮竟然饱满地出现了，先前的阴霾突然不见，月光莹莹地照着屋子的飞檐，仿佛人世间的美好事物都要相约于一天出现在我面前。难道不是清幽的洞经之声吸引了月亮吗？月亮在聆听这来自大地的丝竹之声。我垂下头又向对面望去，使我更为吃惊的情景出现了，对面木屋的窗子敞开着，有五六颗白森森的人头探出来，他们挤靠在一起，头上裹着孝布，也在聆听洞经音乐。看来这家死了人，他们正在守灵，却禁不住音乐的诱惑。我便想象有一个已故人也在倾听音乐，死亡顿时变得平和和诗意了，我就是在那一瞬间渴望着拥有霓裳羽衣，因为我突然顿悟有多少逝去的灵魂就在我身边浮游，比如那个曾创作了《紫微八卦舞》乐曲的风流皇帝唐玄宗，我一直为他的爱情故事所感动，也许他的灵魂就在月下的古城徘徊。我三十岁了，身材还称得上窈窕，虽然我没有杨贵妃的美貌，但我自信霓裳羽衣加身后，再将秀发高绾，月色中也一样清丽动人。我那样装扮后，我所仰慕的灵魂也许就会引我飞入重霄，让我在银河中舞蹈，在月光中沐浴。

洞经音乐是多么优雅、纯洁而高贵。我甚至觉得玉龙雪山之所以如此俊美，是由于终年聆听古乐的结果。这样的山注定是不可征服的。

我是多么庆幸在我三十岁的时候，在中秋节，能看到一轮真正无瑕的月亮，能够在一个晚上走过一千多年的历程。时光和月光一齐在古乐中飞舞，老人们的面容在我面前渐渐模糊起来，因为那屋外的泉水已经悄悄流入我的双眼。

1995年

从此岸到彼岸

佛山因曾出土过三尊唐代的金佛，又名"禅城"。有禅之地，其意空灵。这儿的山水有几分仙气，民俗也充满了宗教意味。行通济，是佛山最具禅意的风俗了。

通济是一座桥。这桥非同一般，据说每年的元宵节，只要你在通济桥上走了一遭，就会安康幸福，无疾无忧。按当地人的说法就是："行通济，无闭翳。"

这一风俗已有四百年的历史了。它像一束古老的月光，穿越了漫漫时空，安详地照拂着尘世中的人们。通济桥始建于明代，最早是木桥。木易朽烂，所以它在明代就历经了三次重修。到了清代，木桥被改建成木石拱桥。建国后，它又脱胎换骨，成了钢筋混凝土的拱桥。从通济桥材质的变换可以看得出来，我们经历了从农业文明到工业文明的进程，或者说我们是由柔软走向了坚硬。不管桥怎么变，在老百姓的心目中，它一直充当着诺亚方舟的角色，救苦救难，普度众生。桥上绵绵不绝的足印，就是人类祈祷的心声。

元宵节是我的生日。在北方，飞雪和寒流，通常是我生日的两道流苏。而在南方，斑斓的花树做了生日最天然的蜡烛，点燃这蜡烛的，是唱春的鸟儿那如火的目光。

此次在异地过生日，是为了参加"新乡土文学征文大赛"的颁奖礼。当我坐在台下，聆听我喜爱的配音演员童自荣先生和姚锡娟女士朗诵我的获奖作品《花牤子的春天》的片段时，我陶醉了。童自荣先生演绎的那个魅力非凡的独行侠——佐罗，曾是我少女时崇拜的偶像。是童先生的声音让法国的阿兰·德隆在中国家喻户晓。我在鲁迅文学院求学时，曾买过童自荣先生的诗词朗诵磁带。他的声音与另一位我喜爱的歌唱家的声音有相似之处，那就是世界三大男高音之一的卡雷拉斯，极富磁性，在纯净中透着妖娆之气，刚毅而柔美，不可抗拒。这样的声音于我来说，就是最好的生日礼物了。

颁奖典礼结束，晚宴后，与会的朋友们手持彩色风车，赶往通济桥。

天已黑了，乌云翻卷着，空气有些沉闷。虽然还没有到行通济的高潮上，但桥前已是万头攒动，交警在各个路口把持着，疏导人流。桥上灯火璀璨，人们除了拿着风车和风铃，有的还抱着一捆生菜，意谓"生财"。人群中有白发苍苍的阿婆，也有骑在父亲脖子上的小娃娃。人们喜气洋洋的，怀着各自的期盼，缓缓走过通济桥。据说，行通济要从桥头一直走到桥尾，也就是由北岸直达南岸，中间不能折返，否则不吉利。桥长不过三十二米，若在平素，即便慢行，一两分钟也会通过了。但在元宵节的晚上，行通济，起码要花上五分钟，甚至更长。看来幸福是需要一步三叹的。

在摩肩接踵的人丛中，忽听周围的人说：上了通济桥了！我把风车举高，上了桥。也许是空气太闷，风车蔫头蔫脑的，并不旋转。我在桥上听不见流水，更看不见月光，感受到的只是无与伦比的喧闹。麦加的朝圣，曾屡屡发生踩踏事件。朝拜是神圣的，也是危险的，所以我留神着脚下的路。据说，行通济的时候，若是在心中许愿，会很灵验。我没有许任何愿望，在我看来，能够自如地走路，不论是什么样的路，都是福。桥，其实是人间路上的一个破折号，在它下面，注定会缀着密密麻麻的人生注解。人实在是太多，我根本没有看清这桥的模样，就被人簇拥着，在朦胧的喜悦中过了桥。

说来奇怪，过了桥，天就落雨了。不过这雨轻描淡写的，只是寥寥雨滴，空气好了起来。风起了，风车乐了，那红色和金黄色的风轮在我眼前唰唰地旋转，五光十色，绚丽极了。从北岸到南岸，其实是从人生的此岸到了彼岸，未敢说把烦恼和忧愁一扫而光，但在万民祈福的时刻，我还是感受到了天人合一的和谐，感受到了超凡脱俗的快乐。

立地成佛者，从此岸到彼岸，只是一瞬；而苦苦修行者，从此岸到彼岸，则需百年。我有七情六欲，想必到达澄澈的彼岸，还有待时日吧。能够从通济桥上走一回，其实是对人生境界的一种提升，也是对自我的一个反省。我庆幸在我四十三岁生日的这一天，能在热闹中体味寂静之美，能在风雨中无悔地回顾从前。

　　元宵节的次日,我到珠江电视台录制"飞鸿茶居"的文化访谈节目,主持人对我说,行通济,如果连行三年,则会一生安泰。他问我明年和后年的元宵节,会不会再来佛山走通济？我几乎是不假思索地回答,其实我已经走了三次。元宵节的晚上,我现实地走了一遍；过了桥后,我回望了通济桥,用目光又走了一回；晚上,我在睡梦中见到它,等于在梦想中第三次行了通济桥。所以,我已不需要我的肉身再去走两次了。

　　如此说来,从此岸到彼岸,是有多种的抵达途径啊。

2007年

我对黑暗的柔情

我回到故乡时,已是晚秋的时令了。农人们在田地里起着土豆和白菜,采山的人还想在山林中做最后的淘金,他们身披落叶,寻觅着毛茸茸的蘑菇。小城的集市上,卖棉鞋棉帽的人多了起来,大兴安岭的冬天就要来了。

窗外的河坝下,草已枯了。夏季时繁星一般闪烁在河畔草滩上的野花,一朵都寻不见了。母亲莳弄的花圃,昨天还花团锦簇的,一夜的霜冻,就让它们腰肢摧折,花容失色。

大自然的花季过去了,而居室的花季还在。母亲摆在我书房南窗前的几盆花,有模有样地开着。蜜蜂在户外没有可采的花蜜了,当我开窗通风的时候,它们就飞进屋子,寻寻觅觅的。不知它们青睐的是金黄的秋菊,还是水红的灯笼花。

那天下午,我关窗的时候,忽然发现一只金色的蜜蜂。它蜷缩在窗棂下,好像采蜜采累了,正在甜睡。我想都没想,捉起它,欲把它放生。然而就在我扬起胳膊的那个瞬间,我左手的拇指忽然针刺般地剧痛,我意识到蜜蜂蜇了我了,连忙把它撇到窗外。

蜜蜂走了，它留在我拇指上的，是一根蜂针。蜂针不长，很细，附着白色的絮状物，我把它拔了出来。我小的时候，不止一次被蜜蜂蜇过，记得有一次在北极村，我撞上马蜂窝，倾巢而出的马蜂蜇得我面部红肿，疼得我在炕上直打滚。

别看这只蜜蜂了无生气的样子，它的能量实在是大。我的拇指顷刻间肿胀起来，而且疼痛难忍。我懊恼极了，蜜蜂一定以为我要置它于死地，才使出它的撒手锏。而蜇过了人的蜜蜂，会气绝身亡，即使我把它放到窗外，它也不会再飞翔，注定要化作尘埃了。我和它，两败俱伤。

我以为疼痛会像闪电一样消逝的，然而我错了。一个小时过去了，两个小时过去了，到了晚饭的时候，我的拇指仍然锥心刺骨地疼。天刚黑，我便钻进被窝，想着进入梦乡了，就会忘记疼痛。然而辗转着熬到深夜，疼痛非但没有减弱，反而像涨潮的海水一样，一浪高过一浪。我不得不从床上爬起，打开灯，察看伤处。我想蜜蜂留在我手指上的蜂针，一定毒素甚深，而我拔蜂针时，并没有用镊子，大约拔得不彻底，于是拿出一根缝衣服的针，划了根火柴，简单地给它消了消毒，将针刺向痛处，企图挑出可能残存着的蜂针。针进到肉里去了，可是血却出不来，好像那块肉成了死肉，让我骇然。想到冷水可止痛，我便拔了针，进了洗手间，站在水龙头下，用冷水冲击拇指。这招儿倒是灵验，痛感减轻了不少，十几分钟后，我回到了床上。然而才躺下，刚刚缓解的疼痛又傲慢地抬头了，没办法，我只得起来。病急乱投医，一会儿抹风油精,一会儿抹牙膏,一会儿又涂抗炎药膏,百般折腾,疼痛却仍如高山的雪莲一样,凛冽地开放。我泄气了,关上灯,拉开窗帘,求助于天。

已经是子夜时分了,如果天气好,我可以望见窗外的月亮、星星,可以看见山的剪影。然而那天阴天,窗外一团漆黑,什么也看不见。人的心真是奇怪,越是看不见什么,却越是想看。我将脸贴在玻璃窗上,瞪大眼睛,然而黑夜就是黑夜,它毫不含糊地将白日我所见的景致都抹杀掉了。我盼望着山下会突然闪现出打鱼人的渔火,或是堤坝上有汽车驶过,那样,就会有光明划破这黑暗。然而没有,我的眼前仍然是沉沉的无边的暗夜。

我已经很久没有体味这样的黑暗了。都市的夜晚,由于灯火的作祟,已没有黑暗可言了;而在故乡,我能伫立在夜晚的窗前,也完全是因为月色的诱惑。有谁会欣赏黑暗呢?然而这个伤痛的夜晚,面对着这处子般鲜润的黑暗,我竟有了一种特别的感动,身上渐渐泛起暖意,有如在冰天雪地中看到了一团火。如今能看到真正的黑暗的地方,又有几处呢? 黑暗在这个不眠的世界上,被人为的光明撕裂得丢了魂魄。其实黑暗是洁净的,那灯红酒绿、夜夜笙歌的繁华,亵渎了圣洁的黑暗。上帝给了我们黑暗,不就是送给了我们梦想的温床吗? 如果我们放弃梦想,不断地制造糜烂的光明来驱赶黑暗,纵情声色,那么我们面对的,很可能就是单色调的世界了。

我感激这只勇敢的蜜蜂,它用一场壮烈的牺牲,唤起了我的疼痛感,唤起了我对黑暗的从未有过的柔情。只有这干干净净的黑暗,才会迎来清清爽爽的黎明啊。

2007 年

西栅的梆声

乌镇是一枝莲，东栅、西栅、南栅、北栅是它张开的花瓣。东栅因为天光和烟火气盛，这片花瓣在我眼里是银粉色的。西栅呢，它被不绝的流水环绕着，那层层叠叠的楼台水阁，迷宫似的灰街长巷，也就有了舟楫的气象，似乎你轻轻一推，它们就会起航。这片轻灵的花瓣，在我眼里就是烛白色的了。烛白色不像银白那么耀眼奢华，也不像乳白那么温柔平淡。烛白色，它高贵朴素，充满激情而又深沉内敛。因为烛白色里，掺杂着天堂的色彩。

来乌镇的，不仅仅是人，还有白鹭、云朵、晨雾。与它们比起来，依赖车船出行的人，是多么被动啊。白鹭来，乘着清风，扇动着丝绸一样的翅膀，倏忽间就翩然而至了；云朵呢，如果它们思念身下这片枕河入梦的人家了，从天宇的某个角落出发，且歌且舞，飘飘洒洒，也是说到就到了。比起白鹭和云朵，晨雾不是远客，它们就栖息在乌镇纵横交织的水泽深处。只要它起了顽皮，就一哄而起，缚住太阳，把人间幻化为海市蜃楼，霸气十足地做这世界早晨的皇帝。

我在乌镇，住在西栅。西栅由十二座小岛组成，所以进出西栅，须乘坐渡船。到乌镇时已是晚上九点，江南的雨淅淅沥沥下着，好像乌镇这个素服女子忙活了一天，正在做安寝前的沐浴。从西栅的码头登船，去通安客栈，大约一刻钟。西栅的渡船是我喜欢的那种，带篷的木船，梭形，人工摇橹，至多坐六人，既不像大船那样笨拙少情调，又不像只能容一两个人坐的小舟，在水波上活跃得像条鱼一样，让人心生不安。不大不小的渡船，如同恰到好处的鞋子，最适合游人的脚。船家是个女子，乌镇人对她们有个亲切的称谓：船娘。而我觉得，女子的性情，最适合在西栅摆渡。因为这儿不是荒凉的海域，需要顶天立地的男人披荆斩棘，西栅是一个宁静的港湾，是个听桨声的地方，由性情多温婉的女子做"掌门人"，再妥帖不过了。

船娘戴着斗笠，不紧不慢地摇着橹。虽然落着雨，但岸上投下的灯影，依然盛开在河面上，看来电的筋骨，实在强啊。没有月亮的夜晚，那一团团湿漉漉的橘黄的灯影，看上去像是月亮生出的金发婴孩，是那么鲜润明媚。带着一身的水汽，船停靠在客栈的码头上了。简单吃了点东西，洗漱后躺下，已是深夜了。旅途的劳顿，并没有使我立刻入睡。不过在西栅失眠是幸福的，因为你在静得出奇的夜里，能听见淙淙的流水声。

来乌镇的次日，是茅盾文学奖颁奖的日子。我醒来的时候，西栅还没醒，因为它被浓雾包裹着，所以到了天亮的时辰，它却亮不起来。早饭后，我出了客栈散步。上了一座灰白的石拱桥，站在桥上，只见河两岸的房屋，好像晾晒着一匹匹白色的丝绸，被雾气紧紧缠绕。你想看远一点的河道，看不清楚；想看近处房屋的飞檐，也是看不清楚的。雾中的西栅，也就有了如梦似幻的感觉。上午十点多，雾小了，雨又来了，所以那个白天的太阳，和那个夜晚的月亮，是逃跑的新娘，芳踪难觅。如果说乌镇是一朵静静的莲的话，那么茅盾文学奖的颁奖典礼在我眼里就是昙花。那个夜晚的颁奖盛典结束后，第二天，与会人员纷纷离去了。客栈的小码头忙碌起来，船娘忙碌起来，被桨搅起的水波，也忙碌起来了。

我也乘渡船出去，但奔赴的不是飞机场，而是东栅。太阳终于露出了芳容，天地间变得亮堂起来了。东栅游人如织，每一座石桥，每一条小巷，每一座古老的楼牌下，都有驻足观望和拍照的人。导游带着我们，先是参观了一个专门展览雕花木床的博物馆，然后去了乌镇名酒——从清朝就开张了的三白酒的酿造地。在乌镇这样的水乡，如果没有酒，老百姓的日子，无疑是少了魂儿。出了酒坊，近午的时候，在去餐馆的途中，我在一条巷子里，遇见一个白发苍苍的老婆婆。她将自家炉灶支在屋外，微微弓着背，神色怡然地当街翻炒着一锅羊肉。羊肉显然被酱汁浸透了，油红色，扑鼻的香气。很多游人停下脚步，眼馋着那锅肉。而我眼馋的，是老婆婆手中的那把锅铲。如果我到了她这般年华，能像她一样自如地使着锅铲，为自己烹调下酒的小菜，那就是此生最大的福气了。

　　从东栅回来，小憩片刻，导游又带着我们游西栅。看了白莲塔、通济桥和仁济桥所形成的著名的"桥里桥"景观、蚕丝厂以及酱坊。西栅最有趣的景观，是三寸金莲馆。那里展览的，是历朝历代形形色色的小鞋。有研究者说缠足始于隋唐，也有人说由五代兴起。清入主中原后，反对汉族人缠足，尤其是康熙大帝。从这点看，康熙就是一个充满人性的皇帝。康有为在自己的老家广东南海，还曾联合当地乡绅和开明人士，创立过不缠足会。而缠足这种病态的审美和风习，在中国流传了近千年，却是一个不争的事实。那些小巧玲珑的鞋子，多有斑斓刺绣，花色妖娆，可我却看不出丝毫的美来，因为它们是女人的脚镣啊。

　　游过西栅，天色已昏。我们就近在一处临河的餐馆吃晚饭。饭后，回到客栈，清理完旅行箱，想想明天就要离开西栅了，心中似乎还有什么割舍不下的。九点一刻，我独自出了门，看夜下的西栅。

　　石板路上，几乎看不见行人了。西栅静起来，而另一种光明，却升起来。点缀着夜晚的灯光，以乳黄为主，但也有幽蓝的光带，裹着石桥，使桥有了闪电的气象。那一盏盏古朴的风灯，在苍灰的屋檐下，随着晚风轻轻摇荡，像恋人温柔的眼。我走进一条深巷，周围竟一个人都不见，那一座座阒然无声的深宅大院，使我怀疑里面居住的不是人，而是神灵。我有些害怕，连忙回到离出发点不远的放生桥那儿，桥下有一个小酒吧，还有零星的顾客。刚停下脚步，就见柳树丛中闪出一只猫来，雪白雪白的，它好像赶赴什么约会，飞也似的越过石桥，去另一岸了。猫离去了，一个清扫员出现了。她一手拎着撮子，一手提着扫帚，打扫石巷。我看了看撮子，里面较少有废纸和食品包装袋之类的垃圾，更多的是落叶。乌镇再怎么江南，也是秋意阑珊了。我跨上桥，刚好看见有一只载客的船从远处荡来。我听见客人在问："岸上是什么树呀？"船娘答："香樟树。"之后再无人语，有的只是水声。我看着这只船渐渐接近石桥，然后鱼似的从桥下跃过，不见了踪影。正当我要走下石桥的时候，一阵梆声石破天惊地响起，这是打更的人在报时了。打更的人穿行在哪一条巷子，我并不知晓。但这寂寥而空灵的梆声，与教堂的钟声一样，让我身心顿时为之一爽。是啊，这禅意深厚的梆声让我明白，所有的盛典和荣耀，不过是一季的盛花，会转瞬间化为流水。那些相识的和不相识的人，包括我自己，不过是这世界的过客而已。明白了这个道理，你就不会在脱离了灯火璀璨、人语喧嚣的环境后，惧怕一个人走夜路。这复古的梆声，让西栅的夜，白了。

2008 年

飞向泥土的箭

我虽然第一次到新疆,但对它没有陌生感。它的太阳,与我故乡大兴安岭夏至前后的太阳太像了,对人间千般的不舍,迟迟不落。我曾在晚上八点钟和几位朋友在伊犁河畔的一座八角亭里,看一对对盛装的新人,沐浴着阳光,在音乐和清风中翩翩起舞。看过了婚礼的热闹,九点钟吧,我又独自溜到果园摘杏子吃。而这个时刻的太阳,还明晃晃的如一面铜锣呢,惹得我直想往它身上投几个杏子,砸出点回音来。

除了这仿佛被施了魔法的太阳,其满面的青春气让我熟悉,还有一块土地在我的意念中也是熟悉了的,那就是伊犁河南岸的察布查尔。

察布查尔,是锡伯语"粮仓"之意。而生活在这儿的锡伯人,是两百多年前从东北迁徙而来的。

锡伯人最初游猎于大兴安岭东麓,它的始祖是鲜卑人。两千年前,鲜卑人走出大兴安岭森林,挺进中原,中国历史上第一个由少数民族建立的北魏王朝登上了历史舞台,历时一百四十八年。在大兴安岭阿里河密林深处,有一个嘎仙洞,一九八〇年在石室内发现了石刻祝文，是北魏太武帝拓跋焘于公元四四三年派遣中书侍郎李敞祭祖时所刻的。这个神奇的洞窟，无疑是他们的"祖庙"。我曾在一九八六年探访过嘎仙洞，洞口呈三角形，洞内宽大幽深得如精心开凿的军备库，能容几辆卡车并行。我还记得抚摸了一下镌刻着祝文的石碑，其彻骨的阴凉至今难忘。那个年代，从中原到大兴安岭，快马也要走上十天半月的。拓跋焘得天下后不忘宗祖，让我对他油然而生敬佩之情。据史书记载，拓跋焘是一个骁勇善战的将军，他崇尚节俭，厌恶奢华，率军时赏罚分明，曾有"法者，朕与天下共之，何敢轻也"的至理名言。可惜这样的英雄，最终为手下的宦官所杀。看来自身的光芒过于耀眼了，刀剑的寒光逼近时，会难以辨析。而这混迹其中的不祥之光，往往跟毒蛇一样，看准时机，就会突然下口，熄灭一种大光明。于是，历史上也就有了一幕又一幕的黑暗时刻。

鲜卑后人的锡伯人，走出大兴安岭后，主要生活在松嫩平原和呼伦贝尔大草原上。他们骑马善射，英勇无畏。所以，当清朝的西部边疆频频受到外敌侵扰时，乾隆皇帝想到了他们，发动了伟大的"长征"，抽调了锡伯族官兵一千多人，连同他们的家眷，共计三千两百多人。一七六四年的农历四月十八日，他让集结在盛京（今沈阳）的他们，开始了西迁戍边。从沈阳到伊犁，如果在地图中画一条直线的话，都是从东到西的一条漫长的线。两百多年前，依赖马车牛车前行的他们，要穿越这样的一条线，其艰辛可想而知。他们一路风餐露宿，农历八月经由蒙古高原时，正遇上暴风雪，牲畜大批死亡，人员多有冻伤，军队不得不停下来休整，度过严冬。次年草返青后，他们从蒙古部落借了战马和骆驼，继续西行，谁知到达科布多时，恰逢阿尔泰山积雪融化，洪水阻隔，他们被迫停滞了两个月。由于粮草不足，不得不挖野菜充饥。即便这样，他们最终还是到达了伊犁。乾隆皇帝给他们西迁的期限是三年，而锡伯人用了不到一半时间。如果刨除被风雪和洪水围困的日子，这支队伍走完全程，仅仅用了半年多的时间，堪称奇迹！最让人震撼的是，队伍到达目的地时，人员不但没有减少，反而增加了，这其中就有在旅途中出生的三百多个婴孩！可以想见，在漆黑如墨的暴风雪的夜晚，在洪水泛滥的血色黎明，锡伯人身上涌动的那股原始的生命之泉，是多么强旺。这样的民族，无疑是人间的牧歌天堂！

我们来到察布查尔的时候，是晚上七时许。参观锡伯族西迁纪念馆时，刚看完第一个展馆的西迁沙盘图，接待方就唤我们回返，说是当地的领导已经前往餐厅迎候，我们必须赶回去吃饭。我便与他们商量，能否容我们快速看完？只需一刻钟就行，谁知被斩钉截铁告知不可。回到旅行车上，我再次央求，仍未果，于是倔脾气上来了，抬腿下车，不管不顾地，奔回纪念馆。令我感动的是，旅美学者查建英女士也随之下了车。我们走马观花地浏览了两个馆，看到的是一些兵器和生活用具，然后来到院子里。那里有一个小型射箭场，两面靶子竖在草地上。查建英拉弓射箭，箭中靶上，欢呼雀跃；而我不得要领，几次拉弓，箭在弦上，始终不发。馆长便手把手教我，终于射出一箭，不过它没有飞向靶子，而是一头栽在泥土中，壁立于青草之间，仿佛它就是青草中的一员。

　　离开察布查尔后，我们去了喀什。从南疆返回乌鲁木齐时，恰好是七月五日的黄昏。我们入住宾馆不久，有关城区的事件的消息传来。在那个不眠之夜，我几次走到宾馆的院子，在高大的树丛中游魂似的飘来荡去。那个夜晚的声音和气味，把我的心撕裂了。我的心在滴血的时候，眼前不时闪现出那支飞向泥土的箭。我多么希望这世界上所有的刀，只在欢歌时屠宰牲畜才亮出锋刃；所有的石头，只为女人在河畔哼着歌谣捶打衣服而生；而所有的棍棒，不过是为了打落果园中高挂枝头的桃李。我多么希望，我射出的那支飞向泥土的箭，会在秋日的寒露中，与万物同枯，与血腥永别，在转年的春天，安然复苏为一棵清香四溢的草，做露珠的巢。

2009 年

好时光悄悄溜走

十年以前,我家还有一个美丽的庭院。庭院是长方形的,庭院中种花,也种树。树只种了一棵,是山丁子树,种在窗前,树根周围用红砖围了起来,那树春季时开出一串串白色的小花,夏季时结着一树青绿的果子,而秋季时果子成熟为红色,满树的红果子就像正月十五的灯笼似的,红彤彤醉醺醺地在风中摇来晃去。花种得可就多了,墙角、障子边到处种满了扫帚梅、爬山虎、步步高、金盏菊等等。那庭院的西南角还悬着一个鸡架,也是长条形的,鸡白天时被撒到外面,一到夜间便把它们圈了起来,到喂食的时候它们就将头伸出来,鸡槽上横着许多毛茸茸的脑袋,一顿一顿的,看起来充满了无穷的生气。清晨时雄鸡喔喔,正午时母鸡下完蛋则咯咯咯地叫唤,所以我常常不知道是公鸡好呢,还是母鸡好。公鸡的冠子红彤彤的,走起路来昂首阔步,而母鸡则很温情,它在下蛋的时候安安静静地趴在窝里,不管外面有什么好吃的东西在诱惑它,它都毫不动摇,所以我又常常对产蛋的母鸡生出几分敬意。

十年以前我家的房屋是真正的房屋，因为它和土地紧紧相连。不像现在的楼房以别人家的天棚作为自己的土地。那造作的土地是由钢筋和混凝土加固而成的。十年以前的房屋宽敞而明亮，房子有三大间，父母合住一间，我和姐姐合住一间，弟弟住一间。厨房里有一条长长的走廊，这条走廊连接着三个房间。整座房子一共开着五个窗口，所以屋子里阳光充足。待到夜晚，若外面有好看的月亮的时候，便可将窗帘拉开，那么躺在炕上就可以顺着窗子看到外面的月亮，月光会泻到窗台上，炕面上，泻到我充满遐想的脸庞上。好的月光总是又白又亮的。

　　春天来到的时候燕子也来了，墙上挂着的农具就该拿下来除除锈，准备春耕了。我家有三片菜园，一片自留地。有两片菜园围绕着房子，一前一后，前菜园较大，后菜园较小一些。前菜园大都种菠菜、生菜、香菜、苞米、柿子、辣椒。而后菜园主要栽着几行葱和十几垄爬蔓的豆角，另外一片菜园离家大约有七八百米的路程，不算远。它位于一片松树林中，主要种豌豆、大头菜和秋白菜。我喜欢来这片菜园，因为在它附近常常可以找到高粱果，我喜欢吃高粱果。而且，在这片菜地附近的草地上还可以捉到蚂蚱和身背长刀的"三叫驴"。除了这三片菜园外，我家还有一片广大的自留地，它离家很远，远到什么程度呢？骑着自行车一路下坡地驰去也要用十几分钟，若是步行，就得用半个小时了。不过我从来没有在半小时之内走完那一段路程，因为我总是走走停停，遇到水泡子边有人坐在塔头墩上钓鱼，我便要凑上去看看钓上鱼来了没有。要是钓上来了则要看看是什么鱼，柳根、鲫鱼，还是老头鱼。有时还去问人家："拿回去炸鱼酱吗？"我最喜欢吃鱼酱。我的骚扰总是令钓鱼人不快，因为我常常不小心将人家的蚯蚓罐踢翻，或者在鱼将要咬钩的时候，大声说："快收竿呀，鱼打水漂了！"结果鱼听到我的报警后从水面上一掠而过，钓鱼人用看叛徒那样的眼光看着我。那么就识趣点离开水泡子，接着朝前走吧，结果我又发现草甸子上那紫得透亮的马莲花了。我便跑去，采了这棵又看见了下一棵，就朝下一棵跑去，于是就被花牵制得跑来跑去，往往在采得手拿不住的时候回头一看，天哪，我被花引岔路了！于是再朝原路往回返，而等到赶到自留地时，往往一个小时就消磨完了。我家的自留地很大，大到拖拉机跑上一圈也要用五分钟的时间。那里专门种土豆，土豆开花时，那花有蓝有白有粉，那片地看上去就跟花园一样。到这块地来干活，就常常要带上午饭，坐在地头的蒿草中吃午饭，总是吃得很香。那时就想：为什么不天天在外吃饭呢？

　　十年以前，我家还是一个完整的家庭。那时祖父和父亲都健在。祖父种菜，住着他自己独有的茅草屋，还养着许多鸟和两只兔子。父亲在小学当校长，他喜欢早起，我每次起来后都发现父亲不在家里。他喜欢清晨时在菜园劳作，我常常见到他早饭回来的时候裤脚处湿淋淋的。父亲喜欢菜地，更喜欢吃自己种的菜，他常在傍晚时吃着园子中的菜，喝着当地酒厂烧出来的白酒,他那时看起来是平和而愉快的。

父亲是个善良、宽厚、慈祥而不乏幽默的人。他习惯称我姐姐为"大小姐",称我为"二小姐",有时也称我作"猫小姐"。逢到星期天的时候,我和姐姐的懒觉要睡到日上中天的时刻了,那时候他总是里出外进地不知有了多少趟。有时我躺在被窝里会听到他问厨房里的母亲:"大小姐二小姐还没起来?"继之他满怀慈爱地叹道,"可真会享福!"

十年以前我家居住的地方那空气是真正的空气,那天空也是真正的天空。离家不过五分钟的路程,就可以走到山上。山永远都是美的。春季时满山满坡都盛开着达子香花,远远望去红红的一片,比朝霞还要绚丽。夏季时森林中的植物就长高了,都柿、牙各达、马林果、羊奶子、水葡萄等野果子就相继成熟了。我喜欢到森林里去采它们,采完以后就坐在森林的草地上享用。那时候阳光透过婆娑的枝叶投射到我身上,我的脸颊赤红赤红的,仿佛阳光偷来了世界最好的胭脂,全部涂在我的脸上了。当然,也不总有这样怡然自得的时候,有一次,便是一屁股坐在了马蜂窝上,这下可不得了了,倾巢而出的马蜂嗡嗡地围着我,不管我跑得多么快,它们还是把我当作侵略者紧紧追踪,并且予以有力的还击:我的脸上、胳膊上、腿上红斑点点,而屁股那里,则密麻麻的像出了麻疹似的。那一次我是一路哭着逃回家的,从此再在林地上坐的时候可就不那么随心所欲了,总要看看周围有没有"敌情",有时坐上去还心有余悸。秋天来到的时候,蘑菇就长出来了，那时候我就会随父亲到山上去捡蘑菇。秋季的森林多情极了，树叶有红的，有金黄的，也有青绿的。那黄的叶子大多数落了下来，而红的则脆弱地悬在枝条上，青绿的还存有一线生机，但看上去却是经受不住秋风的袭击而略呈倦意。我喜欢那些毛茸茸、水灵灵的蘑菇密密地生长在腐殖质丰富的林地上，那些蘑菇就是森林的星星。在秋天，我还喜欢渡过呼玛河去采稠李子和山丁子。稠李子喜阴，大都生长在河谷地带，经霜后的稠李子甜而不涩，非常可口。不仅我喜欢吃，黑熊也是喜欢吃的，可我是不能和黑熊同时享用果子的。所以我一过了河，在还没有接近稠李子树的时候，就用镰刀头将挎着的铁桶敲得咚咚地响，听说熊最怕听到这种声音，只要这种声音传来，它就会落荒而逃。现在想来，觉得那时对黑熊实在刻薄了些，可是，如果不那样做，会不会有现在的我呢？当然，也可能黑熊根本不喜欢吃我，我想我总不至于像稠李子那样美味而令它垂涎三尺，但谁能保证它见了我之后，会不会突然有换换胃口的打算？所以黑熊照例是要被驱赶的，人和动物之间看来永远有解不开的矛盾。

　　就说冬天吧，家乡的冬天实在太漫长了。漫长得让我觉得时间是不流动的。雪花一场又一场地铺天盖地袭来，远山苍茫，近山也苍茫。森林中的积雪深过膝盖，那时候我们就进山拉烧柴。有时用爬犁，有时用手推车，当然用手推车的时候多。阳光照耀着雪道，雪道上亮晶晶的，晃得人双目生疼。我跟随着父亲在林子中穿梭着，他截好了木头，我负责将它们抬到有路的地方。常常是还没有走到有路的地方我就停住了脚步，因为我发现吃樟子松树缝中僵虫的啄木鸟了，而那啄木鸟却没有发现我。我就想：我要有啄木鸟那么漂亮该有多好。然而啄木鸟还是飞走了。我又想：自己还不如一只僵虫能拴住啄木鸟的心呢，那么再接着朝前走吧。我又发现了雪地上怪异的兽迹了，心想：这是狍子印还是狼印呢？若是狼的脚印，这可怎么好呢？那么就与狼背道而驰吧。我朝与兽迹相反的地方走去，往往就走岔了路，那时候父亲召唤我的声音听起来就遥远得不能再遥远了。在山里，若是不加紧干活，那么就觉得身上冷得受不住了，这时父亲会给我笼起一堆火来，所以我上山时就常常用破棉絮包上几个土豆，将它们放入火中，等到干完活装好车将要下山的时刻，就蹲在雪地上将熟透的土豆从奄奄一息的火中扒拉出来，将皮一剥，香气就徐徐散开了。吃完了土豆，身上有了温暖和力气，那么就一路不回头地朝家奔。那时，手推车顶上常常放着一根大桦树枝，遇到大下坡的时候，就将树枝放下来，用棕绳拴在手推车后面。我坐在树枝上，树叶刮起的雪粉喷得满脸都是，我和树枝就像一片云似的轻盈地飘动着，我便会大声呼喊着："真自由啊！"

十年一晃就过去了。十年后的晚霞还是滴血的晚霞，只是生活中已是物是人非了。祖父去世了，父亲去世了。我还记得一九八六年那个寒冷的冬季，父亲在县医院的抢救室里不停地呼喊："回家啊，回家啊……"父亲咽气后我没有哭泣,但是父亲在垂危的时候呼喊"回家啊"的时候,我的眼泪却夺眶而出。

十年后的我离开了故乡,十年后的母亲守着我们在回忆中度着她的寂寞时光。我还记得前年的夏季,我暑假期满,乘车南下时,正赶上阴雨的日子。母亲穿着雨衣推着自行车去车站送我。那时已是黄昏,我不停地央求她:"妈你回去吧,路上到处是行人。""我送送你还不行吗? 就送到车站门口。""不行,我不愿意让你送,你还是回去吧。""我回去也是一个人待着,你就让我溜达溜达吧。"我望着雨中的母亲,忽然觉得时光是如此可怕,时光把父亲带到了一个永远无法再回来的地方,时光将母亲孤零零地抛到了岸边。那一刻我就想:生活永远不会圆满的。但是,曾拥有过圆满,有过,不就足够了吗?

我在哈尔滨生活已近半年了。我最喜欢那些在街头卖达子香、草莓和樱桃的乡下人。因为他们使我想起故乡,想起那些曾有过的朴实而温暖的日子。所以,在那一段时期,我的案头总是放着一碟樱桃或者一盘草莓。阳光透过窗户照耀着樱桃和草莓,也照亮了我曾有过的那些鲜活的日子。

不久以前我的故乡发生了特大洪水,孤寂当中我写下了《愿上帝降临平安之夜》,记得开头是这样写的:

> 我无法想象故乡在汪洋中的情景,汪洋中的故乡消失了。那被阳光照耀着的门庭,那傍晚的炊烟和黄昏时

落在花盆架上的蝴蝶，那菜园中开花而爬蔓的豆角、黄瓜以及那整齐的韭菜和匍匐着的倭瓜，如今肯定是不知去向了。没有了故乡，我到哪里去？

为此，我祝愿我的故乡永远地存在下去，祈求上帝给那一方土地和人民降临永远的平安之夜，让故乡的朴实和温暖久驻。

当我将要放下笔来的时候我想，待我白发苍苍，回首往事时，我的回忆是否仍然是这样美好呢？但愿那时我会平静地站在西窗前，望着落日轻轻吟唱我年轻时就写下的一首歌：

> 当我年轻的时候，
> 我曾有过好时光。
> 那森林中的野草可曾记得，
> 我曾抚过你脸上的露珠。
> 啊。当我抚弄你脸上露珠的时候，
> 好时光已悄悄溜走。

1991年

落红萧萧为哪般

萧红出生时,呼兰河水是清的。月亮喜欢把垂下的长发,轻轻浸在河里,洗濯它一路走来惹上的尘埃。于是我们在萧红的作品中,看到了呼兰河上摇曳的月光。那样的月光即使沉重,也带着股芬芳之气。萧红在香港辞世时,呼兰河水仍是清的。由于被日军占领,香港市面上骨灰盒紧缺,端木蕻良不得不去一家古玩店,买了一对素雅的花瓶,替代骨灰盒。这个无奈之举,在我看来,是冥冥之中萧红的暗中诉求。因为萧红是一朵盛开了半世的玫瑰,她的灵骨是花泥,回归花瓶,适得其所。

香港沦陷,为安全计,端木蕻良将萧红的骨灰分装在两只花瓶中,一只埋在浅水湾,如戴望舒所言,卧听着"海涛闲话";另一只埋在战时临时医院,也就是如今的圣士提反女子中学的一棵树下,仰看着花开花落。

我三月来到香港大学做驻校作家时,北国还是一片苍茫。看惯了白雪,陡然间满目绿色,还有点不适应。我用晚饭后漫长的散步,来融入异乡的春天。

从我暂住的寓所,向南行五六分钟吧,可看到一个小山坡。来港后的次日黄昏,我无意中散步到此,见到围栏上悬挂的金字匾额是"圣士提反女子中学"时,心下一惊,难道这就是萧红另一半骨灰的埋葬地?难道不期然间,我已与她相逢?

我没有猜错,萧红就在那里。

萧红一九一一年出生在呼兰河畔,旧中国的苦难和她个人情感生活的波折,让她饱尝艰辛,一生颠沛流离,可她的笔却始终饱蘸深情,气贯长虹。萧红留下了两部传世之作《生死场》和《呼兰河传》,前者由鲁迅先生作序,后者则是茅盾先生作序。而《生死场》的原名叫《麦场》,标题亦是胡风先生为其改的。可以说,萧红踏上文坛,与这些泰斗级人物的提携和激赏是分不开的。不过,萧红本来就是一片广袤而葳蕤的原野,只需那么一点点光,一点点清风,就可以把她照亮,就可以把她满腹的清香吹拂出来。

萧红在情感生活上既幸运又不幸。幸运的是爱慕她的人很多,她也曾有过欢欣和愉悦;不幸的是真正疼她的人很少。她两度生产,第一个因无力奉养,生下后就送了人;而在武汉生下第二个孩子时,萧红身边,却没有相伴的爱人,孩子出生不久便夭折。婚姻和生育,于别人是甜蜜和幸福,可对萧红来说,却总是痛苦和悲凉!难怪她的作品,总有一缕摆不脱的忧伤。

萧红与萧军在东北相恋,在西安分手。他们的分手,使萧红心灰意冷，她东渡日本。那期间，她的作品并不多，有影响的，应该是短篇小说《牛车上》。赴日期间，鲁迅先生病逝，这使内心灰暗的她，更失却了一份光明。萧红才情的爆发，恰恰是她在香港的时候，那也是她生命中的最后岁月。《呼兰河传》无疑是萧红的绝唱，茅盾先生称它为"一幅多彩的风景画，一串凄婉的歌谣"，可谓一语中的。她用这部小说，把故园中春时的花朵和蝴蝶，夏时的火烧云和虫鸣，秋天的月光和寒霜，冬天的飞雪和麻雀，连同那些苦难辛酸而又不乏优美清丽的人间故事，用一根精巧的绣花针，疏朗有致地绣在一起，为中国现代文学打造了一个独一无二的"后花园"，生机盎然，经久不衰。

萧军、端木蕻良和骆宾基，这几个与萧红的情感生活紧密相连的男人，在萧红故去后，彼此责备。萧红身处绝境，一盏灯即将耗掉灯油之际，竟天真地幻想着尚武的萧军，能够如天外来客一样飞到香港，让她脱离苦海。萧红临终前写下的"半生尽遭白眼冷遇……身先死，不甘，不甘！"可以说是她对自己凄凉遭遇的血泪控诉！事实是，萧红去了，但她的作品留下来了，她用作品获得了永恒的青春！

我想起了多年以前，追逐着萧红足迹的美国著名汉学家葛浩文先生，对我讲起他当面指责端木蕻良辜负了萧红时，端木突然痛哭失声。我想无论是葛浩文还是我们这些萧红的读者，听到这样的哭声，都会报之以同情和理解。毕竟，那一代人的情感纠葛，爱与痛，欢欣与悲苦，只有他们自己最清楚。端木蕻良能够在风烛残年写作《曹雪芹》，也许与萧红的那句遗言不无关系："我将与蓝天碧水永处，留下那半部《红楼》，给别人写了。"而且，按照端木蕻良的遗嘱，他的另一半骨灰，由夫人钟耀群带到了香港，埋葬在圣士提反女子中学的树丛中，默默地陪伴着萧红。只是岁月沧桑，萧红那一抔灵骨的确切埋葬地，没人说得清了。只知道她还在那个园子里，在花间树下，在落潮声里。

萧红在浅水湾的墓，已经迁移到广州银河公墓，而她在呼兰河畔的墓，埋的不过是端木蕻良珍存下来的她的一缕青丝而已。一个人的青丝，若附着在人体之上，岁月的霜雪和枯竭的心血，会将它逐渐染白；而脱离了人体的青丝，不管经历怎样的凄风苦雨，依然会像婴孩的眼睛一样，乌黑闪亮。

圣士提反女子中学规模不大，但历史悠久，据说范徐丽泰和吴君如就毕业自这里。它管理极严，平素总是大门紧锁。有一天放学时分，趁学生们出来的一瞬，我混进门里。然而一进去，就被眼尖的门房发现，将我拦住。我向她申明来意，她和善地告诉我，萧红的灵骨确实在园内，只是具体方位他们也不知道。如果我想进园凭吊，需要与校方沟通。她取来一张便条，把联系人的电话给了我。我怅惘地出园的一瞬，忽闻一阵琴声。循声而望，那座古朴的米黄色小楼的二层，正有一位梳短发的女孩，倾着身子，动情地拉着小提琴。窗里的琴声和窗外的鸟鸣呼应着，让我分不清鸟鸣是因琴声而起呢，还是琴声因鸟鸣才如泣如诉。

我没有拨那个电话。在我想来,既然萧红就在园内,我可以在与她一栏之隔的城西公园与她默默相望。圣士提反,是首位为基督教殉难的教徒,他是被异教徒用石块砸死的。以他的名字命名的女校,有一股说不出的悲壮,更有一股说不出的圣洁。其实萧红也是一个虔诚的教徒,只不过她信奉的教是文学,并且也是为它而殉难。她在文学史上的光华,与圣士提反在基督教历史上的光华一样,永远不会泯灭。

清明节的那天,香港烟雨蒙蒙。黄昏时分,我起开一瓶红酒,提着它去圣士提反女子中学,祭奠萧红。我本想带一束鲜花的,可萧红在园内四季有鲜花可赏,那红的扶桑和石榴,紫色的三角梅和白色的百合,都在如火如荼地盛开着。萧红是黑龙江人,那里的严寒和长夜,使她跟当地人一样,喜欢饮酒吸烟。我多想洒一瓶呼兰河畔生产的白酒给她呀,可是遍寻附近的超市,没有买到故乡的酒。我只能以我偏爱的红酒来代替了。

复活节连着清明,香港的市民都在休长假,圣士提反女子中学静悄悄的。我在列堤顿道,隔着栏杆,搜寻园内可以洒酒的树。校园里的矮株植物,有叶片黄绿相间的蒲葵,有油绿的鱼尾葵,还有刚打了骨朵的米子兰。我把它们轻轻掠过,因为它们显然年轻,而萧红已经去世六十八年了。最终,我选择了两棵大树,它们看上去年过百岁,而且与栏杆相距半米,适合我洒酒。一株是高大的石榴树,一棵则是冠盖入云、枝干遒劲的榕树。铁栏杆的缝隙,刚好容我伸进手臂。

我举着红酒,慢慢将它送进去,默念着萧红的名字,一半洒在石榴树下,另一半洒在树身如水泥浇筑的大榕树下。红酒渐渐流向树根,渗透到泥土之中。它留下的妖娆的暗红的湿痕,仿佛月亮中桂树的影子,隐隐约约,迷迷离离。

洒完红酒,我来到圣士提反女子中学旁的城西公园。一双黑色的有金黄斑点的蝴蝶,在棕榈树间相互追逐,它们看上去是那么快乐;而六角亭下的石凳上,坐着一个肤色黝黑的女孩,她举着小镜子,静静地涂着口红。也许,她正要赶赴一场重要的约会。如今的香港,再不像萧红所在之时那般碧海蓝天了,从我居所望见的维多利亚港和它背后的远山,十有七八是被浓重的烟霭笼罩着。大海这只明净的眼,仿佛患上了白内障。而圣士提反女子中学周围,亦被幢幢高楼挤压着。萧红安息之处,也就成了繁华喧闹都市中深藏的一块碧玉。不过,这里还是有她喜欢的蝴蝶,有花朵,有不知名的鸟儿来夜夜歌唱。作为黑龙江人,我们一直热切盼望着能把萧红在广州的墓,迁回故乡,可是如今的呼兰河几近干涸,再无清澈可言,你看不到水面的好月光,更看不到放河灯的情景了。我想萧红一生历经风寒,她的灵骨能留在温暖之地,落地生根,于花城看花,在香港与拉琴的女生和涂红唇的少女为邻,也是幸事。更何况,萧红临终有言,她最想埋葬在鲁迅先生的身旁。

走出城西公园,我踏上了圣士提反女子中学外的另一条路——柏道。暮色渐深,清明离我们也就越来越远了。走着走着，我忽然感觉头顶被什么轻抚了一下，跟着，一样东西飘落在地。原来从女校花园栏杆顶端自由伸出的扶桑枝条，送下来一朵扶桑花。没有风，也没有鸟的蹬踏，但看那朵艳红的扶桑，正在盛时，没有理由凋零。我不知道，它为何而落。可是又何必探究一朵花垂落的缘由呢！我拾起那朵柔软而浓艳的扶桑，带回寓所，放在枕畔，和它一起做星星梦。

2010 年

也是冬天,也是春天

在我这样的外地人眼中,上海是中国城市历史中,最具沧桑美感的一册旧书,蕴藏着万千风云和无限心事。这里的每一处老弄堂,都是一句可以不停注释的名句,注脚层叠,于我来讲是陌生的。但有一处地方,在记忆中却仿佛是熟知的,就是四川北路。这条路留下了许多历史名人的足迹,而其中最难抹去的,当数鲁迅先生了。鲁迅曾在致萧军萧红的信中,提到这条路:"知道已经搬了房子,好极好极,但搬来搬去,不出拉都路,正如我总在北四川路兜圈子一样。"而萧红一九三六年在日本写给萧军的一封信中,也提到它——"在电影上我看到了北四川路",她也因之想到了鲁迅先生。

二〇一七年岁尾,在《收获》杂志六十周年庆典上,在太热闹的时刻,很想独自出去走走,有天上午得空,我吃过早饭,叫了一辆的士,奔向四川北路。

我先去拜谒原虹口公园的鲁迅先生墓,这座墓从当年的万国公墓迁葬于此,已经一个甲子了。天气晴好,又逢周末,园里晨练的人极多。入园处有个水果摊,苹果橘子草莓等钩织的芳香流苏,连缀着世界文豪广场。红男绿女穿梭其间,不为膜拜文豪,而是踏着热烈的节拍,跳整齐划一的舞。他们运动许久了吧,身上热了,大多将外套脱掉,只穿绒衣。广场边一棵粗大的悬铃木,此刻成了衣架,被拦腰系了一圈白带子,穿着吊钩,紫白红黄的外套挂在其上,好像这棵树在为这些衣服的主人做着招魂仪式。我努力避让舞者,走进广场。文豪们的铜雕均是全身像,或坐或站。可怜的托尔斯泰,他右手所持的手杖,挂着一个健身者的挎包,一副苍凉出走的模样,可惜我不吸烟,不然在他左手托着的烟斗上,献一缕烟丝,安抚一下他。与他一样不幸的,是手握鹅毛笔的莎士比亚和狄更斯,鹅毛笔成了天然挂钩,挂着色彩艳丽的超轻羽绒衣。最幸运当数巴尔扎克,他袖着手,深藏不露,难以附着,这尊雕像也就成了一首流畅的诗作。

出了世界文豪广场,再向前是个卖早点的食肆,等候的人,从屋里一直排到门外。想着多年前萧红在这一带,有天买早点,发现包油条的纸,居然是鲁迅先生一篇译作的原稿。萧红愕然告知鲁迅,先生却淡然,复信调侃道:"我是满足的,居然还可以包油条,可见还有一些用处。"也不知这里的早点铺,如今用什么包油条,还能包裹出这拨云见日般的绮丽文事么?

绕过食肆向前,更是人潮汹涌。我望见了推着童车散步的中年妇女,玩滑板的疾驰而过的少年,聚集在电动车上打牌的老人,立于树间吊嗓子的小生,以及在路中央手持毛刷、蘸着水写下"江山如此多娇"的歪戴帽子的男人。当然更多的是占据着每一处空地，跳广场舞的人。尽管立在路旁的音频显示器，提示分贝不超，但各路音乐汇聚起来，还是无比喧嚣，将自然的鸟语湮灭了。只见鸟儿一拨一拨飞过，却听不到它们的叫声。

这幅世俗生活的长轴画卷，在渐次打开的时候，我也领略了背景上的植物风光。槭树正在最美时节，吊着一树树红红黄黄的彩叶，被阳光照得晶莹剔透，看上去激情饱满，像要与旧时代决裂的起义者。除了槭树呈现壮丽之色，也有耐寒的杜鹃绽放，那红的粉的花朵，在我这个刚经历了哈尔滨十二月飞雪的北方人眼里，无疑是日历牌上被漏撕的春日，零零散散，却透着春的消息。

鲁迅墓很好寻，无论哪条甬道，都有通往那里的指示牌。赏过如火的槭树，直行约三百米左转，绕过一群咿呀唱戏的人，再右转北上，在公园的西北角，就是鲁迅先生的墓地了。

墓前广场比较开阔，最先看到的是长方形草坪上矗立着的鲁迅塑像（这块草坪是不是一册《野草》呢），他坐在藤椅上，左手握书，右手搭着扶手，默然望着往来的人。由于塑像有高大的基座，再加上草地四围有密实的冬青做了天然藩篱，所以鲁迅的雕像免于了我在世界文豪广场所见的那种尴尬，肃穆庄严。不过基座过高了，感觉鲁迅是坐在一个逼仄的楼台上看戏，让人担忧着他的安危。

墓地两侧的石板路旁，种植着樟树、广玉兰和松柏，树高枝稠，长青的叶片在阳光下如翻飞的翠鸟，绿意荡漾。我随手摘下一片广玉兰的叶子，拈着它走向鲁迅先生长眠之所，将它轻轻摆在墓栏上，想着烘托了一季热闹花事的叶片，是从花海中荡出的一叶扁舟，心房还存有花儿的芳香吧，权当鲜花。何况在我的阅读印象中，鲁迅是不怎么写花儿的，《从百草园到三味书屋》和《秋夜》中，提到蜡梅一类的花儿，要么一笔带过，要么对所描述的花儿，连名字也叫不出来。他最浓墨重彩地写花，是在《药》中，结尾处瑜儿坟头的那圈红白的花儿（也是无名之花）。可见他笔下的花儿，是死之精魂。

鲁迅墓由上好的花岗石对接镶嵌，其形态很像一册灰白的旧书，半是掩埋半是出土的样子。因为是园中独墓，看上去显赫，却也孤独。其实无论是鲁迅的原配夫人、为他寂寞空守了四十年的朱安，还是无比崇敬鲁迅的萧红，都曾在遗言中表达了想葬在鲁迅身旁的想法，可惜都未如愿——怎么可能如愿。鲁迅曾在文章中交代过后事："赶快收敛，埋掉，拉倒。"也曾在《病后杂谈》中表达过，他不喜欢被追悼，不喜欢挽联，倘有购买纸墨白布的闲钱，不如选几部明清野史来印印，这些表述绝非是故作超拔，这像他的脾气，这像一个目光如炬的人穿行于无边的黑暗后，留给自己的大解脱——最后的光明。可鲁迅的一生，是雷电的一生，身后必将带来风雨，不会是寂寞。

鲁迅墓前并不安静，左右两侧的石杆花廊下，一侧是两个男人在练习格斗，互为拳脚；另一侧是三位大妈，在热聊什么。我脱帽向着这座冷清的墓，深深三鞠躬，静默良久，之后转身，眺望鲁迅长眠之所面对的风景，有树，有花，有草，有路，也算旖旎，也算开阔，只是那尊端坐于藤椅上的雕像，如一团巨大的阴影，阻碍着视线。也就是说，不管鲁迅是否愿意，他每天都要面对自己高高在上的背影。

墓前甬道尽头相连的路，人流不息，向右望去，可见虹口足球场的一角穹顶，像一团铅灰的云压在那里。健身和娱乐的各路音乐，此起彼落，让我有置身农贸市场的感觉。我想鲁迅被葬在这闹市的园子中，纵有绿树青草点缀、春花秋月相映、风雨雷电做永恒的日历，但终归少了一个人去后最该拥有的宁静清寂，所以我不知道他是否真的安息了。

当我怅然离开墓地的时候，忽然间狂风大作，搅起地面的落叶和尘土，在半空飞舞。公园所有的树，这时都成了鼓手，和着风声，发出海潮般的轰鸣。我回身一望，我献给鲁迅先生的那片玉兰叶，已不见踪影，我似乎听到了他略含嘲讽的笑声：敬仰和怀念，不过是一场风，让它去吧！

离开鲁迅墓地，迎着风中被撕扯下来的艳丽的槭树叶，我去参观鲁迅纪念馆。馆藏丰富，我留意的是那些曾与鲁迅相依相伴的实物，他戴过的硬硬的礼帽，这礼帽是再也不能为他挡风了；他穿过的棉袍以及蓝紫色的带花纹的毛背心，这样的衣物也再也不能为他避寒了；他用过的白瓷茶碗依然好看，但它再也不能为他送去茶香了；他用过的吸痰器，不能再为他排解胸中郁积之物了（真正的郁积，靠它也是排解不了的吧），而那一支支笔，也再也不能随他在纸上叱咤风云了。展厅里还陈列着鲁迅逝世后，送殡者登记册，我俯身辨识那上面的名字时，有面对星空的感觉，因为那里登记着的，都是些灼灼闪光的名字。

离开纪念馆，风小了一些，我出了公园，一路打听，步行去鲁迅在大陆新村的最后寓所——山阴路132弄9号。

大陆新村是一带红砖的三层小楼，木格高窗，旧时住的多是日本侨民，鲁迅故居在9号最深处。一走进去，先看见一家紧闭的店门外，挂着一个牌子，上写"老板出去流浪了，月末回来"，而有烟火气的地方，窗前和檐下多摆着盆栽的花草。我走进鲁迅故居售票处时，已是正午，只有一个保安坐在里面，他告诉我参观要等到五十分钟后，因为故居开放是分时段的。见我沮丧，他说你不也得吃午饭吗，出去吃点东西，回来后时间就到了。我接受了他的建议，走出9号院，去了对面的万寿斋。这家小吃店是上海的老字号吧，店面不大，食客甚众，无一闲位。我排队买了一屉蟹粉小笼包，打包出来，又回到鲁迅故居售票处，问保安可否容我坐下，边吃边等开馆时间，保安同意了。一屉汁水浓厚的蟹粉小笼包落肚，卖票的回来了，她身后跟着四位要参观的游客，一对母女，还有两个中年男人。我们买了票，由保安带领，出了售票处。

一壁之隔的鲁迅故居门前，已有一个纤细的女孩迎候在那里，她是鲁迅故居的志愿者讲解员。保安像个大管家，掏出钥匙，打开黑漆的铸铁门，将我们带进去。由于屋内没有开灯，加之房间格局紧促，虽是坐北向南的房子，一进去还是给人阴冷的感觉。讲解员介绍着一楼会客室的陈设，餐台餐椅，墙上的画，等等，而我的目光聚焦在了瞿秋白寄存此处的那张著名的书桌上了。只三两分钟吧，就被保安吆喝着去二楼。二楼是鲁迅的书房兼卧室，不很宽敞，南窗和西墙摆放着书桌、藤椅、镜台、茶几、台灯等旧物。最让人触目惊心的是近门处东墙边的那张黑色铁床，上面还摆放着棉被和枕头，鲁迅先生就是在这张床上吐出最后一口气的。而那最后一口气是真的散了，还是附着在了室内的台灯上，做夜的眼？或是附着在了南窗的窗棂上，做曙光的播撒器？

　　保安又催促着上三楼了，海婴的住屋，以及客房都在此。看着小小的客房，想着瞿秋白曾在此避难，也曾在此奋笔疾书，无比伤怀。这时参观者中最年轻的初中生模样的女孩发现了问题，她问讲解员，二楼有鲁迅的床，三楼有海婴的，许广平睡在哪里呀？讲解员一时被问住了，女孩的母亲赶紧说，许广平要么和鲁迅睡一张床，要么就是海婴。我加了一句，海婴有保姆的。女孩依然很不满地嘟囔道：许广平为什么没有自己的床啊！

　　保安已下到一楼，他在下面大声呼唤讲解员，让她赶快带游人出来，说是时间到了，其实我们进来不过一刻钟。下楼时我走到最后，又在二楼鲁迅卧室门前驻足片刻。等我下去，保安在训斥讲解员，说她不该把游人留在最后，说这是重点文物保护区，好像我走在最后，似有不轨意图。

我郁郁出了鲁迅故居。其实我很想看看灶房的陈设，萧红不是在这儿为鲁迅烙过东北特色的韭菜合子和油饼吗？

我回到山阴路上，风又起来了，这条路成了风匣，回荡着风声。我去寻访不远处的瞿秋白故居。走到近前，见黑漆大门紧闭，按了门铃，无人应答。铁门中央留有的菱形贴纸印痕，分明昭示着"福"字曾居其上，想来这里还住着人家吧。而这扇门，却也是瞿秋白生命中难得的一扇福门，因为在此期间他与鲁迅交往频繁，纵有时时被捕的危险，但有倾心长谈的挚友，仍是人生的黄金时光吧。

鲁迅先生与很多青年人结下了深厚的友谊，萧军、萧红、台静农、瞿秋白，等等。读鲁迅书信时，发现他最喜欢与两个人谈病情（当然他们也深切关心着他的身体），一个是母亲，一个是小他二十几岁的台静农。谈病如同谈隐私，多半是对亲人才讲的话题。而同样比鲁迅年轻许多的瞿秋白，更是深得他欣赏，有鲁迅赠予瞿秋白的手书"人生得一知己足矣，斯世当以同怀视之"为证。瞿秋白就义后，鲁迅抱病为他编校《海上述林》。我读瞿秋白的《多余的话》时，感觉他在生命的最后时刻，流露的还是对做一个文人的万般不舍。

在瞿秋白故居吃了闭门羹，我赶紧折回，因为午后《收获》杂志有作品朗诵会，我怕迟到，所以赶紧打车，想回到酒店稍事休整。可是往来的出租车，基本都载客，显示空载的车辆，停下的一瞬，总问我是约车的人吗。我这才明白，因为我不用手机上网，不能随时网上预订出租车，空驶的出租车于我这个不与时俱进的人来说，多半无关了。也就是说，我在漂泊的河流上，看见灯塔闪亮，那也不是引我上岸的。

这倒让我淡定起来，轻松起来，想着万一迟到，那是为着鲁迅先生而迟到，不无美好。我迎着风，在山阴路上徘徊。

相比鲁迅的杂文，我更偏爱他的小说，尤其喜欢《故事新编》，尽管他在致捷克汉学家普实克的信中，说这本用神话和传说做材料的书，并不是好作品（我以为那是自谦的说法）。其中的《铸剑》，惊心动魄，我是把这个短篇当史书来看的。鲁迅是个高超的人物雕塑家，他小说的人物，像是青铜锻造的，叩击时会有深沉的回声。而且这些人物身上洋溢着一股动人的光芒——悲凉的诗意之光，像《孔乙己》《阿Q正传》《祝福》《风波》《药》《伤逝》《在酒楼上》《明天》等堪称经典的篇章，那些栩栩如生的人物，是一个人以笔蘸着自己的生命之血，化解心中块垒时，播撒于春日晚雾中的纯美幽灵。因为他们充满了有筋骨的象征性和寓言性，成了精了，因而太阳出来也不会被照散。我想鲁迅公园中世界文豪广场的雕塑，如果换成阿Q、祥林嫂、孔乙己、单四嫂子、九斤老太、闰土、眉间尺、吕纬甫，他们与现世气氛是极相宜的——这些人哪个不是负重的高手呢。

我还喜欢鲁迅与许广平在厦门广州间的一封通信，鲁迅说那里的点心很好，但不敢多买，因为有小而红的蚂蚁，无处不在,啃噬点心,害得他常把附着蚂蚁的点心丢掉;许广平给他回复,让他在点心周围,用石灰粉画一个圈,说蚂蚁怕湿,石灰粉去湿,他的点心就不会被蚂蚁糟蹋了。记得当时我读这段时,会心一笑,因为我想起了幼时,祖父怕小孩子去偷他菜园的瓜果,常给熟了的瓜果拦腰拴上线绳做记号。我去偷摘他的柿子吃时,得先把那"护身符"小心解下。对待如我这般偷吃的孩子和蚂蚁来说,许先生所言的石灰粉,那圈"绳索",多半是不顶用的,但从中可以看出他们感情的美好。

走在山阴路上,我浮想联翩,鲁迅在厦门所钟爱的点心,还在年复一年地出炉吧?那样的红蚂蚁也还在妖娆地匍匐吧?可当年为蚂蚁所烦恼的人,是另一个世界的星辰了,教他趋避蚂蚁之法的"小鬼"(许广平与鲁迅通信时常用的自称)也与高天为伍了。在鲁迅的各种纪念日上,有多少人是真心地怀念,视他为奇迹和燔火,又有多少人是在借着他的气节,行着磨蚀他骨头的勾当?

从鲁迅谢世之所到他长眠之地,并不遥远。但这条路在我眼里却很长很长,它仿佛记录着一个人半个多世纪的跋涉。走在异乡的街头,只觉得这里的冬天与我故乡相比,更像春天,因为闪烁的花朵,像黑夜的笑声,从苍绿中挣扎而出。这样的花朵也就格外明亮和湿润,就像感动的泪。我想起了看过的一个报道,对东方音乐很感兴趣的俄裔音乐家齐尔品,曾托贺绿汀带信给鲁迅,想请他写歌剧《红楼梦》的剧本,而鲁迅也答应了，可他不久就告别了世界。

鲁迅曾在文章中几次提到《红楼梦》，他对最终"披大红猩猩毡斗篷和尚"的宝玉，有个评价，说是和尚多矣，但披这样阔斗篷的能有几个；他在《言论自由的界限》中，说贾府是言论颇不自由的地方，而仗着酒醉骂主子的焦大——"实在是贾府的屈原"。我想鲁迅若写歌剧的《红楼梦》，最华彩的乐章，会出现在焦大、刘姥姥这类人物身上吧？因为那是鲁迅熟谙的人物，也是照映繁华终归是虚妄一梦的最透彻的镜子。

神化鲁迅，将他符号化；矮化鲁迅，将他妖魔化；强化鲁迅作品无人能及的思想性，视他作品的艺术创造性而不见，都不是客观评价。作为一个读者和文学后来人，我更认同一个文学上的鲁迅，一个也彷徨也呐喊的鲁迅，一个也会面对人生很多无言以对时刻的鲁迅，一个在《社戏》和《故事新编》等篇章中，洋溢着动人的浪漫主义情怀的鲁迅。

快走出山阴路时，我终于打到一辆车。这辆车虽然破旧，但司机健谈而随和。我一上去，他就说听你口音，是东北人吧，我说是。他又问你知道有一个歌手叫李健吗，我说知道。司机说你听过他的《贝加尔湖畔》吗，我说当然，非常好听。这时我才反应过来，他是因为一首歌的地名，才对来自东北的我格外热情——觉得贝加尔湖离东北比较近吧。司机放慢车速，放出《贝加尔湖畔》。那舒缓忧伤的旋律，让我在异乡有了特别的感动。我惆怅地对司机说，我去过贝加尔湖，爱极了它，要是它还在我们手里就好了。司机惊讶地说：它什么时候是我们的，不可能吧？我不知该怎样对他讲贝加尔湖的前世今生，那不是三言两语能解释清楚的。

司机见我无语，又放了一遍歌曲。我将目光放在窗外，往来的车辆都急匆匆的，车辆侧面，是缩着脖子仄身而行的人，是摇晃着的树和招幌，一种呜呜的声音，让《贝加尔湖畔》的独唱变成了合唱。

风很大——很大很大的风。

2018年

好时光悄悄溜走

……

第三辑

艺术之"缘"

悉尼歌剧院，是每一个到了澳洲的人都不会错过的一道风景。它在阳光下像一片片迎风展开的白帆，而在月光下则如一蓬宁静的睡莲。我不满足只是看它的外观，我对乔伊斯基金会的艺术主任克拉拉女士说，我想去歌剧院听一场音乐会。她问我喜欢什么风格的？古典音乐还是现代风格的爵士乐？我说随便，赶上什么就看什么，我觉得能在那里上演的节目都不会差了。

克拉拉女士预订了两张票，告诉我们在歌剧院的入口处将我的名字报给对方后，就可以取到票。她对我开玩笑说，你要穿得漂亮些，我给你订的包厢票，到时会有人拿着望远镜看你。

我们领完票，提前半小时就进场了。将包寄存好，我买了一张节目单。原来是悉尼交响乐团的演出，这真让我兴奋不已！我喜欢交响乐，而且我知道悉尼交响乐团是声名赫赫的乐团。找到我们所处的包厢位置，才明白克拉拉女士在跟我开玩笑，那是一个可容纳近百人的包厢，二楼都是这种环绕着舞台的包厢,不过视觉效果很好。楼下的舞台一览无余,感觉那圆形舞台就是身下的一只巨大的摆着丰盛食物的盘子,等着众多的食客一样的听众享用。坐定后,我仔细阅读节目表,发现第一支曲子竟然是柴可夫斯基的作品,这真使我美得要晕了! 我偏爱古典音乐,其中对莫扎特和柴可夫斯基尤为钟情。我写作的时候,常把莫扎特的碟放在唱机中,用它作背景音乐。而柴可夫斯基的音乐,需要静坐下来专心致志地欣赏。我这样说,并不是说莫扎特世俗,柴可夫斯基高雅,只不过说明他们音乐品质不同。莫扎特可以在你不经意间就走进你的心灵,而柴可夫斯基的音乐则需要你培养着一种心情对它"虚席以待"。

当交响乐团的著名指挥 Gianluigi Gelmetti 风度翩翩走向乐池时,全场响起了热烈的掌声。剧场座无虚席,可见交响乐团受欢迎的程度。开篇就是令人心醉的《D 大调小提琴协奏曲》,当家喻户晓的小提琴家阿卡多拉出令我熟悉的那深情、悠徐而又感伤的主题旋律时,我觉得整个歌剧院化成了一朵云,而我正坐在云端,有一种羽化登仙的感觉。我为能在那里相遇这样的旋律而无比陶醉,对我而言,那不啻于爱的相遇。

欣赏完音乐会,已是深夜了。我们乘着船回海滨的住地。我站在船尾,被清凉的海风吹拂着,看着渐渐离我远去的沐浴着灯火的歌剧院,觉得那如贝壳一样层层叠叠张开的白色瓷片,就是上帝写在海面的一串最烂漫的音符!

去澳洲前,我还想看一幅由弗雷德里克·麦卡宾创作的油画《在沃勒比小路上》,那是描绘早期殖民地时期金矿开发的作品。画家择取的角度非常独特,他没有描绘采金的混乱、辛劳的现场,而是选取了采金人在归家途中晚炊的画面。妻子不胜疲倦地倚靠着一棵粗壮的树在打盹,孩子趴在母亲的腿上似在酣睡,而作为主人公的淘金人,被大胆地设置在远景上,他正笼火做饭。在林间空地,一抹金色的斜阳飘动着,整个画面看上去生动、凝练而又和谐,十分巧妙地揭示了采金人的辛酸生活。我喜欢这种不充斥着剑拔弩张情绪的内敛的艺术。

我去了悉尼歌剧院对面的国立美术馆,没有发现这幅画作。也就是两天后,克拉拉女士为我的英文新书《格里格海的细雨黄昏》举行了一个大型钢琴伴奏朗诵会,地点选择在新南威尔士州美术馆。那是澳大利亚馆藏经典最多的美术馆,我在抵达当日的媒体见面会也在那里,不过那天已是闭馆时分,我未及仔细参观。朗诵会开始前一小时,我步入现场,那是一个巨大的展厅,一架浅黄色的三角钢琴摆在展厅的正前方,工作人员拉来了一百多把椅子,正在布置现场,电台的调音师也在做着演出前的准备工作。我浏览着悬挂在墙壁上的画作。突然,我发现了它,确切地说是钢琴帮助我发现了它!我站在钢琴旁,满怀好奇地想着华裔钢琴家威廉姆陈在演奏时,他抬眼所看到的画会是什么风格的?是裸体的女人还是寂静的风景画?当我让目光穿过钢琴停留在对面的墙壁上时，我看见了那片蓊郁的树林，看见了靠着大树打盹的女人和她膝上的孩子，看见了淘金人晚炊的篝火和比篝火要灿烂的斜阳，那一刻我又有了相逢到爱的那种感动！能够在我喜爱的一幅画作前用钢琴来演绎我的作品，我认为这与在歌剧院相遇到柴可夫斯基的作品一样，也是一种"缘"。能引起我永久回忆的并不是朗诵会热烈的现场气氛和谢幕时听众那长久的掌声，甚至不是那流水一样悦耳动听的琴声，而是那幅已经沁入我灵魂深处的画。画面上那历经了百年岁月的油彩，就是最苍凉而又最温暖的音符！

2004年

石头与流水的巴黎

巴黎的教堂、宫殿、桥梁、博物馆、道路以及老城区的房屋，都是由石头筑就的。那石头于苍灰中隐藏着青白色，极似三月的塞纳河水，苍凉却不失温暖，凝重而又不失明媚。所以我对埃菲尔铁塔和卢浮宫前的金字塔都没有热爱之情，在我看来，铁塔像颗刺向巴黎的铁钉，而贝聿铭设计的玻璃金字塔无疑就是扎向卢浮宫心脏的一把尖刀。如果除掉这颗铁钉和那把尖刀，巴黎就是一幅极具质感和沧桑的油画，值得永久悬挂在天庭下。

巴黎众多的艺术馆，是我最向往的地方。我是由罗丹开始走入巴黎的艺术世界的。罗丹艺术馆，有一个很大的草木葱茏的庭院，他的代表作之一的《地狱之门》，就伫立在入口处，让人顿生肃穆之情。室内展厅有著名的《吻》《手》和《巴尔扎克》，也许是对它们的期望值太高了，我觉得它们有些微微的拘谨和庸常。我更喜欢的，是那些线条灵动、朴拙的小小的石头雕塑，那上面有懒洋洋的少女，有拥抱着的恋人，这样的作品看上去更天真和传情。雕塑其实是一种让坚硬变得柔软的艺术，所以我对那些能让我感受到柔软情怀的作品更情有独钟。

接下来我去的是位于玛莱区的毕加索美术馆。我以前对毕加索没有特别的喜好，觉得他在用色上跟莫奈一样花哨、招摇，而且认定他只是一个形式主义的画家，没有更深的精神内涵。可当我看到他的两百多幅层层叠叠地排布开来的画作，以及他的那些雕刻品、陶瓷器品之后，我震撼了：毕加索确实是个天才，是个天马行空的永远不可能被人替代和遗忘的画家。他的画作的色彩繁杂却不迷乱，他的灵魂似乎悄悄潜伏在画作的经纬线上，牢牢控制着那些看似凌乱斑驳的色彩，使它们具有那种优雅的妖娆气质。他似乎无所不能，一颗铁钉，一个旧自行车的车把，一个歪斜的陶器，都能让他改造成艺术品。那看似随心所欲的一件件作品，浸透着他绵绵的才华。所以，毕加索的作品可以用"辉煌"一词来形容。虽然对他仍然谈不上热爱，但我欣赏他，为他的才华而折服。

蓬皮杜文化中心的现代艺术也是我想看的。其实去之前我就做好了失望的准备。在那里，我们很容易看到前些年风靡中国美术界的"行为艺术"的源头。在这一类的艺术家中，我对杜尚还存有一份好奇和尊敬，可到了他的展厅一看，失望之情油然而生。也许是我没有看到他的《下楼的裸女》那一系列我比较感兴趣的作品的缘故。但我们不能无视他的存在。在这个文化中心，还有马蒂斯、康定斯基、夏迦尔的作品，他们的作品值得流连。

　　卢浮宫太著名了，尤其是那幅《蒙娜丽莎》，因它慕名而来的人太多了，使安置着这幅画的展厅更像一个庸碌的农贸市场的早市。相反，占据着近两个展厅的科罗的那些优秀的画作前却门庭冷落。卢浮宫没有一个很好的赏画的环境，去那的人好像"赶场"一样，多数行色匆匆，所以尽管那里有众多值得一看再看的画，我还是像呼吸到了不洁的空气一样觉得心中郁闷。蒙娜丽莎用她那若有若无的微笑，轻而易举地俘虏了世人"掠美"的普遍心态，她在永无止息的世俗目光的注视下成为"经典"。众生的眼睛啊，当他们睁着时，有多少又是盲人呢！

　　我爱奥塞。这个由旧火车站改造成的美术馆珍藏着许多我喜欢的画家的作品。在那里，我流连了一天。一进凡·高的展厅，我就觉得血流加快，他的画作的色彩和这色彩洋溢着的生命激情是那么的令人着迷、疯狂，百看不厌。那些画虽然经历了漫长岁月的洗礼，但它们仍然活泼得似乎要滴下那一滴滴的浓绿和金黄的油彩，给爱着他画的人添加一缕生命的颜色。毕沙罗的《冬天印象》，德加的《苦艾酒》，也在奥塞中，它们也是我热爱的画作。

　　最让我难忘的是米勒。我太喜欢米勒了。看到他的《晚钟》《拾穗者》《牧羊女》《月光》，我想流泪。流泪并不是矫情，而是发自肺腑的热爱。写实的米勒是那么敢于运用陈旧的颜色，他烘托的凝重气氛总是带着股宗教意味，他笔下的底层人不管生活多么的艰苦,看上去都是那么的隐忍、安详,给人一种圣洁感。他的忧郁之气浑融地漫溢在画面中,就像黎明前的晨曦一样动人。只有大画家才敢于运用陈旧的色彩表达人类最平凡、最质朴、最温暖的情怀。如果把凡·高的画比喻为巴黎的蓝天和白云的话,米勒的画就是那条呈现着苍凉之色的塞纳河,它们相互照耀,同样伟大。

  我愿意巴黎是一座石头城,人类在其上能继续做着艺术的雕塑;我愿意塞纳河永远环绕着巴黎,因为它的水能分离和变幻出无穷的色彩,滋养着一代又一代的画家。只要石头和流水拥抱着巴黎,上帝就会永远把巴黎这幅人间名画悬挂在天庭下。

2004年

鹿皮袋里的劈柴

我以为巴黎不总是阴郁的，只是我运气差，才会一连多日难见它的晴朗。可是生活在这儿的朋友告诉我，巴黎的初冬就是这样，很少出太阳。看来巴黎把阳光当成了麦子，种了一春一夏后，到了秋天就收割归仓了。而我五年前去法国，也许是初春的缘故，在巴黎，尤其是在诺曼底一带，看到的天是那么的澄澈。

在巴黎有一周的时间，而正式的会议一个下午就结束了，所以我有充裕的时间逛街和参观艺术馆。邀请我的法国人文学院，安排我住在塞纳河左岸的一家小旅馆。我请教了我小说的法文译者、在《欧洲时报》供职的董纯女士，那条街的名字如果翻译成中文，应该叫圣·叙勒比斯大街，是左岸的中心区，非常繁华。旅馆的对面，是一家旧百货公司，左拉曾在小说中描绘过。从我所住的旅馆出发，朝塞纳河走去，也就二十分钟吧。所以去卢浮宫、奥塞博物馆、香榭丽舍大街，步行就可以了。在法国国家图书馆工作的傅杰，特意抽出一天时间，陪我去大皇宫，说是那儿正有一个"毕加索和大师们"的展览，展画价值二十亿欧元，被称为"史上最贵的展览"。傅杰是云南人，自己学过画，现在迷恋上了雕塑。由于工作的便利，傅杰带着我，在入口出示她的证件后，便把我径直带入大皇宫，省却了排长队购票的麻烦。

大皇宫里虽然人头攒动，但并不喧闹。你能听到的，只是缓缓的脚步声。这样的脚步声，其实是来自民间的最质朴的掌声。第一个展厅展出的，是大师们的自画像。我最喜欢的，是德拉克洛瓦的一幅带着忧郁之气的自画像，还有一幅毕加索的早期作品。画中的毕加索还是个少年，牵着一匹马，表情庄严、纯洁，背景是迎春枝条一般的鹅黄色，看上去清新、温暖。这次展览，请来了马奈的《奥林匹亚》、德加的《苦艾酒》、安格尔的《浴女图》、戈雅的《裸体的玛哈》，以及提香、高更、普桑等巨匠的作品。看他们的作品，一个最深切的感受就是，做一个画家是幸福的。绘画和音乐在我眼里是长着翅膀的艺术，因为它们不像文学那样，如果跨越国界，必须借助翻译。只要你有一双明亮的眼睛和聪灵的耳朵，不管什么肤色和讲何种语言，都能感知绘画和音乐的美，触摸到它们的魂灵。从这点来看，画家和音乐家是真正获得了"解放"的人，因为他们所从事的艺术，从里到外都是自由的。

从大皇宫出来，傅杰又带我参观了埃米尔·诺尔德的画展。他是德国表现主义的代表性画家。这是我第一次接触他的作品。老实讲，我不太喜欢他的画，过于堆积的色彩和夸张的形式，给人的视觉造成了压力。这样的画缺乏空气，让人不能自如地呼吸，这也是我不喜欢毕加索立体主义时期的一些作品的一个缘由。形式过于强悍，带着股粗暴之气。而好的艺术，不管外表多么光怪陆离、五光十色，其内核应该是柔软的。

参观完画展，我和傅杰沿着香榭丽舍大街散步。路边的梧桐树大都脱尽了叶子，只有一棵，还灿烂着。好像这树恋爱着，得到了上苍的怜惜，让它赴了一场漫长的约会，延长了青春。我在那棵树下，拍了张照片。梧桐树其实还有个好听的名字——悬铃木，它的叶片与枫叶很像。可以想见，被秋风和寒露浸染得一派金黄的叶片，是何等的风华！

接下来的几天，我握着一张地图，开始独自在巴黎的小街上闲走。这对我来说，是最惬意的时刻。因为走累了，随时可以推开一家咖啡店的门，喝上热腾腾的咖啡。巴黎是没有败笔的，随便你走到哪儿，抬起头来，都有入眼的风景。不像我们，若是在一个城市走出了"风景区"，猛然面对的，往往是破败的大街和肮脏的陋巷，让人意兴阑珊。有一天，我踅进一家装饰店，忽然发现虚拟的壁炉下，躺着一个长方形的宽松的皮口袋，好像谁刚刚长途旅行归来，进门把它丢在地上的。我诧异，这儿的装饰店，难道兼营皮包的生意？我走过去，一看，那敞开的袋口里，现出的竟然是几块劈柴！那是个上好的鹿皮口袋，价格不菲，可它仅仅是装劈柴的口袋！那一瞬间，我想起了童年在大兴安岭的时候，为了抵御漫长的冬天和寒冷，我几乎每个早晨都要从户外抱回劈柴,堆在火炉旁的墙角。那些劈柴赤裸裸的,从无装饰。讲究的人家,至多不过用箩筐盛它。这鹿皮袋里的劈柴,让我似乎寻到了巴黎的品质——再朴素的心,也要有一个高贵的外表。

归国的那天,吃过早饭,我就步行去奥塞博物馆,因为航班是晚上的,我可不想浪费一个白天。我去奥塞,其实只想再看看米勒的画。上次去那儿,站在他的画作前,总有不舍的感觉。奥塞正有一个毕加索和马奈的《草地上的午餐》的主题展览。那个临时划出的狭小展区,排起了长队,我也加入了那个行列。半小时后,我进了展区。迎面矗立的,就是马奈的《草地上的午餐》。画中那个坐在两个衣冠楚楚绅士间的裸体女郎,与《奥林匹亚》中的女郎是同一个人。她是马奈的模特默兰,出身贫寒,晚景凄凉。她那睥睨世俗的无邪眼神,震惊了世人。与马奈原作一起展出的,是毕加索戏仿的《草地上的午餐》,各种形式、不同比例的,大约有十几幅之多。可是不管我怎么看,总感觉不如马奈的原作震撼人。毕加索的魅力,不在仿作上。因为再高明的仿作,也是做别人的奴隶,而毕加索无疑是个做主子的人。

看过了科罗、凡·高、蒙克、莫奈等的作品后,我来到二楼,看罗丹的雕塑。罗丹无疑是十九世纪最伟大的雕塑家。奥塞有他的《巴尔扎克》、《地狱之门》(局部)等作品。说起罗丹,我们都会想起他的学生和情人克洛黛尔。克洛黛尔的作品,并不在罗丹之下。她的后半生,是在精神病院度过的。

这也让我想起毕加索,他和罗丹一样,一生不停地追逐女人,再抛弃女人。他们的辉煌里,无疑浸润着女人的珠泪。看着克洛黛尔的作品,我的心一阵作痛。

到了与奥塞告别的时刻,我下楼来,拜望米勒。这个在诺曼底出生的画家,灵魂里凝聚着那片海域的庄严和宁静,所以他的《晚钟》《牧羊女》《播种者》,充满了宗教感,深沉朴素,凝练浑厚。画面中辽阔的田野,虔诚的劳作者和祈祷者,像是那个世纪农民的雕像。虽然画作不是明亮的,可是你却能感受到无与伦比的光明,这就是米勒的魅力,他把光明融进泥土中了。与一壁之隔的毕加索和马奈的联展相比,米勒的画作前观者寥寥。毕加索是唯一一个在世时看着自己作品入卢浮宫的画家,无论是他生前还是死后,他都享受着至高的荣誉。我的眼前,忽然闪现出了那个装着劈柴的鹿皮口袋。我觉得毕加索很像那个鹿皮袋,在形式上征服和吸引了人的眼球,而米勒,则是里面的劈柴。而我更爱的,是劈柴,因为它能够熊熊燃烧起来。

出了奥塞,巴黎雨雪交加。这也许是巴黎的第一场雪吧。风很大,塞纳河畔几乎不见行人了。也许是我撑的轻型伞的伞骨太软了,它被狂风掀起,将我暴露在雨雪中。那一刻,我感觉自己哭了,因为雨雪把睫毛打湿了。

2009年

俄罗斯：泥泞中的春天

俄罗斯当代油画来到哈尔滨，就像邻居的一个农人，用旧式马车载来了一车摞起来的篮子。你拎下一篮：哦，原来是黄熟了的麦穗！再提下一篮：啊，是姹紫嫣红的花朵！当你被花朵的芬芳所陶醉时，又一篮新鲜的水果朝你眨着水灵灵的大眼了。你把篮子一个个从车上卸下，发现那里面还有刚出炉的面包、碧绿的蔬菜、肥嘟嘟的鱼、散发着松香气的劈柴、毛茸茸的小狗、羽毛亮丽的鸡和闪着银光的瓷盘。

透过这些静物，我们能看到生养了它们的土地、森林、河流、房屋、果园、炉台等人间景致。当然，还能看到烘托了这一切的天上圣景：如火的晚霞、洁白的云朵、蛇一样飞舞的雷电以及星光灿烂的银河。

这就是俄罗斯当代油画给我的第一眼印象，既有扑面而来的热烈奔放的人间烟火气息，又有生就的忧郁和高贵之气。

这些油画创作年代较早的，应该是弗里德曼的《雪融》、索洛金的《契诃夫在叶尼塞河边》、兹韦尔科夫的《多云的天气》、罗基奥诺夫夫妇的《车间里》、瓦伊什利亚的《霍鲁伊镇的泥泞》、苏达科夫的《猎手》以及马克西莫夫的一些作品。这些诞生于苏联解体前的作品，深沉、凝重、大气，你能透过苍凉的画面，感受到这个民族勃勃的心跳，听到他们灵魂深处的歌唱。

一个大国的解体，如同一颗巨石陨落，它弥散的尘埃带给艺术家的精神苦闷可想而知。有一小部分画作用色花哨、轻飘，表现的主题简单、贫乏，细看创作年代，都是苏联刚刚解体的那几年的作品。只有内心世界空虚和寂寞，画家才会使用令人眼花缭乱的色彩，以掩饰内心的不安和焦躁。相反，内心世界饱满丰富的时候，我们能从单一的色彩中感受出夺目的绚丽。

然而，俄罗斯毕竟是俄罗斯，它有着深厚的文化积淀，就如同希施金《在遥远的北方》中描绘的那棵山崖上苍劲的雪松一样，威严而华美，所以，画家们很快又能从短暂的骚动中回归传统。就我看到的这些油画来讲，近几年的作品又呈现着博大、深沉的气象了，比如波利卡尔波夫的《春汛》、索罗明·尼古拉的《农村》《林中水洼》《空手而归》、柴尼科夫的《报春花》、阿廖欣的《雪橇》、依力诺娃的《一生》、奥尔洛夫·维克多的《农家花园》等。在这些画作中，我们能看到生机盎然地浸在春水中的树木，晶莹得如孩童眼睛一般的水洼，寒流中温暖的使者——雪橇，以及依偎在农家花园前的、像一顶枝形吊灯一样散发着光明的太阳花。当然，我们也看到了人：穿着白袍子孤寂地坐在沙发上的老女人，倚栏而歇的空手而归的猎人，穿着红衣戴着红帽的女驯马师。

我两次去看俄罗斯当代油画展，虽然展厅闷热难当，可我却从这些画作上感受到了如水的清凉。那河畔的轻雾、花朵上的露滴，已经悄悄滑入我心深处。

我最喜欢的，是那幅《霍鲁伊镇的泥泞》，看到它，我的眼睛会湿润。这样的泥泞我再熟悉不过了。一个人的命运同一个国家的命运一样，总是在经历了巨大的磨难后才更加有前行的勇气。能在深重的泥泞中跋涉而行，也是一种幸福啊。俄罗斯的春天，正因为脱胎于这样的泥泞，异常地壮美！

2006年

最深的湖水

冬宫的埃尔米塔日剧院，是叶卡捷琳娜二世于一七八三年下令兴建的，担当设计的是宫廷建筑师克瓦连吉。这座皇家剧院规模不大，只能容纳两百多人。观众席不是正对着舞台，而是由中央的一条通道给分成左右两部分。座椅呈圆弧形，所以从远处看，它就像一个裂成两瓣的红石榴。

这颗红石榴诱惑着我们，谁不想品尝它内里洋溢的汁液呢！更何况即将在此上演的，是柴可夫斯基的著名芭蕾舞剧《天鹅湖》。所以尽管票价高达三千卢布，折合人民币要一千块钱，我和几位同伴还是欣然解囊。

六七月份正是俄罗斯旅游的旺季，剧院爆满，据说一些欧洲的游客，提前一两个月就预订演出票了。坐在红色丝绒座椅上，我在想两百多年前的叶卡捷琳娜二世，她曾盛装华服，如一轮落在水中的明月，坐在舞台下面，由皇宫贵族陪伴着，观赏演出。这些显赫一时的人物俱已化为云烟，但柴可夫斯基却因为他的音乐，让人还能触摸到他的心跳。

在音乐家中，我最尊崇的就是柴可夫斯基了，其音乐的忧愁之美无人能比。能够在多少年后仍然能把人心底的泪水淘出来的音乐，一定是天籁之音。《天鹅湖》在柴氏音乐中是个例外，虽然也有悲伤的旋律，但总体是甜美、安详的，故事也是正义战胜邪恶的套路，不似《吉赛尔》，对人性和爱情有着更深刻的表达。看来大众还是向往美好的爱情的，所以尽管《天鹅湖》的主题有些浅显，还是赢得了人们的喜爱。

黑白天鹅的扮演者出于一人，演员的气质太动人了，以致让人对黑天鹅顿生怜悯。当白天鹅在天蓝色的湖面布景前展开翅膀，伴着行云流水般的音乐翩翩起舞时，我仿佛是置身湖畔，感受到了它的清凉和清澈。魔法师的魔咒，在王子和奥杰塔忠贞的爱情面前，如乌云般散尽，所以终场前的音乐，铿锵有力，充满喜悦和激动。

两个多小时的演出结束了，当我们满怀感动地步出剧院时，已经是午夜时分了。处于高纬度的圣彼得堡正值白夜，流经剧院的涅瓦河上落日溶溶，流金溢彩，好像河流也在上演一部轰轰烈烈的戏剧，正值高潮。

我们的俄罗斯之行的最后一站是伊尔库茨克，到了西伯利亚不看贝加尔湖，就像到了西藏没有朝拜布达拉宫一样，是令人遗憾的。尽管由于飞机延迟和其他的原因，我们已经连续二十几个小时没有休息，心怠体乏，放下行李后，朋友们还是纷纷踏上了贝加尔湖之旅。

车子沿着安加拉河，向贝加尔湖驶去的时候，车窗外飞驰而过的是我熟悉的风景：盛开着野花的原野、大片大片的白桦林以及茂盛的灌木丛和那一座座木刻楞小屋，让我以为回到故乡了。

两个小时后，我们站在了凉风习习的贝加尔湖畔。这个世界上最深的湖容纳着蓝天，把天变成了怀抱中深藏的一块蓝宝石。它的蓝色程度，与我见过的安大略湖相似。登船前，我们在岸边的集市买了啤酒、烤鱼和烤肉。鱼产自贝加尔湖，我不知道它的名字，有点类似于黑龙江的花翅子鱼。

从地图上看，狭长弯曲的贝加尔湖就像一条跃出水面的青鱼，所以上游船的时候，我觉得是骑上了青鱼的背。船很旧，这正符合我的口味。船开了，风也起来了。开始时我还站在甲板上看水，但很快受不了冷风的侵袭，回到舱内，和朋友们啖鱼饮酒。炭火熏烤的鱼鲜极了，大家赞不绝口。一条鱼落肚，我觉得身上有了热气，于是提着酒瓶出舱，上了甲板。风把我的长发吹得狂舞。虽然贝加尔湖的平均深度有七百多米，但我还是能望见湖底圆润的石头，足见它是多么的清澈逼人！贝加尔湖是世界上最大的淡水湖，它的水可以直接饮用，所以湖底还匍匐着一条条输水的管线，这是人类的生命线。假如贝加尔湖瘦弱不堪，这样的管线对它们来说就是绳索，但是有大大小小三百多条河流汇入其中的它，具有海的容量，这样的管线于它来讲，不过是衔在嘴边的一支竹笛吧。面对着幽深的湖水，面对着岸上的青山，尤其是面对着无边无际的风，我忍不住饮酒呼喊着。同船的俄罗斯小伙子伊万见我如此忘情，走过来豪迈地对我说，我代表俄罗斯人民,把贝加尔湖送给你!我笑着回答,不是送,是还给我,我们的祖先曾在这里生活过啊。他看着我,一脸苦笑。

尽管俄罗斯有那么多不尽如人意之处,但他们对文化和自然的保护是世界上首屈一指的。我在埃尔米塔日剧院,领略的是文化上的深沉的湖水;在贝加尔湖,看到的是自然上深沉的湖水。被这样两种深深的湖水滋养着的俄罗斯,一定会像白夜中的涅瓦河一样,裹挟着光明,一往无前。

2007年

那些不死的魂灵啊

俄罗斯的国土太辽阔了，它有荒漠、苔原，也有无边的森林和草原。它有光明不眨眼的灿烂白夜，也有光明打盹的漫漫黑夜。穿行于这种地貌中的河流，性格也是多样的，有的沉郁忧伤，有的明朗奔放。俄罗斯的文学，因为有了这样的泥土和河流的滋养，就像落在雪地上的星光一样，在凛冽中焕发着温暖的光泽，最具经典的品质。

屠格涅夫的作品宛如敲窗的春风，恬适而优美。他的《猎人笔记》和《木木》，使十七八岁的我对文学满怀憧憬，能被这样的春风接引着开始文学之旅，是一种福气啊。二十岁之后，我开始读普希金、蒲宁、艾特玛托夫和托尔斯泰的作品。也许是年龄的原因，我比较偏爱艾特玛托夫的作品，他描写的人间故事带着天堂的气象。这期间，有两部前苏联的伟大作品让我视为神灯：一盏是阿斯塔菲耶夫的《鱼王》，另一盏是帕斯捷尔纳克的《日瓦戈医生》。同样具有神灯气质的还有阿尔谢尼耶夫的《在乌苏里莽林中》，其中的德尔苏·乌扎拉是二十世纪最丰满的人物形象之一。三十岁之后，我重点读了契诃夫、果戈理和陀思妥耶夫斯基的作品。我开始迷恋陀思妥耶夫斯基，这位对人类灵魂拷问到极致的文学大师，使增加了一些阅历的我满怀敬畏，他的《罪与罚》《白痴》《卡拉玛佐夫兄弟》，无疑是十九世纪文学星空中最夺目的星星。

不仅是在中国，就是在俄罗斯，人们对陀思妥耶夫斯基的喜欢也是日甚一日，这使托尔斯泰的光芒相应黯淡了一些。前些年，我又重读托翁的作品，也许《战争与和平》《安娜·卡列宁娜》还能让一些挑剔的文学史家找出种种不和谐之处，但我觉得《复活》应该是无可争议的史诗作品，托尔斯泰实际上是为一个已经消逝的时代唱了一曲挽歌。主人公内心的矛盾和痛苦正是造成托尔斯泰晚年悲凉出走的原因。也许是托尔斯泰生前获得了太多的荣誉，人们才容易对饱尝人世辛酸的陀思妥耶夫斯基产生更大的同情，情感天平的倾斜左右了人们对艺术价值的判断。但我觉得他们之间不分高下，同样伟大。托翁能在八十二岁高龄时出走，是不想让那座富庶的庄园成为自己的埋葬之地！他把衰老的躯壳最后交付给了明月清风、草原溪流。交付给了它们，就等于交付给了自由！

契诃夫也是我喜爱的作家，他的短篇小说几乎篇篇精致。他的《第六病室》和《萨哈林旅行记》是杰作。能够把小人物的命运写得那么光彩勃发、感人至深，大概只有契诃夫可为。我甚至想，如果上苍不让契诃夫在四十四岁离世，他再多活十年二十年，其文学成就可能会远远超过托尔斯泰和陀思妥耶夫斯基。他在去萨哈林岛采访苦役犯人之前,曾对托翁的《克莱采奏鸣曲》喜爱有加。然而三个月的萨哈林岛采访经历,面对着排山倒海般扑面而来的苦难,他的艺术观发生了裂变,远行归来,他觉得《克莱采奏鸣曲》有点可笑。他说:"要么我是在旅行中长大了,要么是我发了疯。"毫无疑问,契诃夫没有发疯,他在萨哈林岛,看到了生活和艺术的真相。可惜上苍留给他揭示这一个个真相的时间微乎其微了。

俄罗斯有两个人格高贵的诗人,其命运是那么的相似,都是死于决斗中:普希金和莱蒙托夫。这也是我最喜爱的两个俄罗斯诗人。爱好文学的人,谁没有读过普希金的诗歌呢!听吧:"我的竖琴质朴而高尚,从不曾将世间的神赞颂。我以自由而无比骄傲,从不肯对权贵巴结逢迎。"再听:"有两种爱对我们无限亲切,我们的心从中得以滋养,一是爱我们的可爱的家乡,二是爱我们祖宗的坟墓!"这是何等铿锵的男儿誓言,这是多么具有民族气节的英雄气概!难怪屠格涅夫、托尔斯泰、陀思妥耶夫斯基、果戈理等都对普希金的作品无限尊崇。而年轻的莱蒙托夫则在《我爱那层峦叠嶂的青山》中写下了这样的诗篇:"仍是这片草原,这轮明月,月儿向我垂下了目光,好像责备我这样的夜晚,一个人竟敢骑一匹骏马,同它争夺草原上的霸权!"这股青春的豪情是多么动人啊。

俄罗斯的文学,根植于广袤的森林和草原,被细雨和飞雪萦绕,朴素、深沉、静美。今年六月我在俄罗斯旅行,有天清晨在慢行列车上看到窗外被白雾笼罩的森林时，心中涌起了浓浓的伤感。那曼妙的轻雾多么像灵魂的舞蹈啊。俄罗斯的作家，无不热爱着这片温热而寒冷的土地，他们以深切的人道关怀和批判精神，把所经历的时代的种种苦难和不平、把人性中的肮脏和残忍深刻地揭示出来。同时，他们还以忧愁的情怀，抒发了对祖国的爱，对人性之美的追求和向往。这些品质，正是这个越来越物质化的时代的作家身上所欠缺的。我在哈尔滨见过俄罗斯当代最具代表性的作家拉斯普京先生，他在评述马尔克斯描写妓女生活的新作时是那么愤懑：我简直不能相信这出自《百年孤独》的作者之手！我想只有在俄罗斯这片土壤成长起来的作家，才具有这种抗腐蚀的能力。难怪他在《伊万的女儿，伊万的母亲》的中译本序言的结尾中说："恶是强大的，但爱和美更强大。"

果戈理的不朽作品是《死魂灵》。在我眼中，我景仰的这些俄罗斯的文学大师们，他们的魂灵就是不死的。那些不死的魂灵啊，是从祭坛洒向这个龌龊的文学时代最纯净的露滴，是我在俄罗斯的森林中望见的能让我眼睛一湿的缕缕晨雾！

2007 年

看见的和看不见的镣铐

　　普希金和陀思妥耶夫斯基的呼吸，都是在圣彼得堡止息的。在清幽的莫伊卡河畔，有一栋三层的老房子，它就是普希金最后的居所。在书房的写字台上，陈列着一支羽毛笔。据说普希金写作时，喜欢啃笔管，因而这笔没有羽毛，光秃秃的。看来，普希金是个激情荡漾的人，哪怕他进入想象的世界，也是不安分的。普希金的诗，影响了一代又一代的人，他被认为是俄罗斯文学之父。他短暂的一生，曲折而壮丽。他反对农奴制，反对沙皇，支持十二月党人的起义，曾经被幽禁。一八三七年，他为了捍卫家族和妻子的名誉，与法国人丹特士决斗，饮弹身亡。在他的故居的一个小盒子中，陈列着普希金的一缕头发，它软软的，茸茸的，色如成熟的玉米缨子，状如春光中飞扬的柳絮。普希金活了三十八岁，这样的一生，也就是春天的一生，明媚，灿烂。我们游涅瓦河的时候，船上的导游指着岸上的一座老房子说，当年普希金在决斗的路上，曾在这里歇脚，喝过咖啡。我想如果换作别人，那杯温热的咖啡，可能会绊住他的脚，但普希金没有，他走出咖啡馆,毅然去了决斗场。毫无疑问,他是个勇士。他倒下了,他的诗歌却像俄罗斯白桦林上空的云雀一样,动人地歌唱着。

  陀思妥耶夫斯基的一生,是与疾病、贫穷和苦难抗争的一生。他活了六十岁。他人生的天空,乌云笼罩,可他用那支苍凉的笔,化作闪电,为我们呈现了一个风云激荡的世界 ——《白痴》《被侮辱与被损害的》《罪与罚》,哪一部不是灿烂的呢? 由于负债累累,陀思妥耶夫斯基在圣彼得堡居无定所,搬迁频繁。他最后的故居,离一个菜市场很近。在他故居的门口,我遇见了三个卖浆果的老年妇女,她们穿着长裙,包着头巾,袖着手站着,很像陀思妥耶夫斯基笔下那些为着生计而奔忙的小人物。讲解员说,陀思妥耶夫斯基的《卡拉玛佐夫兄弟》就是在这里写就的。在陈列室,我看到了一副锈迹斑斑的脚镣,它是陀思妥耶夫斯基四年苦役生活的见证。他戴着它,写就了《死屋手记》。任何描写苦难的文字,在这副脚镣面前,都会黯然失色。这副脚镣,如岁月的风铃,带给人无限的伤感。脚镣囚禁了他的脚,却没有缚住那颗自由的心。陀思妥耶夫斯基直到去世前,才偿还完所有的债务,而他为人类留下的,却是无价的、不朽的艺术。他因为死亡,终止了搬迁;也因为死亡,这最后的居所,为他所拥有了。在陀思妥耶夫斯基所生活的时代,圣彼得堡只有八十万人口,而为他送葬的,足足有八万人! 他了解底层人民的疾苦,用作品控诉社会的不平,人民才如此地爱戴他。

去年在俄罗斯,我最大的遗憾,就是没能去成托尔斯泰的庄园,在我心目中,那是文学的圣地。今年参加中俄文化年的活动,有机会到雅斯纳亚·波良纳庄园,对我来说,是此行最美好的事情。

托尔斯泰不像陀思妥耶夫斯基,他无论是生前还是死后,都享有至高的荣誉。他出身贵族,不过他为着这个出身而羞愧,他曾在日记中写道:"一想到自己的生活是由他人侍候时,就感到卑污,感到难过。那些人为着使自己和家人免于冻死、饿死而在卖命。"他最终离开莫斯科,来到乡村,与想过自食其力的生活不无关系。去庄园前,我们参观了俄罗斯社会科学院的艺术博物馆,在那里,我看见了托尔斯泰自制的一双靴子。那双靴子式样简单、实用,不过,它们不是一般大小,可见托尔斯泰做靴子,并不如拿笔那么自如。这双靴子,踏过多少朝露和霜雪?

从莫斯科到托尔斯泰的庄园,大约四个小时的车程。沿途是广袤的俄罗斯原野,这条路,是托尔斯泰的叛逆之路、回归之路。一入庄园,便看见一个池塘,清风从水面掠过,带给人爽意。池塘边有两只迎风展翅的公鸡,羽色斑斓。沿着林荫小路向上走,可看见庄稼地和花房,再向上,就是托翁的故居了。那是一座白色的小楼,托尔斯泰在这里接待过屠格涅夫、高尔基、契诃夫等作家,《战争与和平》和《复活》也诞生在这里。也许是户外蓊郁的森林的烘托,这故居显得无比的温暖,无比的安详,毫无阴郁气,给人以亲切感。我真想坐在一把硬木椅子上，握着一杯茶，听听风声。故居中陈列着托尔斯泰穿过的道袍似的粗布衣服。看过列宾那幅《托尔斯泰在写作中》的画的人都知道，他习惯在拱顶室写作。那里原来是个仓库，托尔斯泰看上了它的安静。拱顶室就像一个历经沧桑的老人，微微驼着背，带着谦和的笑容，迎接着参观者。列宾画中描绘的墙壁上挂着的农具，已不见了，不知那农具去了哪里。

出了故居，我们拜谒托尔斯泰的墓地。他的墓离他生前的居所并不远。那座墓没有墓碑，周围是高大的冷杉，墓地旁边有一条浅浅的沟谷，好像沉陷在大地的一支笔。托尔斯泰躺在那里，看着他耕过的农田，看着他骑马经过的树林，也看着后世的风雨。我想在万物生长的声音中，他的灵魂，在另一个世界也会生长吧。

有些镣铐，可以看见，如陀思妥耶夫斯基的。而有些镣铐，是看不见的。托尔斯泰的一生，都在试图挣脱一副无形的镣铐的束缚，那就是他一出生就加在身上的贵族的镣铐。他在不断地谴责自己的过程中，使作品走向了博大辉煌！普希金呢，他挣脱的是生命的镣铐，当名誉和尊严受到损害时，他宁可用鲜血祭洒他的青春，这怎不叫人为他生命的纯洁和豪情而赞叹呢！

这些伟大的作家，因为有了温暖的、济世的心，有了高贵的、不屈的灵魂，不管是看得见的还是看不见的镣铐，都无法禁锢他们，因为他们的心没有牢狱，海天一般地广阔，长风一样地自由！镣铐在他们眼里，不过是发生了日食和月食的日月，尽管表面阴影重重，但其内里，却是通体的光明和芬芳啊。

2007年

尼亚加拉的彩虹

　　自从爱人初春因车祸而永久地离开了我，我推掉了所有笔会的邀请，在哈尔滨独自待了四个月。盛夏最热的几天，我却觉得周身寒冷，穿着很厚的衣服枯坐在书房中，这时我懂得了什么叫"凄凉"。面对着市井的嘈杂之声，我第一次觉得世界仿佛与我无关了。有那么一段时间，我不敢接电话（怕别人安慰我），不敢上街（几乎每一条街都留下了我们共同走过的足迹），更不敢上商场（我仍能清晰记得在哪家商场为他买过格子衬衫，在哪家商场为他买过鞋和裤子）。我终日流泪，沉浸在对往昔温馨生活的回忆中，以至于眼痛得无法看书。以前我很少做噩梦，可那一段时间噩梦连连，有好几次我惊叫着在深夜中醒来，抚摸着旁边那只空荡荡的枕头，觉得自己是那么的孤立无援。

　　我知道人死不能复生的道理，也知道我必须要直面这突变，勇敢地活下去。于是，渐渐地我能够接电话了，能够拿起笔来写作了，能够在傍晚时去夕阳笼罩的街道上散步了。我记得他去世后我在一个雨天第一次拿起笔来，为自己即将出版的新书作跋时，只写了一行字就泪流满面。那支笔是爱人送我的结婚礼物，婚后四年我一直用它来写作。笔犹在，人已去！命运的风云突变让我更加珍爱这支笔：爱人都会别我而去，而它却永远不会抛弃我。

文坛的朋友们纷纷打来电话，约我出去散心，均被我一一谢绝了。我想我应该正视发生的这一切，离开哈尔滨意味着"逃离"，而我今后必须还要走我们曾走过的街道，还要去我们曾去过的商场，还要到我们曾举杯共饮的餐馆，我不能把这曾十分熟悉的日常生活统统排斥在我的未来生活之外，这不现实，也不人道。于是，拾笔写作之后，我鼓励自己逛商场、散步，虽然我常常在经过某个街角时会心痛得无法自持。

整整四个月我没有外出。这在我的生活中是从未有过的。我的精神状态和身体状况糟糕到了极点。我害怕见到人，害怕放下笔来回到现实的那个瞬间。所以，当我受邀去加拿大参加国际作家节时，犹豫了好几天才确定可以出去。谁也不会想到，我去那里，其实只是为了重温尼亚加拉大瀑布曾带给我的震撼和感动。

一九九七年我访问美国时，曾对三处自然景观情有独钟：大西洋城的广阔沙滩、科罗拉多大峡谷壁立着的深赭色的岩石和奔腾咆哮的尼亚加拉大瀑布。

尼亚加拉大瀑布是世界著名的三大瀑布之一，位于北美的伊利湖和安大略湖之间的尼亚加拉河上。河水在前流的过程中由于地势陡然降低，形成了一处宽约一千二百多米，落差达五十余米的瀑布。这瀑布主要有两处，一处在美国境内，称"亚美利亚瀑布"，规模较小；而另一处"马蹄形瀑布"在加拿大境内，宽达八百多米，气势恢宏。当年，我曾跟随游艇经由美国瀑布靠近加拿大瀑布，深深记忆着瀑布一泻而下时水珠四溅、水鸟翻飞、彩虹凌空而起的那个激动人心的画面。那时，我曾在连接美加两国的彩虹桥上拍了许多大瀑布的照片，想着有朝一日赴加拿大时，一定再来看这片瀑布。

飞抵加拿大后，我才知道国际笔会十几天的活动主要安排在首都渥太华，主办方并没有安排去多伦多的行程。会议像海边的空气一样自由松散，我有充足的时间逛街，在运河畔晒太阳，看着黑色的松鼠在草坪上络绎不绝地跑来跑去。夜晚坐在街头的露天酒吧中与友人共饮葡萄酒时，感受着湿润而清凉的晚风，也觉无比惬意。只是如果不去看尼亚加拉大瀑布，总觉得辜负了这次远涉重洋的旅行。于是，我跟代表团团长蒋子龙先生建议，去多伦多看一次大瀑布吧。同行的徐小斌和周大新也积极响应。在蒋子龙和钮宝国的努力下，我心仪已久的尼亚加拉之行终于成为了现实。

我们乘火车从渥太华去多伦多。出发时天还未亮，可见一轮圆月挂在天际（前一天恰是中国传统的中秋节）。火车行进了一个小时左右，天渐渐亮了。朝窗外望去，一侧是山冈上起伏的枫树，一侧则是泛着黝蓝光泽的波光浩森的安大略湖。我们乘坐在头等车厢中，享受着比在国际航班中还要优质的服务。主食中的鱼佐以葡萄美酒，让我们那五小时的旅行格外的温馨怡人。

火车抵达多伦多后，前来接站的蒋子龙的天津同乡郭善群先生对我们说，你们今天来得正是时候，昨天多伦多还在下雨。我明白他这话的含义，那就是雨天中看瀑布只能看到一团迷雾，而晴天观瀑才能一览无余。游瀑布心切，我们直接上了郭先生提供的面包车，奔赴尼亚加拉。

两小时之后，我已经登上了观赏大瀑布的游艇。同五年前在美国一样，我罩上了天蓝色的雨披，以防船接近瀑布时飞溅的水花会打湿衣衫。

游船先从美国瀑布前经过，然后逐渐向右转，逼近加拿大境内的马蹄形瀑布。在船上，我脱离了同行者，站在船舷的最前沿，直接感受扑面而来的风和飞珠溅玉般的晶莹而清凉的水滴。在我的身后，一对新人正在举行别具一格的婚礼。为新郎新娘证婚的，就是这壮阔的尼亚加拉大瀑布。那一瞬间我突发奇想，如果让我爱人的葬礼在这瀑布旁举行，那对我该是多大的安慰啊！我愿意让他的肉体消失在水汽蒸腾、汪洋恣肆、洁净而明亮的瀑布里，而不是火葬场那肮脏的焚尸炉里！可是人类永远都把出生看得比死亡要庄重，好像死是"不洁"的，殊不知"死亡"在有些时候也是对生命的一种礼赞！譬如这瀑布，在我看来就是水的最壮丽的死亡，它们沿着尼亚加拉河一路缓缓走来，等待的也许正是这个俯冲而下、与云相接的时刻！

在马蹄形大瀑布前,我的心无比的忧伤,又无比的空阔,那一瞬间我泪如泉涌。我双手合十,对着瀑布默默地说:如果我的爱人去了天堂,请让彩虹出现吧!然而直到我回到岸上,彩虹却是了无痕迹。而五年之前,我在美国瀑布前却看到了妖娆的彩虹,这不禁使我怅然。我想是不是午后的缘故,抑或节气已至深秋,彩虹才不肯出现呢?

正当我在岸边踌躇漫步时,突然,我发现瀑布上空呈现了一道弓形的微黄的光影,我意识到彩虹就要生成,连忙驻足眺望。很快,那彩虹的形状和颜色变得越来越完满和深重,只短短几分钟的时间,彩虹已横跨瀑布,傲然屹立在晴空之下!我的内心一阵狂喜,不是因为彩虹本身,而是因为我面对瀑布的那个暗中祈求的兑现。如今彩虹圆圆满满地出现,我确信我的爱人是去了他所理想的净土——他一直渴望着的与世无争的、远离人间种种龌龊的和平的家园。这彩虹使我获得了莫大的温情和安慰。我想让同伴拍下我与彩虹同在的那个瞬间,然而恰在此时,相机卡了壳。我陡然联想起爱人出事的前两天,我和他在公园欲在盛开的桃花下拍一张合影时,相机同样卡了壳。它们是同一台相机。在出国前,我带它时还犹豫了一番。没想到它一路上安然无恙,偏偏在彩虹出现之时卡了壳。我顿然醒悟:爱人是不是不想让我与虚幻之物合影?桃花虽然艳丽,但它极易衰落;彩虹虽然绚丽,但它却已是天上之物。我明白世上但凡美好的事物,是最容易遭受摧残的。美好只是惊鸿一现,转瞬即会化为云烟。果然，没有多久，那道彩虹袅袅消失。留给我的，是大瀑布永不消失的轰鸣声。

我想大瀑布是永恒的。人类引以为贵的黄金宝石豪宅名车最后都会变为垃圾；人类引以为尊的权位和利益也终会化为虚无。只有大瀑布，它会上接天际之彩虹，下引地上之流泉，永存于天地之间。大瀑布就是天堂垂下的一块银白的幕布，等待芸芸众生在其上演出人间的悲喜剧。我甚至觉得，这块幕布就是步入天堂或跌入地狱之门的试金石，天地有灵，一些卑鄙苟且之人即使能在这个物欲横流的年代逃得过人间的审判，最终也逃不过天的审判。

从加拿大归来，我的心中满漾着那道尼亚加拉大瀑布上空的彩虹，我可以安然地继续平凡而朴素的生活了。我知道我的爱人不喜欢我总在泪水中度日，那么在此我想对他说：曾经拥有，不再遗憾。世界很大，但真正能留在我心底的，只不过是故乡的风景。我能相识千千万万个人，但他们在我的生命中大都只是匆匆过客，真正能留在我心底的，也不过一两个人。你已深深地留在了我的心底，愿你在彩虹的国度里永生吧！

2002年

最苍凉的海岸

　　如果上帝还在怜恤失落在人间的迷途的羔羊，请他把目光投向大西洋岸边的诺曼底吧，那里有一片浩浩荡荡的白色墓葬，那下面掩埋着成千上万的年轻的士兵，虽然他们告别这个世界已经有六十年了，但他们的灵魂，仍然在大西洋的海浪中盘旋和呜咽。和平年代的欢歌笑语已经彻底湮没了他们满怀着伤感的心语，那些在诺曼底海滩牵着爱犬享受着阳光的度假者，那些劳作了一天、在晚餐时喝着诺曼底特有的苹果烧酒的农人，有谁还会在意这样的一片坟墓呢——也许是人类为自己制造的墓葬太多太多了！

　　人类的战争史应该永远铭记着一九四四年六月六日的黎明——事实上那一天是没有黎明的。盟军在薄雾中向着防御薄弱的诺曼底发起了攻击！为了抵御盟军的登陆，希特勒早在一九四二年就下令修筑一道从诺得角到西班牙海滨的防线——大西洋壁垒，虽然到了一九四四年还没有完全建成，但它设置的地雷场和像丛林一样潜伏在水中的障碍物，还是给登陆的英美联军士兵带来了极大的困难和伤亡。我们从英国战地记者瑞安的报告文学《最长的一天》(这篇文章后来被改编为同名电影,强烈地震撼了观众的心,影响甚广)中,能直观地看到登陆那一天的情景,士兵们有的在舰船中眩晕呕吐,躺在甲板上默默向上苍祈祷;有的彼此鼓励或者相互交代家庭住址,以备不测;还有的豪情满怀地背诵着诗句——"凡是渡过了今天这一关,能安然无恙回到家的人,每当提到了这一天,就会肃然起立"。

战争永远离不开流血和牺牲。从中世纪开始就不断在欧洲大陆崛起的教堂,从来就没有以上天赋予的无穷力量阻止过炮火的袭击。我们在高唱赞美诗的同时,屠戮却在烽烟中进行。也许我们应该感谢上帝,如果不是德军的最高统帅把盟军的登陆点预计在加来地区,而把更多的兵力部署在了那里,如果不是天气护佑着艾森豪威尔,那么,盟军在诺曼底的伤亡将会更加惨重。

我们不知道那些肩负着武器、野战背包、防毒面具、水壶、急救包以及食物的士兵在冲上诺曼底海滩的那一瞬间,怀着怎样的心情。当战争像一条条看不见的坚韧的饵线把他们如鱼一样鲜活的身体强行拖上海岸时,他们就不是自己命运的主人了。命运好的,躲过了敌人炮火的袭击,活到了和平年代,能在夕阳中一次次地回忆那个惊心动魄的早晨。命运差的,会被敌军的子弹射中,还来不及看到这片陌生的陆地上哪怕一抹的生命绿色时,就永久地闭上了眼睛;那些在飞机掩护下先期登陆的伞兵,并没有因为来自天上而特别受着上帝的眷顾，有的落入了沼泽地里，有的掉入农户的花房中，还有的被吊在教堂的十字架上，十字架充当了刺刀的角色，使他们一命殒天！

随着德军反扑的加强，漂浮在岸边的盟军的尸体越来越多，沙滩上被炮火击中的登陆艇在燃烧，坦克也在燃烧，硝烟中受伤的士兵无助地坐在沙滩上，鲜血如朝霞一样染红了那片海域。但伟大的盟军还是拥有兵力和武装上的绝对优势和主动，一批人倒下来了，另一批人又冲上去了，最终，大西洋壁垒被打开了一个巨大的缺口，诺曼底登陆成功，艾森豪威尔可以畅快地喝上一杯香槟酒，为他的规模宏大的两栖登陆战的巨大战略成果而庆贺！

我是在三月底来到诺曼底的。春天来了，行进在乡村公路上，可以看到初开的各色花朵。在这之前，我们一行六人沿着法国美丽的卢瓦河，看了著名的香波堡和雪浓舍，这些有着几百年历史的老城堡，其沧桑而绚丽的建筑外壳里，无一不包含着众多的宫廷故事，一直成为法国历史和文化的骄傲，被络绎不绝的游客参观着。带着一股浓浓的古堡情怀，我们奔向诺曼底海滩，走向那片掩埋着登陆战中死去的盟军士兵墓地的时候，确实有一种被现实击痛的感觉，虽然说这个"现实"距离我们已有漫长的六十年了。

第一眼看到那片浩大的墓地的时候，我以为看到了正在安闲吃着青草的一群羊。那些伫立在草地上的白色十字架，连绵在一起，远远一望，像极了雪白的羊群。我悄悄在入口处的草地上摘了一簇碎碎的小黄花，拈着它走向墓地。墓地太大了，它被划分了十几个区，白色的墓碑数不胜数，墓碑前几乎是没有鲜花的，不像我沿途经过的那些乡村小教堂旁的墓地，总有鲜花点缀着。我真不知该把花放在哪一座墓碑前。天气晴朗极了，阳光飞舞着，环绕着墓地的翠绿的松柏将它的影子投到草地上，就像为墓葬镶了一道花边。那里的游人零星可数，四周静悄悄的，只听得一片呢喃的鸟语和草地下的大海的平静的呼吸声。我缓缓地独自穿行在墓葬中，看着白色十字架上的碑文，后来将那朵黄花献给了一个年龄只有十五岁的战士，十五岁——花季的年龄啊！

有谁还会记忆着这些客死他乡的战士呢！他们无声无息地躺在这里，隔着苍茫的大海，诉说着他们永远的乡愁！他们的死亡，在历史教科书中，是伟大的辉煌的死亡。可是再崇高的定义，也不如生命本身的存在更富诗意，他们在最该对着青山碧海抒发豪情的年龄闭上了眼睛；在最该亲吻恋人的年龄闭上了嘴巴。所以我相信，他们年轻的心，一直没有死亡，大海上那些飘浮的云，可是他们流浪着的灵魂？他们该诅咒谁？诅咒制造了那场人间地狱的希特勒和墨索里尼？或者诅咒让他们成就英名的艾森豪威尔？

在二战的将帅中，我最尊崇的人就是艾森豪威尔。凭着自己咄咄逼人的"战绩"，他成为一名五星上将，并且做了两届的美国总统。他的战绩之一，就是我面前的这片庞大的墓地，这样的战绩是多么地让人撕心裂肺啊！走在这样的墓地中，艾森豪威尔的光环在我心中黯淡了一圈，虽然我知道他仍然是一个伟大的将军！当我们折取橄榄枝的时候，其实对它已经构成了一种摧残，和平的来临就是伴随着这样一个又一个沉重的代价！然而我们并不珍惜无数人用鲜血换来的和平，这世界的局部战争从来就没有止息过，我们战胜了法西斯，可我们一直没有战胜我们内心的贪婪和愚蠢！

诺曼底登陆距今已有六十年了。为了纪念这个历史性的日子，在即将到来的六月六日中，现任美国总统布什和英国首相布莱尔将在那一天莅临诺曼底，祭奠他们长眠在这里的士兵。所以，诺曼底一带的公路正在为迎接这两国的领导人而加紧重修着。诺曼底一带旅馆的房价，也因此而提前几个月就开始了暴涨。当布什与布莱尔沿着平坦的道路畅通无阻地抵达这片墓地时，我相信这些越来越被世人所遗忘的战士的墓碑前会有鲜花覆盖着，庄严的祭奠的炮声也会隆隆地响起。只是谁知他们带着怎样的情怀来到这里，但有一点可以肯定，他们的举动，将会使他们在自己的政治天平中，又增加一个砝码！

诺曼底的那片海域很美，可在我的眼里，它是我见过的世界上最苍凉的海岸！那飞起飞落的鸟，那飘来荡去的云，那在微风中摇曳着的松柏，那一望无际的墓碑，都在轻声诉说着一段已被我们逐渐遗忘着的历史，如果我们在阳光下看到了阴影，请不要惊诧，因为阴影从来就没有远离我们！

我想起了艾森豪威尔在一九五三年就任美国第三十四任

总统时发表的演说,他说:"在人类从黑暗走向光明的历程中,我们已经走了多远? 我们是否正在接近光明,接近所有人类都应享有自由和平的一天? 还是另一个黑夜的暗幕正在向我们逼近?"也许在他任职的四年中,他深深体会到了这样的黑暗仍然存在,所以他在一九五七年连任时又强调:"愿自由之光,普照一切黑暗的角落,燃起明亮的火焰,直到最终黑暗消失为止!"

黑暗消失了吗?!

愿这样的墓葬能像火炬一样,照亮人间还残存的黑暗;让人类的光明,能像诺曼底的海水一样,汪洋澎湃,势不可挡!

2004年

酒吧中的欧洲杯

在澳洲的蓝山国家写作中心,有天午后我正在楼下对着一片蓊郁的树林喝茶,手机响了,一接,竟然是《足球》报社的记者打来的,他说欧洲杯开战在即,希望我能为他们写点球评。亏得记者的提醒,我几乎把开赛日期都忘记了。

离开悉尼的前两天,是欧洲杯的烽火燃起的日子。那天晚上在悉尼大学的陈顺妍教授家做客,我对她说喝完酒回去,我会熬到凌晨,看欧洲杯。陈老师的丈夫古得曼先生对我说,澳大利亚的电视台对世界杯都不感兴趣,他判断转播欧洲杯的可能性不大。我知道澳洲人喜欢橄榄球,而我对这种抱着跑的足球一窍不通,澳洲人却对它无比痴狂。但我想欧洲杯在某种意义上比世界杯更具观赏性,他们起码应该转播首场比赛。

回到旅馆后,我打开电视,见 SBS 电视台正有三个人在聊欧洲杯,这让我欣喜之极,虽然听得一知半解的,但从不断穿插的贝克汉姆、齐达内、菲戈等巨星的画面上,我认为他们一定会直播揭幕战,于是就把频道锁定在这里。两个小时过去了,是开赛的时间了,SBS 的画面竟然换成了别的,是一个午夜剧,这让我的心一阵阵下沉。时间分分秒秒地过去了,午夜剧仍在继续,我赶紧转换频道,搜索足球。有一刻以为找到了,仔细一看,却是橄榄球的比赛,让人沮丧。我心犹不甘,像个顽强的战士一定要攻克一座堡垒一样,手持遥控器,把电视画面摇得风云变幻、闪烁不休,那顿足球的早餐却最终没有吃到。那一瞬间我盼望着早些离开澳大利亚,我相信到了欧洲,每一个角落都会洋溢着欧洲杯的快乐气氛。

果然,飞抵爱尔兰的首都都柏林后,每晚都有欧洲杯的大餐等着你享用。我住在一条繁华的酒吧街上,几乎所有的酒吧都在直播欧洲杯。而我在都柏林作家节的活动,除了一场正式的报告会外,其他都是自由时间。我选择了一家热闹、开阔又比较有情调的酒吧作为"据点"。那家酒吧设有三个电视屏幕,北面的是横幅的,视觉效果差一些;西面的较小,你必须坐得离它很近,才能真切感受到现场的气氛;而东侧的是四四方方的跟银幕一样宽大的屏幕,它面前聚集的人之多可以想见了。由于在欧洲看球没有时差,所以吃过晚饭,我就踅进酒吧。酒吧里男球迷居多,他们往往穿着自己所支持的队的球衣,跟即将上场的球员一样,在开赛前就开始了"热身"活动:选择位置、买啤酒等等。爱尔兰的黑啤酒久负盛名。这种啤酒口味浓,有点微微的咸,回味绵长,很适合看球时喝。我与其他球迷一样,也举着一杯黑啤酒。如果在酒吧看球而不买酒，就有点像小孩子耍无赖了。

我在酒吧看的第一场球，是俄罗斯对葡萄牙的比赛。也许爱尔兰与葡萄牙是近邻的缘故，抑或爱尔兰的国家足球队的风格与葡萄牙很相似，酒吧中的球迷百分之九十都倾向葡萄牙。每当俄罗斯队拿球的时候，酒吧里就嘘声一片。白色的俄罗斯队看上去就像一片飘在天空的浮云，孤独无助得很。他们的打法也没有生气，最终斯科拉里率领的葡萄牙以2∶0轻取对手。如果说爱尔兰的球迷对葡萄牙队是热爱的话，那么他们对待英格兰队可以用"狂恋"一词来形容。到了英格兰与瑞士的比赛日，我像以往一样提前十几分钟走进酒吧，可是里面已经爆满，一个座位都没有了，中央地带还站着许多人。我急得转来转去的，希望有一个座位能成为"漏网之鱼"，然而我的希望落空了。有一个留着两撇黑胡子的球迷见我找不到座位满面焦急的样子，就拍着自己的腿，示意我坐上去。我想我若坐在他腿上，有些球迷就不用看大屏幕了。当画面中运动员开始入场时，我终于想出了一个好主意，我分开众人，一路向前，一直走到大屏幕的最前方，一屁股坐在地上，把地当成了椅子。而且我还叫来一大杯黑啤酒，把地也当成桌子，摆上去，痛快地先呷上一大口，这引起了很多球迷的喝彩。因为酒吧里没有一个人是坐在地上看球的，他们大约也没有见过一个黄皮肤的女球迷如此钟情于足球。当画面出现小贝的夫人辣妹的镜头时，酒吧里爆发出热烈的掌声。我想，辣妹已经深入人心，不管小贝闹出多少绯闻，辣妹都是不可取代的，这让我想起克林顿与希拉里的关系，不管他们是否还恩爱，世人认定他们不可分割，他们只能为共同的利益，或者说是为了报答众人共同的爱戴而携手走下去。酒吧里的球迷百分之九十九都是英格兰的支持者，我也一样。当场内奏响英国的国歌时，球迷们也跟着齐声歌唱，场面感人。英格兰的每一次进球我都要跳起来欢呼，这时身后的英国球迷就抓着我的手狂吻，他们很开心我这样一个"外国女人"是英格兰的拥护者。鲁尼在那场比赛中让斯文的瑞士连吞两枚苦果，使我对这个朝气蓬勃的前锋充满了尊敬和喜爱，他真的是上届欧洲杯欧文的翻版。3∶0的结果合情合理，我们只有为他们纵情欢呼了！我们狂饮，这时酒吧乐池中的爵士乐演奏也开始了，没谁想要离开酒吧，因为快乐之河就在那里流淌。

　　我在那家酒吧看了整整一周的比赛，没有看到球迷闹事的事件。即使意大利打得不很精彩，那些披着地中海蓝色球衣的意大利球迷也没有过激的举动。当我离开都柏林时，对它唯一的留恋就是，不能与那么多可爱的球迷一同欣赏欧洲杯了。回到中国，正赶上四分之一决赛的开始，当我在黎明中看到贝克汉姆射失了点球，葡萄牙最终进军半决赛时，我想到了都柏林的那家酒吧，那些英格兰的支持者一定会扼腕叹息、悲痛欲绝！虽然我们在同一个时刻悲痛，但他们悲痛在黄昏，而我悲痛在黎明！

　　当德甲联赛中那张熟悉的面孔出现在希腊主帅的位置上

时，我曾跟人预言，这个雷哈格尔肯定会创造奇迹。因为这家伙在德甲就善于创造奇迹，而且对足球没有欣赏眼光的上帝很愿意帮助他书写神话。希腊最终夺冠了，我相信在都柏林的那家酒吧，许多葡萄牙的球迷会流下伤心的泪水。他们也许并不仅仅为葡萄牙"黄金一代"的折戟沉沙而难过，他们会为足球的"实用主义"的胜利而叹息，而那也是我在看希腊球员手捧奖杯狂欢时，心中发出的最深重的一声叹息。

2004年

柏林墙的第十七层防线

柏林墙出现在眼前的时候,风雨也脚跟脚地来了。六月了,风是凉的,雨也是凉的。柏林墙淋着冷雨,像一个流落街头的老乞丐,蓬头垢面,满面悒惶。我撑着伞,先是驻足观望了一下它的长度,然后才把目光放在它的高度上。柏林墙没被推倒前,长度约一百五十五公里,而现在保留下来的这段供游人参观的遗址,也有一点三公里。

墙是钢筋混凝土浇筑的,大概有三米多高吧。墙的顶部,是一道凸起的檐口,从侧面看是锅盔形的,灰黑色。接口处的缝隙有拇指宽,好像这墙戴了顶捡来的帽子,破烂不说,还不大合体,显得滑稽。墙壁斑驳不堪,多处墙皮脱落,上面的涂鸦,缺胳膊少腿的比比皆是。老实说,这是我见过的,世界上最丑陋的墙。它没有高出墙脊的树木护卫,也没有墙下的草坪环绕。缺乏绿色的它,远远一望,像是一条阴冷的毒蛇匍匐而行,满腹杀机。你接近它的时候,真担心它会出其不意地咬你一口。

都说柏林墙是世界上最大的室外画廊,它上面的涂鸦,吸引着无数游客。可在我眼里，它身上再妖娆的曲线，也是单一的；再艳丽的色彩，也是暗淡的；再醒目的语言，也是苍白的。因为这是一条自由后，仍然背负着枷锁的墙！我在上面看到了折断了翅膀的雪白的和平鸽，看到了黄色骷髅头下的黑色绳索。当然，也看到了被宰割的羊和破败的旗帜。虽然萦绕于耳际的是风雨声，但我仿佛听到了这墙上曾有的枪声；听到了被隔绝了的人民的愤怒呐喊；听到了二十二年前，美国总统罗纳德·里根在勃兰登堡门的柏林墙前，热切地呼唤着："戈尔巴乔夫先生，推倒这堵墙！"

  柏林墙是二战以后，德国分裂和冷战的产物。它虽然是一九六一年八月的一个日子，在一夜之间修筑的，但这个工程的"准备"，却已经很久了。其实早在一九五二年，东西柏林之间的边界已经开始关闭。这之后，有大量的东德人冒着生命危险，逃过边界，进入西柏林，其中就包括东德的很多熟练技工，这是政府所不能容忍的。柏林墙出现以后，不断加固。我看过一个资料，说柏林墙共有十六层防线：第一层，三百零二座瞭望台；第二层，光滑难攀的墙；第三层，钢制拒马；第四层，两米高的铁丝围栏；第五层，音响警报缆；第六层，通电的铁丝网；第七层，二十二座碉堡；第八层，用来引导警犬的缆线；第九层，六至十五米宽的无草皮空地，埋有地雷；第十层，三至五米深的反车辆壕沟；第十一层，五米高的路灯；第十二层，分布在柏林墙各处的一万多名武装警卫；第十三层，两米高的通电铁丝网，附警报器；第十四层，空地；

第十五层，第二道水泥墙，三点五米至四点二米高，十五厘米厚，可以抵御装甲车的撞击；第十六层，施普雷河在部分区域，成了天然屏障。

我不是军事学专家，但看过以上的记述，即使是一个门外汉，对柏林墙当年的壁垒森严还是有了直观的了解。可是，即使面对这样"插翅难飞"的墙，也有人敢于攀爬逾越，哪怕喋血墙下；更有甚者，不舍昼夜、坚持不懈地开挖通向西柏林的地下秘密通道。看来，当大地和天空不能再作为交通的便道时，哪怕是在地层深处，在无边无际的黑暗之中，人们也要顽强地攫取一线光明。毕竟，自由的力量是伟大的！一九八九年十一月九日，这堵存在了二十八年的武装到牙齿的墙，还是被推倒了，成为废墟！

走到柏林墙中段时，太阳从厚厚的云层背后跳了出来，我收了伞。为了纪念柏林墙倒塌二十周年，一些被岁月风雨侵蚀而脱落的涂鸦，正进行着修补。我看见一个艺术家站在钢制脚手架上，在墙壁上涂抹油彩。我跟他打了个招呼，说我很喜欢他描绘的那块椭圆的黄颜色，像月亮。他非常兴奋地回答：它就是月亮！看来在一堵给人们带来深重苦难的墙上，人们最渴望表达的，还是安宁之光！

参观完柏林墙的那个夜晚，有场中国作家的作品朗诵会。给我们做翻译的，是爽朗明快的左菁女士，她的同声传译水平很高。场下坐着的，有中国留学生，也有不少德国听众。朗诵会一结束，一位气质优雅的老者朝我走来，她手持一卷德国洪堡大学的毕业论文集,翻到其中的一页,笑着对我说:"这是我的学生戴妮翻译的你的小说。"我想起来了,多年以前,戴妮曾与我有过通信联系,她说要以我的小说创作作为毕业论文,还把在图书馆整理的一份我发表的作品目录寄给了我。只是她毕业后,嫁到美国去了,从此失去了联系。戴妮翻译的,是我早期发表在《北京文学》的一个短篇,而她的指导老师,就是眼前的这位中文名字为梅薏华的教授。梅薏华女士翻译过许多中国作家的作品,按照左菁的说法:"老太太的德语翻译是最棒的。"在她心目中,梅薏华至今仍是德国汉学家里的翘楚。不过东西德统一后,来自东德的她,有如失去了"根",同在其他领域不得真正施展才华的东德人一样,没有原西德的译者走红。个中缘由,不言自明。

柏林墙的十六层防线,虽然已经一一攻克,荡然无存了,但事实上,在柏林墙倒塌的那个瞬间,在东西德人民拥抱欢呼的那个时刻,有一层看不见的防线,还是悄悄出现了。这隐藏在深处的柏林墙的第十七层防线,像一条无形的鞭子,抽打着我的心。在那个夜晚,我对着满城璀璨的灯火,发出了一声叹息。我知道,这声叹息,在这个华丽世界,是多么多么的微弱。

2009 年

农事博览会

经历了秋霜洗礼的爱荷华就像一个刚刚圆过房的小媳妇，一夜之间，她身上的燥热和妩媚之气就退去了，呈现出一派洗尽铅华的安恬与清凉。水流平缓了，树也因为叶子的渐次凋零而显得精干了。在草地上蹦跳的小松鼠大约意识到能在和风中戏耍的日子不多了，它们抱着松果啃啮的时候，尾巴翘得高高的，好像在为自己竖起一面抵抗严冬的旗帜。

耕种了一季的农民收获了庄稼，该歇息了。耕种了一季的马收获了青草的芳香和泥土的温热之气，也歇息了。浸润在夕照中的爱荷华农庄，宛如在海上漂泊数日后终于归港的航船，沉凝而辉煌。

从爱荷华城出发，驱车朝着西南方向行驶四十分钟左右，就到了著名的科露娜（Kalona）农庄，它是个德裔农庄。每到秋季，科露娜都要举行一次劳动马的拍卖活动。

我们的车子在爱荷华的田野里奔驰的时候，我觉得汽车的四只轮胎就是四支巨大的画笔，而乡村路上的泥土、草屑、阳光、落叶就是绚丽的油彩,它饱蘸着它们的汁液,将一幅长轴的田园风光的画卷留在路上。

上午十点多,我们到达了科露娜拍卖会的现场。

我以为那仅仅是马的拍卖会,其实不然。在那个大约有三千平米的空场上,早已摆放了一排排等待拍卖的东西,其中有旧式四轮马车、古旧的浴缸、朴拙的农具、老家具、昏蒙的马灯、铜镀的马、地毯、风铃等器物。它们的身上坠着白色的小纸片,上面标记着号码。微风之中,那些纸片翩翩起舞,就像一群白蝴蝶在飞。

穿梭在空场上的人,都是附近农庄的农民。他们大都穿着水磨蓝的牛仔裤,将棉布上衣掖在裤腰里,束上一条宽宽的皮带。男人们喜欢戴着牛仔帽或是五颜六色的遮阳帽;女人们呢,她们大约觉得自己的头发就是丰收了的麦穗,值得炫耀,任那一束束金黄的发丝流泻在肩头。偶有戴帽子的,大抵是那种紧箍着头颅的筒式黑帽子,看上去娇俏而古典。无论是农夫还是农妇,他们的步履都是和缓的,表情是恬静的,好像走在自家的农庄中一样闲适。

拍卖还没开始,已经有一些人开始记录自己中意的东西的号码了。我们穿过露天的空场,进了马棚,那里圈着待卖的马匹。

我还从未见过那么大的马棚,它大约有两千平米吧,用纯色的原木建构而成。马棚中的柱子和栏杆甚至都没有刨过,毛毛糙糙的,似乎是专门为马预备的害痒时用的"痒痒挠"。马棚里有些昏暗，浓烈的马的气息使刚进去的我打了一个喷嚏，好像是受到了冷风的侵袭。我已经有三十几年没有嗅到这样的气息了。童年的时候，我家的前菜园的尽头就是生产队的马厩，那里面的马多的时候十几匹，少的时候也就三五匹，但马的气息却始终是浓郁的。说实在话，我并不喜欢那种气息，它没有山林和田野散发的气息好闻。我没有想到三十多年后，我会在遥远的美国的农庄与这样的气息重逢。这股久违的气息让我想起了童年的马厩、马夫铡草的声音、马灯温柔的光焰，以及故乡晚风的沙沙声，心中顿时泛滥起一股浓浓的怀乡之情，马的腥气也随之变得亲切起来。

　　我以为被拍卖的一定都是老马、瘦马和病马，谁知大多的马还是俊美、剽悍的。它们大约知道自己被卖的命运了，马的神情看上去是忧郁的，它们那湿漉漉的眼睛透露着难以言表的凄凉和哀愁。有一匹马是菊花青，威武，桀骜不驯，只有它昂着头，不安地动着四蹄。在黯淡的马棚中，它就像一道灿烂的闪电！我想这样的马无论进了谁家的院子，都是主人的福气。隐忍和哀怜固然好，但能够把每一片即将到达的土地都当作乐园，不吝惜在任何土地上洒下自己劳动的汗水，这才是好马的品性。在菊花青面前驻足的买马人并不多，看来无论中外，人们喜欢的还都是温顺的牲畜。

　　马棚中的马并不是很多，买马的人也寥落，这里的交易看上去相对冷清一些。我想这些被出卖的马，其中大部分还是会被老主人给领回家的。只是不知道它们回去之后，在来年耕作的时候，是否还会那么的勤恳。

出了马棚，露天空场上旧器物的拍卖已经开始了。在东南角和西北角，各有两个拍卖点，那里人潮涌动，热闹非凡。他们各自以一架旧马车为拍卖台，马车上放着待拍的东西，拍卖员手持麦克风，站在后面手舞足蹈、激情飞扬地一声声地报价，而他前面有一个人在展览被拍卖的器物。这两个人看上去就像一对相声演员，一个在捧哏，一个在逗哏。竞价的农人在下面挥舞着胳膊，笑着叫着，就像在酒吧中聚会一样快乐。我见到一只装鸡蛋的木匣子，在一声连着一声的嬉笑的竞价声中，被一个中年妇女获得。她接过那只木匣子的时候，非常的知足，好像里面已经盛满了沉实的鸡蛋。接着，又有一只铁耙子被一个矮胖的男人得到，他用农人特有的稳实的手接过它，在半空中挥舞了一下，好像已经用它开始了劳动。不过它耙的并不是干草，而是空气中浮动着的欢声笑语。这些旧器物，并没有拍出很高的价钱，少的三五元，多的也不过二三十元。我看着那些器物，就像看着无数道谜语，我在猜它们的谜底在哪里？比如那架铁质的四轮马车，它有一个黑色的小包厢，箱体的连接处镶着黄色的铜条，车门那里还有一个小天使的铜雕，它最初的诞生地一定是在德国，它是怎样跟着老主人漂洋过海，来到这片新大陆的？它里面载过什么样的人？再比如那个红木梳妆台，虽然它的镜子已经乌蒙蒙的了，但它当年一定照耀过年轻靓丽的女人的脸庞，它在打量她们面孔的同时,是否也看到过她们为爱而伤怀的泪水?还有那个光泽已经褪去的浴缸,当年它盛满清水时,是什么样的人在里面洗着岁月的风尘?那对黑铁马头,曾经在谁家的门侧端坐过?那轻轻一晃就发出悦耳的"铃——铃铃——"的声音的马铃,是什么样的手曾握过它?什么样的马曾被它召唤过?谁在那块花地毯上饮过酒?谁在那张高靠背的木椅上张望过远行的家人?谁用那根轻巧的木杆打过树上的核桃?谁的脚曾踏进那副马镫中?谁曾把玉米放在了那个有着斑驳花纹的瓷盘中?

每一件器物,都在昭示着一个长长的故事。只不过这故事的大幕低垂,等着人用手把它撩起。我们撩起幕布的方式有很多种,而我钟情的只是其中的一种:那就是用手中的笔。

我们小说中的人,哪一个可以脱离得了这些旧器物?谁能不在它们的辅助下生活?它们是隐藏在我们周围的一只只眼睛,看着我们长大,看着我们由盛而衰。它们既同我们一道领略了生活中繁华的气息,也与我们的先人一道领受过死亡和我们的出生。这样的眼睛不管多么老了,其本质都是明亮的!我爱这样的眼睛。我喜欢用这样的器物讲述故事:《清水洗尘》中的大澡盆,《北极村童话》中的石子项链,《日落碗窑》中的泥碗,《一匹马两个人》中的马鞭和镰刀,《踏着月光的行板》中的闹钟,《逝川》中的渔网,《伪满洲国》中的铜镜,《世界上所有的夜晚》中的剃须刀盒,等等。我觉得这些器物既是我们生活的伴侣，又是我们生活的证明。

　　科露娜的拍卖会，在我眼中就是一个盛大的农事博览会。虽然它拍卖的不是价值高昂的世界名画，但我觉得它是值得尊敬和留恋的，因为它拍卖和展览的正是生活的艺术。

2006年

非洲木雕的"根"

在爱荷华的三个月，每至黄昏，我都要去河边散步。雨天时撑着伞，感受烟雨蒙蒙；起风的日子便可与飞舞的枫叶和银杏叶握手了。大多的日子是天清气朗的，夕阳把河面当成了宣纸，在上面泼洒晖墨，时而浓烈，时而疏朗。河边有一座美术馆，逢到周四，会开到晚上九点，我喜欢此时走向它。馆里的人寥寥无几，这时欣赏美术品无疑就是饭后手上拥有了一杯清茶，惬意极了。

这座美术馆最吸引我的，是非洲木雕。

木雕产生的年代为十六到十八世纪。木头不像石膏和铸铁，给人以生硬和冰冷的感觉。木是从泥土里生长的火种，是人世间最容易与云天相接的植物，它仿佛是肉身做的，腐烂后也会化为泥土。

我没有去过非洲，这些木雕不仅仅给我带来艺术上的享受，也让我谛听到了几百年前非洲土地上的风雨之声。

木雕多为人物的造型，但也有动物，如火鸡、狗和老虎等等。人物的情态多是温顺的，动物也如此，能感受到人与动物在那片土地上的和谐相处。有两尊木雕让我格外喜欢,一尊是一个半蹲着的宽额女人,乳房高耸,其脖颈以下的木质颜色深重,让人觉得她刚从深渊中拔出头来,带着股无与伦比的喜悦和安恬。还有一尊是一个站立着吹口琴的人,这尊木雕上有额外的装饰,人物的胸前挂着一面小镜子,头上则插着羽毛,看上去优雅而时尚。非洲木雕,常常有这样的"神来之笔":用稻草做胡须,用贝壳做披风等等。所选的材料,无一不是植物的标本和动物的外壳——它们都曾有过生命的。

我喜欢这些非洲木雕,它们无一不是抽象的,又无一不是具体的。木雕中的人物神态是安详的,好像他们每时每刻都在梦境中。我一次次地走向这些木雕,终于有一天,我发现了非洲木雕的"根"!

乳房大概是太阳和月亮的化身,所以全世界的艺术家在处理它时,大都采用明朗的笔法,极尽赞美。男性的私处,处理得黯淡的居多。但也有明朗的,如米开朗琪罗和罗丹的雕塑。那些非洲木雕,在男性的"根"的处理上,无一例外地含蓄。很多木雕的男性均为短腿,肚腹很长,私处被置于边缘,极不起眼。还有的呈跪立的姿势,这样私处就与泥土相接,融为一体。当然,也有安然坐着的,但他们坐着时都是双腿交叉,不见其"根"。有一尊骑在老虎身上的男人雕像,他的"根"就隐藏在动物的毛发中。还有一尊坐在椅子上怀抱婴孩的雕像,这婴孩也是用娇小的身体遮住了其父的"根"。而另一尊身材修长的男性雕像，私处干脆挂上了一块深棕色的麻布，好像那里是男性舞台的后台，随时要向观众垂下幕布。

　　我从这些非洲木雕对男性的"根"的处理上，看到了非洲艺术的"根"，那就是内敛的激情和含蓄的美。雕刻者把非洲男人身上的雄性特征，与泥土、生灵和器物融为一体，我们既可体会到他们的古朴的生活方式，又可领略到简约、纯净之美，而这是艺术的至高境界。难怪这些木雕吸引着我，一次次地让我在如梦似幻的黄昏时靠近。

2005年

废墟上的雄鹰和蝴蝶

在墨西哥城国民宫观看壁画大师里维拉的作品,恍如置身于南美的伊瓜苏大瀑布前,那斑斓的色彩,汹涌澎湃的气势,立刻让你觉得你与大手笔相逢了。这数十米长的巨幅壁画,向我们展现的是二十世纪四十年代以前墨西哥民族历史的风云画卷,我们从中能看到西班牙殖民者的入侵,看到美法入侵,看到印第安人不屈的反抗,看到伊达尔戈神父发起的独立运动。画面上刀光剑影、战马、铠甲、长矛、弓箭、炮火、枪支、硝烟,向我们讲述了不同时代的血雨腥风。相比于这些充满了战争意味的壁画,我更喜欢二层回廊的几幅作品,那里有头戴花冠的神灵,染布和造纸的妇女,以及持锹种玉米的男人。环绕着他们的,是火山,阿兹特克金字塔,庙宇,水渠和树木。这些风景和人物,好像沐浴在晚霞中,给人无与伦比的安详感。

那一瞬间,两个里维拉站在了我面前,一个是拔剑怒吼的斗士,一个是柔情似水的诗人。

里维拉不仅仅因为他的壁画在墨西哥家喻户晓,还因为他的第三任妻子,也就是越来越为人们所熟悉和热爱的著名画家——弗里达·卡洛。

二〇〇二年,随着萨尔玛·海耶克主演的电影《弗里达》的上映,这位一生经历传奇、有着惊人美貌和才华的女画家,顿时风靡世界,成为很多人心目中的偶像。

弗里达·卡洛出生于墨西哥,她的父亲是犹太人,母亲则是混合着西班牙与印第安血统的墨西哥人。卡洛六岁时患小儿麻痹,十八岁遭遇车祸,一根钢柱刺穿了她的骨盆,全身十多处骨折。这次事故造成的恶果,使她一生经历了大大小小三十多次的手术。然而病床和轮椅并没有囚禁她,卡洛奇迹般地站了起来。她在自己出生的"蓝屋"中作画,并与少年时代的偶像里维拉结合。里维拉比她大二十岁,又高又胖,而卡洛娇小玲珑,他们的结合,被人形容为"大象和鸽子的结合"。就是这只轻灵的鸽子,衔着画笔,把她自己,以及她所经历的血淋淋的一切,坦然而醒目地呈现给世人。

电影《弗里达》和关于卡洛的一些传记,大多把里维拉描绘成一个生性风流的家伙,而把卡洛描写成一个受害者。其实,他们都是不安分于在一己河床流淌的河流,追究谁先于谁而不忠,并没多大意义。重要的是,里维拉一生不停地拈花惹草,但他最爱的是卡洛;而爱过男人又爱过女人的双性恋者卡洛,最终能留在她内心深处的人,无疑是里维拉。尽管卡洛声称她一生遭遇过两次事故,一次是车祸,一次是里维拉,但不可否认的是,这两次事故成就了她的艺术。他们是彼此的地狱，更是彼此的天堂。

走进蓝屋，与在国民宫看里维拉的壁画，心情是不一样的。蓝屋是卡洛的出生地，也是她的死亡地。卡洛的作品，大多诞生在这里。蓝屋外的墙壁是一色的海蓝色，花园里生机盎然。这亘古常青的海蓝色和这绿树红花的花园，对比起卡洛伤残的一生，总让人有些压抑和忧伤。里维拉和卡洛都信仰共产主义，是共产党员，在卡洛的陈列室，我看到了她画的一幅毛泽东主席的肖像。卡洛还曾与在墨西哥避难的托洛茨基相恋过，她的《布幔之间》，描绘了那一段情。

展厅里有很多幅卡洛不同时期的照片，她那几乎连成一体的漆黑浓重的一字眉、深沉明净的大眼睛、似笑非笑的唇角、微翘的下巴，看上去是那么的坚毅、高贵而冷艳。卡洛因为不堪病痛的折磨，依赖上了烈酒、香烟和麻醉品，它们像火焰一样为她照亮了画布时，也让她的身体经受了一次又一次静静的焚烧，将她无声地推到了悬崖边。蓝屋展示的卡洛的画作中，有《受伤的小鹿》《一些小刺痛》，几幅自画像以及一些静物画。同行者中，有人在寻找那幅几乎成为她的代表作的《断裂的脊柱》，可我不想再看刺中卡洛的钢柱，不想看她的眼泪和遍布于身的钢钉，因为已看到的画作中，她那裸露着的滴血的心脏，身上横插着的箭矢，以及那哀怨而不屈的眼神，已深深刺痛了我。我匆匆走出了蓝屋，在户外的花园里，大口大口地吸气。

一九五三年，抱病参加了个人画展后的卡洛，因右腿感染了坏疽而遭截肢。卡洛大概不想再站起来了,一九五四年,她画了《生命万岁》。画面上的几个西瓜,有的完整,有的被剖开,她大概明白自己的生命已经"瓜熟蒂落",是向世人告别的时刻了。她剖开的西瓜,是那么的成熟,汁液旺盛,鲜浓欲滴。那些满月、半月和锯齿形的刀痕,触目惊心。与其说这是一幅静物画,不如说这是卡洛的一幅自画像。她的一生,正是这样,刀痕累累,鲜艳夺目。一九五四年,四十七岁的卡洛辞世。虽然医生对外宣布说她是因感染了肺炎而亡故,但大多数人都认为,卡洛是自杀。因为她在最后一天的日记里这样写道:"我希望离世是快乐的,我希望永不再来。"

卡洛是不会再来的。她和她的作品,带着鲜明的个性色彩,无法模仿和复制,已成传奇和经典。卢浮宫收藏的首位拉美画家的作品,就是卡洛的自画像《框架》,可见她在世界美术史中的地位。卡洛的作品尖锐、深刻、如梦似幻,法国超现实派领袖布鲁东称卡洛的作品充满了超现实的意味,可卡洛说:"我不是什么超现实派,我画的只是自己,我所经历的一切。"这句掷地有声的回答,可以看出卡洛确实是一个桀骜不驯的天才。这也说明,任何的流派,对于天才的双足来说,都是可笑的小鞋。

里维拉和卡洛,是坚定的民族主义者。虽然他们画风不同,但他们在求新中都注重传统。里维拉深受古玛雅文化的影响,有着惊人的创造力,一生画了大约三万平方米的壁画。卡洛热爱墨西哥浓烈的色彩和民间艺术,她的自画像,大都是穿着墨西哥民族服饰的形象。里维拉和卡洛，在我眼里，就是废墟上的精灵。里维拉为了复兴墨西哥文化，像雄鹰一样在旧文化的废墟上翱翔，以强健的翅膀，搏击出一片幽深广阔的艺术蓝天；而卡洛置身的"废墟"，是她自己伤残的身体。在这绚丽而苍凉的废墟上，她化为一只蝴蝶，在蓝屋里曼妙起舞，浅吟低唱。在那一世，我相信他们还会手牵手，就像卡洛在画中曾描绘的一样。

2008年

阿尔卡拉的王冠

在塞万提斯没有出生时，阿尔卡拉就是阿尔卡拉，这里有学校、教堂、修道院、商铺食肆、花店邮局、斗牛场以及监牢等。小镇的石子路上，有载着阔人的马车昂首经过，也有弓着背的乞讨者盯着石子路的缝隙，期盼着发现谁遗落的一枚闪光的钱币。教堂的诵经声，面包房飘出的香气，与城外的流水和夏日迟迟不落的太阳，交相辉映，向我们展现出一幅中世纪的生活图景。

塞万提斯出生后，阿尔卡拉这座西班牙的小镇，就成了一个伟大作家的艺术摇篮。它也有意无意地，开始为塞万提斯筹谋他的文学之旅。出身平民之家的塞万提斯，贫穷始终像阴云一样笼罩着他，他做过军需官、税吏等，洞见这社会种种的不公。他也经历了战争并在海战中负伤，而且戏剧性地被土耳其海盗劫持到阿尔及利亚，被囚禁五年。

当然，阿尔卡拉也给予塞万提斯人世间那些该有的美好事物，那是无论穷人还是富人都共享的阳光、清风、明月和溪谷。是小镇淳朴的民风和安恬的生活气氛，没有它们，就不会有日后塞万提斯笔下的人物的游历和冒险。

塞万提斯是从阿尔卡拉出发的,所以当他日后用如椽巨笔,为整个西班牙带来荣耀时,四百多年后的阿尔卡拉,成为塞万提斯的阿尔卡拉。当然,也可以说是堂吉诃德的阿尔卡拉。

阳光照耀的广场是塞万提斯广场,街巷的商铺中,随处可见塞万提斯和他笔下人物的不同材质的雕像。沿着小镇的石子路去塞万提斯故居博物馆的路上,最常见的是两种风景,一种是伫立在街道两侧的古老石柱,它们面貌苍苍,纹理模糊,像从中世纪走来的一队老兵,望着阿尔卡拉南来北往的人;还有一种石柱似的风景,不过它们不是伫立在大地上,而是屋顶上,那就是白鹳。

带我们游览阿尔卡拉的华人历史老师,指着一些建筑物顶端的硕大鸟巢说,那是白鹳做的窝。白鹳是迁徙的鸟类,身形巨大,细脚伶仃,喜食鱼虾。这正是它们夏日北归的繁殖期,鸟巢旁的白鹳,远远望去雕塑似的,凝然不动。白鹳通常是一夫一妻制,所以巢边沐浴着阳光的通常是一对。据说政府对这些白鹳也很头疼,因为它们的巢由泥草筑就,厚实沉重,对那些古建筑构成了威胁。而它们很喜欢选择在修道院的烟囱旁,在大学的天顶上,在教堂的穹顶上筑巢,好像它们知道,读书人和信奉上帝的人,不会加害于它们,它们可获得蓝天下永久的生活港湾。政府为了保护古建筑,也为了保护那些白鹳,不得不对它们的栖息之地进行修葺和加固。就在我不断仰望它们的时候，一只白鹳大概要出去觅食，离开它守卫的家园，凌空而起，越过小镇。那白身黑翅，使它看上去像传播福音书的神父。

终于到了塞万提斯故居纪念馆前，可是很不巧，它已闭门。据说它有时上午开，有时下午，时间不定，很有点像塞万提斯笔下人物的游侠风格。

在纪念馆前的青石板路上，有一条与众不同的长椅，长椅的一头是堂吉诃德的铜像，另一头则是桑丘的。很多游人坐在铜像之间，与这两位文学史上的伟大人物合影。很奇怪的是，当我坐在长椅靠向桑丘时，背后走过表情复杂的成年人，而当我切近手执长矛的堂吉诃德时，一位童话般的西班牙小公主经过了，这恰似两人精神世界的写照。他们在塞万提斯纪念馆前，栉风沐雨，不是因为铜雕而不朽，而是因为塞万提斯不朽的笔，他为自己的出生地创造了永久的守护神。

《堂吉诃德》出版之初，按照当时西班牙的风俗，出版书籍要献给某个权贵之人，以求庇护。塞万提斯未能免俗，将此书献给一位叫贝哈尔的公爵。当然，公爵对献词置若罔闻，塞万提斯并未因他而改善境况，直到终了。其实塞万提斯一直在自己的星座上，但真正地熠熠闪光，是身后之事。世界上许多大文豪，都给予《堂吉诃德》高度评价，如雨果、歌德、拜伦、海涅、屠格涅夫，等等。像中国的《红楼梦》衍生出"红学"一样，对于《堂吉诃德》的解读，即便是这些彪炳史册的大家，也是各有解读，心得不同。《堂吉诃德》是杆蜡烛，每个人身处的黑暗和对黑暗的承受力不同，所以领受它的光明也就强弱有别，但这也是《堂吉诃德》丰富性的一个映照吧。

　　行走在阿尔卡拉，我始终觉得这城市上空，有一顶看不见的王冠。王冠的底座就是教堂的尖顶，是老旧的烟囱，是白鹳的巢穴，而王冠的顶端，是流浪的白云。在白云深处，塞万提斯穿越时空，成为这顶王冠最璀璨的宝石。这样的王冠无须加冕，它就属于阿尔卡拉，属于塞万提斯，当然也属于四月二十三日——塞万提斯和莎士比亚共同的辞世日，如今是尽人皆知的世界读书日。

　　堂吉诃德从未被打败过，就像谁都不能战胜时间一样。

2017 年

听海的心

十一年前，在爱尔兰的都柏林海湾，我遇见一对特殊的看海人。

那该是一对母子吧？

一个胡子拉碴、衣衫不整的中年男人，扶着一个穿黑袍的老妪，从一辆破烂不堪的轿车下来，缓缓走向海滩。中年男人弯弓着腰，耷拉着脑袋，步态疲沓；老妪则努力昂着头，将身体拔得直直的，缓缓而行，一副庄严的姿态。

待他们走到近前，我发现老妪原来是盲人！

海上波涛翻卷，鸥鸟盘旋，老妪看不到这样的景象，可她伫立海边，与海水咫尺之遥，双手抱拳，像个虔诚的教徒，祈祷似的望着大海。扶着她的男人，不时在她耳边低语着什么，她也不时回应着什么。

从他们驾驶的汽车和衣着来看，他们是生活中穷苦的人。但大自然从来都不摈弃贫者，它会向所有爱它的人敞开怀抱。

在我眼里，一个人的身体里埋藏着好几盏灯，照亮我们与这个世界的联系。我们的眼睛、耳朵、鼻子、舌头和手，都是看不见的灯。眼睛是视觉之灯,耳朵是听觉之灯,鼻子是嗅觉之灯,舌头是味觉之灯,而手,是触觉之灯。当一盏灯熄灭的时候,另外的灯,将会变得异常明亮!站在海边的老妪,她的视觉之灯熄灭了,但依赖听觉,她依然能听到大海的呼吸;依赖嗅觉,她仍能闻到大海的气息;而她只要弯下腰来,掬一捧海滩的沙子,就能知道大海怎样淘洗了岁月,她的触觉之灯也依然是明媚的!

我相信那个老妪感受到的大海,在那个静谧的午后,比我们所有人都要强烈,因为她有一颗沧桑的听海的心!

看来世上没有什么事物,能够阻隔人与大自然最天然的亲近感。

我热爱大自然,因为自童年起,它就像摇篮一样,与我紧紧相拥。

在故乡的冬天,雪花靠着寒流,一开就是一冬!雪花落在树上,树就成了花树了;雪花落在林地上,红脑门的山雀就充当画师,在雪地留下妖娆的图画了;而雪花落在屋顶上,屋顶就戴上一顶白绒帽了!

在大雪纷飞的时令,我们喜欢偎在火炉旁,听老人们讲神话故事。故事中的人,是人,又是物;而故事中的物,是物,又是人!在故事中,一个僧人走在夕阳里,突然就化作彩云了;而一条明澈的溪水,是一颗幽怨的少女灵魂化成的。山川草木和人,生死转换,难解难分!听过这样的故事,我往往不敢睡觉,怕一觉醒来,自己成了一棵树,或是一条河。

虽然树能招来美丽的鸟儿，河流里有色彩绚丽的鱼，但我更爱家人，更爱我家中院子的狗！

当春风折断了雪花的翅膀，冰封了一冬的河流就开了！雪化了，这样的神话故事也就结束了。人们不必居于屋内，用故事打发长冬了。大家奔向森林，采集一切可食之物，野菜野果，木耳蘑菇，甚至花朵。一个在山里长大的孩子，在用脚翻阅大自然的日历时，认知了自然。我们知道采花时怎样避开马蜂的袭击，又不扫它的兴；知道去河岸采稠李子时，怎样用镰刀头敲击铁桶，会赶走贪吃的熊；知道在遭遇蛇时，怎样把它甩开；知道从山里归来时，万一身上被蜱虫附着，怎样用烧红的烟头把它们烫跑。

我们在掌握这些知识的同时，也从山林里带回一些疑问。蚂蚁为什么喜欢暴雨前聚堆儿？猫头鹰的眼睛在夜晚，为什么会发光？蜻蜓为什么紫白红黄都有？露珠为什么怕太阳？蓝铃花为什么喜欢开在路旁？因为听了太多的神话故事，我们的问题也有另类的：吊在杨树枝条下的红蜘蛛，是不是谁死后幻化成的一颗心？被啄木鸟吃掉的虫子，会转世成一棵草吗？灵芝是月亮栽下的吗？人参是英俊少年化成的吗？那些满口脏话的人间混蛋，都是吃腐肉的乌鸦变成的吧？而所有的好心人，前世都是白桦树吧，因为这种树，多么像蜡烛啊！

我们带着这些疑问去问大人，大人们答不出来的，就留待漫漫长冬时，他们讲故事时发挥了。他们会说，哦，你不是问灵芝是不是月亮栽的吗？告诉你吧，就是月亮干的！月亮种灵芝，本想给自己在人间镶块镜子，可是灵芝到了大地，见很多人为疾病所困，甘愿化成药材啦！我们渐渐知道，原来神话故事，是人编撰的呀。人的大脑多么的奇妙，它没有南瓜大，却比海天广阔！

长大以后，当我从书本中学到了有关自然的知识后，知道自己童年起建立的那个世界，是非科学的，但我一点也不沮丧。因为那个神话世界，朴素天然，温暖人心！所以我写作以后，在描绘大自然时，常有拟人的笔法。

大自然是我的另一颗心脏，当我的心在俗世感到疲惫时，它总会给我动力。

热爱大自然的人，一定会记得蕾切尔·卡森的名字，她的不朽之作《寂静的春天》，是这位伟大女性，满怀悲悯地敲给这个越来越物质化的世界的晚钟，她是环境保护的先驱者和实践者。她的《惊奇之心》，像一座魔法小屋，吸引你走进，不忍离去。蕾切尔·卡森曾说，假使她对仙女有影响力，她希望上帝赐给每个孩子以惊奇之心，而且终其一生都无法摧毁，能够永远有效对抗以后岁月中的倦怠和幻灭，摆脱一切虚伪的表象，不至于远离我们内心的源泉。

是啊，如果我们对大自然没有怀抱一颗"惊奇之心"，我们身体埋藏的"灯"，就不会闪亮，这世界就不会诞生那么多优秀的童话，我们在冬夜的炉火旁，也就没有听神话故事的美好时光了。其实对大自然的"惊奇之心"，不仅孩子应该有，成人也应该有，因为它能持久地生发心灵的彩虹，环绕我们黯淡的人生。

蕾切尔·卡森离开这个世界，整整半个世纪了，但她的作品带来的潮汐，一直回荡在我们耳畔，让我们能够静下心来，看一眼头顶的月亮，让我们能够满怀柔情，把一颗清晨的露珠当花朵来看待。看到她用朴素纯净的文字勾勒的那片缅因州的海，我蓦然想起了在都柏林海湾相遇的那位看海的盲人老妪，这两个不同时空、不同地域的观海者，给我留下了难以磨灭的印象。在我心中，她们同样的清癯、内敛，同样的骄傲和高贵！

蕾切尔·卡森是大自然的修士，把芬芳采集，播撒世人。所以她的音容失明于这个世界了，但她作品的光辉，从未落入黑暗之中。我们在捧读她著作的时候，依然能够感受到，她那颗勃勃跳动的听海的心！

2014 年

好时光悄悄溜走

……

第四辑

云烟过客

　　我向来认为人的受孕带着一种神性色彩。生理卫生课上所学到的精子与卵子那种微妙相遇总是让我心里怀疑。因为那东西像泪滴一样柔软，像水珠一般晶莹剔透，像丝绸似的月光一样明滑，它们怎么能孕育出有着骨头的孩子？除非骨头也像血肉一样柔软。可骨头却是硬的，也许是大地的尘埃铸造了人的骨头，因为我越来越觉得尘埃像金属的碎屑一样粗粝。

　　一个人未形成前大约就诞生了灵魂。这灵魂在天地间沉浮漫游，选择它所喜欢的女人作为自己萌芽的温床。

　　这帧黑白照片上的女人当年十八岁。她坐着一条古旧的船从黑龙江的上游顺流而下到呼玛参加一个广播学习班。她出发的那个地点叫漠河乡，现在有人称为北极村，是个山青水寂有半年多的时间被白雪覆盖的村落。她是漠河乡广播站的广播员。二十世纪五十年代的广播事业同现在的电视一样令人眼红。她有着纯正的女中音，声音圆润甜美。那时她正在谈恋爱，这从她脸上温柔的表情可以看得出来。她很爱美，那优雅而浪漫的发式别出心裁，是她的纤纤巧手所为的。她不像其他姑娘让刘海齐齐密密地遮住额头，而是落下刘海的三分之二，让额头的右侧显露出来，大概她深知被云彩半掩的月亮才最美吧。

这个十八岁的姑娘在那年的冬天乘着雪橇被一个男人娶走了。她就是我的妈妈李晓荣。我确信在她拍这张照片时我就认定她是我的母亲了。我跟着她逆流而上回到漠河乡，在码头的黄昏中看见了一个有着高大木刻楞房屋的村落，我确信这将成为我的诞生地。于是我的灵魂开始依附在她身上，可她对我这个淘气的小精灵颇为轻慢，并没有在婚后将我首先放入她馨香的爱床，她生下我姐姐三年后，这才把挥之不去的我接纳了，所以我在出生时难为和折磨了她一下，不是"顺生"，而是"逆生"，那时她的刘海一定被生我时所遭受的巨大疼痛而沁出的汗珠打湿了。

我的父亲叫迟泽风，一九三七年出生于山东省海阳县。兄弟三人，他是长兄，同那个时代大部分的山东移民一样，祖父祖母在他们年幼时带着他们出关，来到黑龙江的帽儿山乡。他们的目的一定不是淘金，而是为了糊口，能吃饱饭大约是穷苦人家的最大心愿。我祖母给大户人家洗衣服，祖父干一些其他零活维持生计。父亲童年时放过牛，砍过柴，没有挨过大地主的皮鞭，却经常遭受自己父亲皮鞭的抽打。这并不是由于他偷懒或做了坏事，而是因为曾当过一段掌柜而落魄后的祖父流落他乡心生郁闷时的一种排遣方式。二十世纪三十年代的东北是伪满洲国的时代,我奶奶就死在这个年代。据说是日本鬼子投下的一枚炮弹爆炸后吓破了她的胆,从此后她就战战兢兢,一病不起,撒手人寰。

祖母去世后,祖父无力独自拉扯三个儿子,于是把父亲送到了哈尔滨四叔家中。父亲在哈尔滨读了小学和中学,他的学习成绩一直很好,而且有着良好的音乐禀赋,他准备毕业后报考音乐学院。而父亲的四叔当时家境也不富裕,他在兆麟公园看大门,又多子多女,所以父亲在校时经常受到断炊的折磨和污辱。那时他寄宿在学校,由家长来缴每月微薄的伙食费,逢到月底,经常是父亲提着空饭盒来到买饭的窗口时,伙夫就用勺子敲着盆边说:"迟泽风,停伙了!"父亲向我描述这一幕情景时眼睛里泪光闪闪。

无钱继续求学,就在开发大兴安岭的那一年,父亲毅然决然地报了名,事先没有同任何人商量,以至于他来到哈尔滨火车站即将北上时,四爷爷方从父亲的同学那儿听到消息,他们赶到火车站,四奶奶送给他一双七毛钱买的球鞋,而四爷爷脱下了当时穿在身上的唯一体面一些的中山装,我不敢设想那种送别场景。父亲做事干净利落,富有主见,他拒绝送别,把一切感伤都留给了自己。父亲离开哈尔滨后就再也没有回来,他与亲人的告别竟成了永诀。

父亲到大兴安岭后参加了放映队。他经常坐着雪橇带着放映机和拷贝在茫茫雪原中穿行。他热恋上了酒,同时,在漠河乡热恋上了我的妈妈。他在与母亲恋爱时耍了个小小的滑头，他说他比母亲大两岁，而婚后又宣布大四岁，待到爷爷来到大兴安岭，才彻底揭穿了他年龄的谜底，他属牛，生于一九三七年正月二十四，比母亲大六岁。也就是说，十八岁的妙龄母亲嫁给他时，他已经二十四岁了。我常常拿这个话题取笑他。

有谁能拥有一张真正的初来人间的照片呢？幸运的孩子所有的照片顶多不过是在哺乳期间光着屁股爬行的姿态，更多的是在百天或周岁的纪念日上体体面面地穿着衣裤，戴着肚肚兜的形象。女人在临产时四肢一定因为疼痛而不停地抽搐扭曲，我常常觉得那会组成受难的十字架形象。当一个成熟的婴儿的头颅冲出子宫，微微地向人间报告他（她）欲来的消息时，分娩的女人的双腿一定像两片湿润的绿叶一样鲜润可爱。双腿间欲出的婴儿的头颅，组成了这世上最圣洁的花朵图案，如果有谁能拍下这样的情景，一定能成为摄影界的杰作。

我出生前有一个小小的序曲，那就是母亲曾梦见过一颗星星扑到她怀里。民间有"梦星得贵子"的说法，而且我上面是个姐姐，父母料定我是个男孩。于是父亲事先杀了家里的一头不足百斤的黑猪，请朋友们来吃肉喝酒，提前庆贺我的到来。一九六四年正月十五的黄昏，我母亲有了生产的迹象，这是汉武帝的生日，俗称"元宵节"，也有人称为"灯节"，家家户户都要将莹白的冰灯点起来，当大红的灯笼高高挂起的时候，我嗓门很大地哭着来到一面土炕上，来到一个人烟稀少的冰雪世界。我猜想父母在辨明我的性别后一定大失所望，那口黑猪也是因我而白白提前送了命。

父亲给我取的大名叫迟子建，因为他喜欢读曹植的《洛神赋》，乳名迎灯。因为我降生的那一时刻一片昏暗，灯节的光焰还未闪耀出来。这个乳名一直令我喜欢。

我母亲说我幼时极其难看，一点也不招人喜欢，爱哭而不爱洁，她给我发明了一种肚肚兜，称它为"转兜"。也就是把一块圆形的布锁了边，中间挖一个洞，容得我将头钻进去。奶汁、唾液或鼻涕弄污了胸前的那一片时，就把它转到一侧，让干净的再回到我胸前，这样她能少洗几次肚肚兜。我怀疑盛夏时节我戴着"转兜"一定有成群的苍蝇跟着我飞翔。

我幼时同父母一起去过十八站、三合站，在三合站的日子我一点记忆也没有。最后我们定居在永安，也称大固其固，未满六岁时我又被母亲给送回漠河乡，同姥爷姥姥生活在一起。

二十多年前大兴安岭的火车只修到塔河。所以，若是想回漠河，夏天可以坐船，冬天只能乘长途汽车。船在我的心灵中向来是一件美好的事物。因为坐船悠闲而风光。婚后离开家乡的母亲几乎两三年就要回一趟老家，她通常是带着姐姐和弟弟去，我和父亲则留在家中。大约是六岁的夏季，母亲又决定回漠河了，这次她把我也带上了，我们乘坐长途汽车奔三合站去赶每周两次的客轮。我用胳膊挎着一只篮子，里面放着一只花母鸡，筐口用纱布缝上，只留一个小口给它送些粮食。母亲算计好了开船的日子，她想等长途车一到就带着我们姊妹三人直奔船站，这样可以省去在三合站中转时的食宿费。然而偏偏不巧的是长途车中途坏了，修车耽搁了不少时间，等它驶向船站时，船已经起航，慢悠悠地离开岸边。我们眼睁睁地看着它朝我们的目的地而去，而要去的我们却被抛在岸边。母亲为此哭肿了眼睛，带着我们住进一家便宜的客栈。我还记得那是上下两层的木板通铺，向上竖着一个梯子。母亲给我们的菜是一罐豆腐乳，我经常爬到上铺用手指头偷着抠它来吃。母亲说我贪吃的毛病从她喂我奶时就发现了，我总是把肚子吃得跟满月一样圆，然后承受不住地吐奶。

三合站是我有记忆的开始，我记得终于盼来的那艘船是白色的，当时刚下过一场雨，上船的木质踏板有些湿滑，我挎着一只鸡，它在那一瞬间在里面不安分起来，结果我战战兢兢地未走上船时，它就冲破纱布飞落江中。它那扑棱棱的样子使许多人惊叫起来，它溺死江中，被波涛卷走，可以想见母亲的心境有多灰暗了。不谙世事的我上了船后兴高采烈地跑来跑去，一会儿上甲板去看山，一会儿又转到餐厅去看厨子做什么饭。当我拉屎时看到便池下面竟然是江水时，便确信鱼是由屎来喂养的。

外祖母家有一座很大的木刻楞房子。房子才盖不久，所以房梁上还拴着避邪的红布。外祖母个子很矮，说话很快，干起活来干净利落。她生了四女两男，我母亲是家中老大，所以我与小舅之间年龄差距不大。母亲这次归乡把我留在了这里，我还记得临出发的那天在院子里支起了饭桌，我正拿着一把筷子走过来时，母亲突然说她不带我回去了。于是我就把筷子狠狠地撇在饭桌上，哭闹着反抗，有一种被人遗弃的屈辱感。母亲领着姐姐和弟弟，背着用麦子新磨出的面粉去船站时，我抱有一线希望地也跟去了。结果我没能上那条回家的船。从船站回来的路上我赌气地不走小路，专朝无路的柳毛丛里钻，结果踩了马蜂窝，被蜇得鼻青脸肿的。

外祖母是对我的一生有着很大影响的人，三言两语是很难把她说尽的。我在一九九一年的夏至曾与几位同事去外祖母家看白夜，当时她还面色红润地站在她亲手种的菠菜地里，慈祥地望着我笑。只是她那时不住在木刻楞房子里，而是住进了红砖房，这使我有些失落。我童年生活的那座大房子在外祖父去世后已经卖给别人了。我曾在那院子和傻子狗亲昵，在菜园中捉蝴蝶和蚂蚱，在阳光下摔过泥玩，这一段生活已经记叙在《北极村童话》中了。

年轻时的姥爷气宇轩昂，一双铁锚似的大手，宽阔的额头，说话带着一种威严。他一九一四年出生在山东，逃荒来到东北的时候这里杳无人烟。他给地主扛过活，在著名的老沟金矿（又称"胭脂沟"）淘过金，捕鱼打猎，开荒造屋，他这一辈子是靠着他不同寻常的力气吃饭的。他晚年时背驼得分外厉害，大约是一个人的所有力气被抽空了的缘故，虽然他不想弯下腰来，可他再也无法挺直腰杆了。外祖父曾是漠河乡的乡长,新中国成立后领着社员闹土改分田地时把自己家的牛往合作社里牵,气得我姥姥要用拴牛的绳子上吊。闹饥荒的那几年,他把粮食尽可能分给别人,自己饿得蹲在自家的大葱地里吃大葱,结果吃得全身浮肿。爱公社甚于爱家是他的一贯品质。我在北极村的时候他已退休,每天晚饭后去公社打更,第二天早晨回来。他每次回来我姥姥已把他的下酒菜准备好。他坐在朝东窗前的圆桌上,喝着纯粮酿造的白酒,有滋有味地咂摸着。躺在被窝中的我要是提前醒了,就会闻到飘逸的酒香气和他心满意足发出的"唉"的声音。仿佛酒在问他:我味道纯正吗? 他"唉"一声。又问:喝了我之后筋骨舒坦吗? 他又"唉"一声。他"唉"的时候我就十分想笑。外祖母通常给他煎几条小鱼来佐酒,鱼就产于房子不远处的黑龙江,被煎的鱼通常是细鳞和花翅子。姥爷喜欢听广播,关心国家大事,他管半导体叫"戏匣子"。他喜欢听京戏,电影《白蛇传》看了三遍还不过瘾。《白蛇传》被他的山东口音说成"白啥传",我要是不高兴了就学他念一句"白啥传"来气他。我在那时挨过姥爷的一顿揍,这又缘自我贪吃的毛病。那时大舅在呼玛农机厂工作,有一年夏天回来带回了罕见的西瓜。油光闪亮的绿皮上有着曲曲弯弯黑墨条一样的均匀曲线,它里面鲜红的肉甘甜得无法形容。我又一次吃圆了肚子,不料夜间尿了炕,一个快七岁的孩子尿炕的确惹人生气。我姥爷把我从湿漉漉的被窝里揪出来,然后将我反转身子趴在炕上,我的屁股朝着弥漫着晨光的天棚,他噼里啪啦地用巴掌打我的屁股，后来被赶过来的姥姥给制止。我哭得几乎气噎，憎恨外祖父，憎恨西瓜，只是不知憎恨自己的胃。这件事使得我在很长一段时间里与他不能亲近，因为他的手劲很大，把我打得有好几天走路不敢自如挪步。

　　外祖父晚年时常说胡话。说阴间在闹土地改革，说那里抓了许多贪官污吏，要把他们投到热油锅里，还说某某国与某某国之间要开战了，当然也唠叨一个已死去多年的小脚女人要给他做饭。我想他也许患上了"老年痴呆症"。我姥姥仍然尽心尽意地伺候他，每天早早起炕为他做饭，他酒足饭饱睡下后，姥姥又要忙一天的活计。小舅给我寄了一张外祖父临终前不久的照片，我分外珍贵，因为那还是我童年生活的场景。我在姥爷背后的那铺大炕上同外祖母度过了我的童年。那本色的木质地板走上去常常嘎吱嘎吱地响。那扇天蓝色的东窗是我常常光顾的地方，我从那看外面的太阳、巧云、玉米地和偶然的过路人。墙上的杨柳青年画与我童年时所见过的一模一样，少不了巨大的寿桃、牡丹、凤凰等美好的象征，可爱的童男童女戴着鲜红的肚兜，不似我那样戴"转兜"。

　　外祖父带着他花白的胡子去另一个世界了。他永远不会再撕挂在窗前的日历牌了。只是不知深夜时他是否会回到老屋子，喝一杯红桌子上的茶。

　　当年母亲把我留在北极村还有一个阴谋。我二姨不生养，她想把我过继给她。二姨常常回姥姥家，她牙齿出奇地好，又白又密,嚼起蚕豆来咯嘣咯嘣地响。她能说爱笑,性格开朗,我姥姥唤她"秀儿"。她每次回来都要给姥姥带些吃的东西。二姨夫是驻漠河乡边防大队的队长,在当时是个显赫职业,而且是当地的头面人物,提起"王同江"这个名字几乎无人不晓。他常常领着人巡逻,夏天坐汽艇,冬天乘马爬犁。他经常带些山货来给我们吃。那时的中苏关系还比较紧张,高高的瞭望塔上二十四小时都有人用高倍望远镜随时监视对方的一举一动。他常常吓唬我说对面的大山被掏空了,里面装满了坦克、机枪和大炮,这使我从小就觉得苏联是个很混账的国家,我们好好地过日子,他们备战干什么?冬天的鱼汛到来的时候,二姨夫常常把捕到的大鱼送来,就放在灶房的地上,我就忙不迭地跑去看,看它的鳞片亮不亮,圆嘴还是扁嘴,肚皮和尾巴红不红。姥姥剖鱼的时候,我就蹲在旁边看,若是鱼肚子里涌出来金黄的子我就很高兴,要是没有的话我就嘟囔道:"一条臭公鱼。"我把雌鱼叫为"母鱼"。外祖母有时给我蒸鱼子吃,怕我吃多了不识数(我不明白鱼子和识数有什么关系),就让我少吃几口。既然已经不识数了,索性让数在我的脑子里混乱到底吧,所以仍然不听劝告地吃。我幼时有一个绰号叫"老猫",因为我在托儿所里为了争苹果把一个跟我同龄的小姑娘挠得脸上出了血痕,阿姨把我装进一口大缸内,放在暴日头下晒我,以示惩罚。结果妈妈来接我的时候我已经在巨大的缸里哭哑了嗓子。而因为挠人,从此没人再叫我迎灯,都唤我"老猫",谁一叫我"老猫"我就撇嘴，心中十分不快。这绰号一直跟到北极村，所以来了鱼汛时姥姥不让我到江上去，怕自家的冰窟窿里的鱼见了我逃之夭夭。因为猫吃鱼。他们把我和鱼联系到一起，不是把我当成真正的猫看待了，就是把鱼当成人看待了。二姨夫不信这个邪，有一次把我带到江上去捕鱼，竟然大有收获，可见我还是比较能吸引鱼的。猫见了鱼并不总有好胃口。

二姨想让我成为她女儿的愿望在一个深夜彻底破灭了。我平素都是和姥姥睡在一起，那天二姨拿着糖来哄我，让我去她家住，说是有缎子被睡。我大约是被缎子被打动了才同意去二姨家的。那晚上我睡在二姨和二姨夫的旁边，盖着滑溜溜的缎子被，开始时心里美滋滋的，可睡到半夜醒来不见了姥姥，就有一种受骗的感觉。我光着脚丫下了地，猫着腰去摸我的小鞋，想穿上它来逃跑，可摸到手的总是大鞋，我不由得哇哇哭起来。二姨拉亮了灯，千般万般地哄，我仍然不同意过完这一夜。无奈他们只能穿衣起来，二姨夫将我背在背上，二姨在后面打着手电照着路，把我送回姥姥家。姥姥在开门的一瞬二姨哭出声来，她说的那句话我至今记得："到底不是亲生的呀。"

也许正因如此，两年之后我又被送回父母身边。

北极村一个阳光灿烂的正午，我背着书包刚进家门，坐在厅堂里洗衣服的姥姥擦干她的那双湿手站起来对我说："吃过饭后送你回家。"

我一点也没有表现出高兴。因为我已经习惯了这里。夏天时能和姥姥去江边刷鞋子,冬天时能天天吃鱼。而且二姨又能常来看我。偌大的菜园只有我一个孩子,所有的蜜蜂、蜻蜓和蝴蝶都是我的朋友。障子边的香瓜结了果,我还盼着秋天吃它的甜肉呢。就这么简单,我换上了过年时穿的绿格子上衣,回到父母身边。

我们坐着一个熟人的长途汽车走了几天到家我已经忘记了。总之,汽车是在森林中穿行,到处是遮天蔽日的绿树,我们常常能碰见兔子和野鸡。

母亲见了我亲昵地说:"猫,过来,让妈妈稀罕稀罕。"

大概我仍然没有忘记她狠心地把我丢在姥姥家的那一幕情景,所以绕开她走掉。母亲伤心地说:"认生了。"

我惦记着学习。邻居有一个女孩刚好与我同年级,我便问她,你们的语文课学到哪一篇了?她反问我学哪一篇了,我说《纪念白求恩》,她说他们还没学到这一课呢,这使我放了心,不再担心跟不上这里的课。

我的小学班主任叫侯玉凤,她个子不高,终日梳着两条粗黑的短辫,圆脸,脸颊和鼻翼生满了雀斑,眼睛不大,目光却很犀利。她很厉害,我们当时都有些怕她。她在讲台上讲课,你若在下面溜号了,她会扔一截粉笔头过来,准确无误地弹中你的脑袋,她这本领是如何练出来的不得而知。若是有同学摆弄小动作的毛病总不见改,她干脆就用绳子把这个人的双手倒缚在椅子上,课间操也不让他出去。她很注意班级的荣誉，若是流动红旗被别的班级争去了，她就教育我们该如何把荣誉争取回来。教室的桌椅要一尘不染，地上没有一团废纸，玻璃窗铮明瓦亮，她这才心满意足。她有一根半米长的木质教鞭，哪个学生学习成绩拖了全班的后腿，她就当众鞭打这个同学的手，直打得这人哇哇直哭，一再表示要把学习成绩赶上去。最恐怖的是要蹲级的学生，她会把几个椅子摞到一起，让这个同学站在最高处，只要这个人稍稍摇晃，咬合不严的椅子就会落下来，摔下那个同学。这常常使我联想起杂技演员空中技巧的表演。她还注意学生个人的身体卫生，那就是看手干净不干净，皴不皴。若是不干净了，她就把你撵出教室，让你到教室外面的小河里去洗手，若是手皴了她就会掷过来半块砖头，说：“蹭掉你的皴！”虽然我爸爸当着校长，但她一点也不姑息我，有一次也把我挡在门外，让我到小河边洗手，结果我洗掉了一节课，故意在河边玩掉了她的那堂课。尽管如此，家长们都希望把自己的孩子送到她的班级，都说：“严师出高徒。”所以当她因为要结婚而去萝北的时候，我们全班同学都哭了。听说她嫁给了一个拖拉机手。她走的前一天我在供销社碰见她，她给我买了一双小水靴，下雨天穿上它时就格外想念她。如果她现在仍在萝北，想必已是退休在家了。她还会记得她的一个叫迟子建的学生吗？

没有人见过龙。可龙却在我们的生活中无处不在。炕琴的木纹上要描上龙的图案,姑娘们在待嫁时喜欢在枕头上绣上龙和凤,就连窗帘的图案也有龙的影子。龙是吉祥的象征,就因为它可以横空兴雨?它果真不可一世地金光闪闪吗?

我生肖属龙,问父母龙是个什么样子,他们就说跟蛇一样,蛇是小龙。我实在难对那蠕动的蛇有一丝丝好感,所以对龙的想象也就无兴趣进行下去。在我看来属龙很有点无中生有的意味。我想龙是个脆弱的东西,猪、牛、马、羊、狗在这大地上跑来跑去,跟人一样经久不衰,龙怎么就能说没就没了呢?难道它醉倒在天堂的花雨中永远难再醒来吗?

我家在永安住的那幢房子是长条形的,如果大雁在空中俯瞰它没准会误以为是龙的化石。一幢房子住有四户人家,却有三家各有一个同生于一九六四年的属龙的女孩子。西面的女孩姓曹,东面的姓陆,我家住在中间。西面的女孩叫小丫,她幼时得了一场痢疾,结果进城看病时被护士打错了针,一命呜呼。所以我母亲对给我们打针格外敏感,感冒能吃药好了的,绝不领到卫生所去打针。然而小丫死后没有几年,东头的小平也突然得暴病死了。我与小平同班,她的头发特别亮,很令我羡慕。记得腊月时她家宰猪,又灌血肠又熬酸菜粉的,弄得她家的火炕烫得无法睡人,她就来我家和我睡在后屋里。她来时还用纸裹着一块烀好的瘦肉给我吃。那一夜我们睡得很好。可第二天早晨她却说她头疼,不能去上学了,于是我帮她请了假,心想她家杀猪累着她了。然而我放学回来后她的头疼得愈加嚣张,她妈以为是她死去的父亲回家来磨人了,于是请一个人来驱邪。我记得把一碗清水放在柜子上,然后驱邪的人把一根筷子往水中央放,她边放边念叨死去的人的名字,说:"要是你回家了,你就站住,我有话跟你说。"那筷子果然就直挺挺地立住了。驱邪的人就说:"你别回家闹人了,缺钱了可以捎给你,孩子头疼得厉害,你就可怜可怜孤儿寡母吧。"

我以为鬼真的发了善心了,然而小平依然头疼。后来在我父亲的建议下这才搭着马车进城去看病,原来患的是结核性脑膜炎,未出一周就死了。她死前我和同学徒步进城去看她,她神志不清,连说胡话。

小丫和小平这两个与我同龄的女孩的猝死,使母亲大为慌张。她说这幢房子养不住属龙的女孩,于是嚷着搬家。可又能搬到哪里去呢?所以仍然是住在老房子里。这使我在很长一段时间里忐忑不安,一到夜晚就头皮发麻,觉得鬼魂四处游荡。这种感觉随着年龄的增长而逐渐消失,我不再对自己的生命有怀疑和恐惧了。

我姐姐自幼就是一个干净而漂亮的女孩,这使父母都很喜欢她。逢到别人结婚去坐席的时候就带上她。因为她从不给父母丢脸,不像我,十一二岁时鼻涕还不利索。她比我大三岁,属牛,是上午生的。母亲说上午生的属牛的孩子都很能干活,因为那正是牛耕地的时辰。姐姐果然非常能干,做饭,拾掇屋子,喂猪喂鸡,夏天采野果,秋季拾蘑菇,冬季拉烧柴,劈柴挑水,而且能钩会织善绣,的确是把我比得矮去好几分的人才。姐姐大名叫迟超越,乳名"小花",后来有一次母亲做梦,梦见一朵花没了,醒来后觉得甚为不吉,就给她更名为"小燕"。我爸爸爱管她叫"燕子"。但我小时候跟她关系并不融洽,老是跟她打架。我很懒,不喜欢刷碗,又馋,有时候没吃饱饭一看饭桌旁的人越来越少,我就赶紧溜出大门。因为吃到最后的人要刷碗。当然,我只是上小学时这么不懂事,初中以后跟她一样能操持家务了。

姐姐每天都要擦地板,她擦干净了地板后就不让我进屋。有时进屋取东西她就跷着脚跪着进屋。我对不能在地板上自由地行走深恶痛绝,地板难道不就是让人走的吗?为了气她,我常常在她刚辛辛苦苦擦完地板时就穿着一双泥鞋进屋,踩出许多脚印,让她的劳动付诸东流。那时她就气得呜呜直哭。邻居的婶子一听见姐姐哭,就隔着障子数落我:"老猫,你又不干活,怎么老气你姐?"

我也不明白那时为什么老和她过不去。她很小时就去井台挑水,因为力气弱,就半桶半桶地往回挑。至今她寻找自己个子矮的原因时,还把账算在她过早地挑水的身上,说是压弯了她的腰,从此长不高。她高中一毕业就下乡了,去河南农场劳动,不出一年就谈上了恋爱,那年种土豆时领回来个高个子穿喇叭裤的男朋友。她小时候有个怪癖,不吃饺子,大年三十的晚上大家团团圆圆吃饺子,她非要烙饼吃。她这个毛病到河南农场一年后就得到了改正。回家后什么都想吃,也不像以前那样怕肥肉了,因为她在那里几乎天天吃盐水煮黄豆，这大约也限制了她的发育。她个子矮矮的却要扛原木、割麦子，所以后来姐夫帮她割麦时她就感动了。后来她在那里当炊事员，那是个比较俏的活。据说姐夫有一次吃不下盐水煮黄豆时，就把她煮的黄豆摆了一桌子。她很生气他这么糟蹋豆子，过去一看，原来摆着三个字，是她的名字。我想他们那时就注定难再分开了。

姐姐性格直率，爱说爱笑，对我和弟弟极其关心。她在单位人缘很好，而且是在该结婚的年龄就结婚了，身心健康。所以父亲去世后，母亲一直跟着她我非常放心。她虽然三十多岁了，但因为生活幸福，比我还显年轻，每逢我春节回家时，她还跟小时候一样拿出一件件新衣裳，让我帮她参谋她年三十穿哪件最漂亮。我羡慕她的一切，好头发，红润的脸色，秀气的手脚，健康的身体。如果她再高一些会更漂亮，但也许姐夫爱的正是她的娇小玲珑。

我小时候与姐姐打架时，弟弟通常是与我姐姐站在一起。他们给我起了个绰号"苏联老毛子"，我则回敬姐姐一个绰号"猫月子"（因为她的名字中有个"越"字），而乳名唤为爱林的弟弟则被我称为"树林子"。

他们一骂我"苏联老毛子"时，我就声嘶力竭地喊："猫月子，烧死树林子！"一副穷凶极恶的样子。

"猫月子"是东北生孩子的俗称，姐姐听到这个绰号所受的污辱可想而知了。她咧着嘴，哭得天昏地暗，大概不明白为什么她好端端的一个女孩要去生孩子，生孩子在她的心目中也许是件丑陋的事。我弟弟这时就奋勇出击,帮着姐姐骂我,直到我这个"苏联老毛子"因为寡不敌众而败下阵来。

父亲给弟弟起名为"迟钝",大约是想反其道而行之,让他的独子大智若愚吧。他幼时贪玩而淘气,经常砸别人家的玻璃,有一次用洗脸盆扣住邻居家的鸡雏玩,结果把鸡给活活闷死,我父亲打破了他的脑袋,缝了好几针,但他并未因此而记恨父亲。父亲吆喝他去打酒,他就骑上破自行车上了公路,去西头的供销社为他打酒。父亲盛酒的瓶子是酒精瓶,一次打一斤,两三天的时间瓶子里就空空如也。于是给他一把零钱,他又不厌其烦地去买酒。有一年冬天,他买完酒骑车回家,雪路把他滑倒,连人带自行车被摔出好远,他没忘记护住父亲的宝贝,酒瓶子安然无恙,而他却被磕得鼻青脸肿的,丢了半颗门牙,一说话就呲呲漏风。

弟弟做事很细致。码柈子要弄得规规矩矩的,如果出现缝隙,必定要用细木柈一条条塞进去,仿佛柴火不是被烧的,而是要放进博物馆来展览。他最喜欢过年放鞭炮,买回炮后就放到火炕上烤,说这样炮仗会更响。一到过年采买的时候他就表现得格外积极,让他买酱油就去买酱油,让他买碗就去买碗,剩下的零钱他攒到一起,然后琢磨着多添置些炮仗。他通常是把烤好的炮整整齐齐地摞在一口小蓝木箱里,每天晚上睡觉前都要打开看几眼。然后他就跑出去跟同学吹牛,说他买了几千响的炮,买了几十种的花,能放一个正月。除夕夜,他用一根长木棍挑着几千响的炮,噼噼啪啪地放得格外热烈,火花四溅,响声密集,我捂着耳朵站在门口看,母亲则赶紧将饺子下到沸水里。饺子上了桌,七碟八碗一摆好,父亲和母亲先坐上炕,弟弟依照老规矩跪下来给他们磕头拜年,以此又能混得一些压岁钱。可往往年一过我母亲就巧妙地从他手里往回借钱,他就不愿意借,然而他是算计不过大人的。他的头往往也是白白磕了。

弟弟还有个嗜好,那就是拼命吃除夕夜的饺子,因为有几个饺子里包着钱,据说吃出钱来一年有福气。当然,他并不总是如愿以偿,有时能吃着,有时看着别人把钱全部吃出来,他只能白白瞅着。虽然他现在已娶妻生子,但是仍然喜欢放炮,仍然喜欢吃除夕饺子里的钱。

祖父自己有两间草房,就在生产队的前一趟房。他是个极有性格的倔老头子。他三十多岁鳏居后,一直没有再续弦,不知这几十年他是如何熬过来的。

祖父离我家很近,走三分钟就可以到。他的草房前后各有两片大大的菜园,春季时菠菜一畦畦地整齐排列着,又绿又水灵。夏季时嫩绿的黄瓜一条条吊在开满黄花的秧子上,令许多孩子扒着障子看着眼馋。他怕小孩子来偷菜,就把菜园的门用铁丝拴上,还加了把锁。其实真想偷他的菜也不用从门进,一人多高的障子似我这般大的孩子能很轻易就跃过去。

祖父除了逢年过节时偶尔来我家吃顿饭，平素几乎不踏我家的门槛，他宁肯到其他人家去串门。我从北极村回到父母身边后，知道有这么一个从天而降的爷爷，在路上碰见他时就怯怯地和他打招呼。他对我爱理不睬的，仿佛我不是他的孙女。我不明白他为什么与父亲有隔阂，据说有一次他扛着斧子要来砍死父亲，他站在大门外喊："老大，你给我出来！"结果邻居见状把他拉开了。我想他未必是真想杀死父亲，否则大张旗鼓地干什么，暴露了他的凶机，现在看来不过是吓唬吓唬他而已。

他儿子当着校长，他并不因此而骄傲，相反倒是对父亲的职业表现出某种鄙视，说他还不如个木匠。一到端午节或八月十五的时候，母亲就打发我们姐弟三人中的一个去请爷爷过来团聚，可打发谁都不愿意去，因为他实在是太难请了。有两回我被迫去请他，他一边哼哈答应着说"知道了"，一边让我回去。我拿不到准信不敢回家，外交任务等于没完成，所以就横下心等他，他就左一口右一口地频频吐痰，仿佛是在啐我，但我仍然誓不罢休地等。直到他无可奈何地磨磨蹭蹭地锁上门，背着手跟我去儿子家。母亲早就等急了，她见了祖父连忙迎出屋来叫"爹"，让他坐在饭桌上宾的位置。他拿起筷子，对每道菜都皱眉头，仿佛都不对他的胃口。父亲涎着笑脸给他斟酒，他也没有一丝笑模样，嘴角向下撇着，一副冰火不同炉的拒绝姿态。所以我从小很怕过节，家里的气氛有些紧张。但祖父终归还是给一家人留了面子。他象征性地吃喝一点后，就背着手大踏步地离开我家，走时仍旧哼哈地吐着痰。他一走我们全家就松了一口气，美味佳肴的风味才真正被舌头给品出来。

父亲曾说不让他单独开伙，走几步路到我家一起吃就行了。他就说："我不吃那个现眼子食！"好像别人在他吃饭时老是用眼睛剜他似的。

我们家房子很小，一大一小两个屋子，已经上小学的弟弟只好与父母同睡在一铺炕上。祖父是不是由于他没有住进我家而心生不满呢？还是由于他的长子没有大出息，头脑一发热离开哈尔滨，来到这个被祖父称为"兔子都不在这拉屎"的大兴安岭，而使这个该享清福的他没能像他的弟弟一样在哈尔滨安度晚年呢？他常骂我父亲是"犟眼子"，大概有这方面的因素吧。

祖父那时每隔几年就要张罗回关里，父亲就要为他筹措盘缠。他每次从关里回来都显得精神抖擞的，到哈尔滨看他的四弟，然后从哈尔滨到山东的海阳看他的三弟和二弟。他回来后会说他在哈尔滨看了什么戏，又说他四弟家的儿媳妇如何能干，一个人擀的饺子皮能供上三个人来包。我就想那三个包饺子的人肯定都笨手笨脚，不然怎么能供得上呢？他又吹嘘海阳的水如何好吃，花生和地瓜如何的香，总之，言下之意父亲得以安身立命的大兴安岭在他看来是最浑蛋的地方。难怪他整天要撇着嘴角呢。

祖父喜欢种旱烟，他自己也整天提着个烟袋锅，吧嗒吧嗒地抽个不休。他还喜欢收集铁钉、生锈的合页、废铁丝、罐头瓶等东西。他晚年时脾气温顺了很多，这使我有机会出入他的草房，翻腾那些对我充满了诱惑力的破烂。我还记得他那张穿着长衫的坐在中间的照片，他的周围有许多人，他说那些都是他的伙计，显而易见他是掌柜的了。他常说那时炸油条的伙计个个能吃，一顿能吃两针的油条。我不明白油条怎么能用针来计量，他就说用一根织毛衣的针把油条一根根穿起来，穿满了就称为一针的油条。那一针恐怕要有二三十根了。

　　祖父很喜欢雀儿，他编了许多鸟笼子，冬天时像孩子似的扛着鸟笼子进山去捕鸟。别人都说这老爷子不务正业，可那时也没什么正业可务呀。他若是捕多了雀儿，笼子里盛不下，又没那么多粮食能养得起，他就抓出雀儿拧住它的脑袋，把它们摔死了，用火炭烤了给我们吃。那是我所吃过的最香的烧烤了。他爱鸟爱到什么程度了呢？有一年从关里回来，他一路奔波而归，竟然带回两个鸟笼子，一对金黄色的娇凤，一对蓝点颏。后来这鸟大约因为水土不服，没过几年就死了。他又去山中捕鸟，有一次捕回一个长尾巴脑门有红点、身上有几丝蓝颜色的雀儿，它叫起来很难听，喜欢吃瓜子，我们不知道这鸟的名字。祖父待它格外精心。

　　祖父得了脑血栓后行走不便，弟弟便和他住在一起，每天很早就去为他烧炕，弟弟的孝顺使他最终改变了对我们一家人的态度。然而他的病第二次发作时就再也没有抢救过来。

他死后不久,那只他捕来的不知名的鸟也死了,我确信是祖父把它带走了。

作为校长的父亲很重视运动,他自己也是个体育迷,喜欢打乒乓球、羽毛球,他打篮球上篮的动作可不怎么样。他还能做体育裁判,口中含着个哨,他就在篮球场上跑来跑去,做出一些我当时闹不明白的裁判手势。

父亲什么事都想试试。他不会开车,有一次一辆救护车停在路上,他酒气熏天地从家里出来,别人就激他,说你会开车吗? 他说那有什么难。结果晃晃悠悠地进了驾驶室,居然真把救护车开动了,不过他把车开到了壕沟里,半面车壁撞在榉子垛上,两只轮子空转着,下面污水纵横。他居然没有一点创伤,这也算是奇迹了。

每年一到校运动会的前夕,筹备工作就开始了。先是仓库里的腰鼓和大鼓、锣、彩旗等被一一拿出,成立腰鼓队和彩旗队,作为仪仗队的核心。我参加腰鼓队的训练不到三天就被老师无情地给刷下来。因为我老是打不对鼓点。而且又要打着腰鼓做出各种类似屈腿和偏头的姿势,真是难死我,笨手笨脚的我只能在入场式时给同学看椅子。

每逢父亲正襟危坐在运动会开幕式的主席台上,我就觉得格外滑稽。想起他在家中的种种"劣迹",诸如不爱洗脚,诸如喝多了酒漫天胡吹,便觉得他当校长是个过错。只有年长之后我才明白,父亲是最优秀的教育工作者,他一生致力于办学,对官场拉帮结伙的作风格外反感,他极其推崇孙中山的那一套主张。对着麦克风的父亲通常是穿着灰色中山装，他戏称为"上朝服"。每逢出头露面的场合他就不得不穿上它。他曾唱过男中音，声音浑厚，因而他的发言总能引起人们的注意。

每年一次的运动会时生产队都给社员放假，让家长们也去参加运动会，做旁观者，给孩子们鼓掌加油。谁若打破了学校某个运动项目的纪录，这个学生的家长就无比高兴。因为破纪录可以得到一条枕巾和几块香皂的奖励，在二十世纪七十年代那可是奢侈品了。

我不擅长运动，但作为班干部，每届运动会要迫不得已参加一些项目。我记得最好的成绩是取得过初中年级组女子跳高的第二名。初中一年级的时候，有次运动会上班主任动员我参加二千米的长跑。因为长跑得分多，会使班级的总分上升。那天我刚好来月经，我说我跑不下来，班主任就说，你跑跑试试，跑不动中途下来也可以。班主任是男老师，我无法跟他解释，只能咬牙上阵。结果跑到一千米的时候我就有虚脱的感觉，但一想已经跑了一半了，岂能前功尽弃？于是咬紧牙关继续跑。二千米的赛事安排在公路上进行，班主任骑着自行车慢慢跟在我身后，反复为我加油，让我坚持下去，我那感觉就仿佛有一条毒蛇在寸寸逼近我，我必须向前跑。结果我终于气喘吁吁跑完二千米时，眼前一阵发黑，同学忙上前来扶住我，我有一种失明的感觉。待我恢复正常时，在终点线上看见父亲充满怜爱地看着我，我冲他笑了笑，他就放心地转身走开了。

　　我十四五岁时已经成为家中的主要劳动力了。尤其是姐姐去了农场之后，家里的活有一半落在了我肩上。洗衣、做饭、挑水、喂猪喂鸡，又要上学，整天忙得不亦乐乎。这时期我像姐姐一样把地板擦得油光可鉴，而且也不让弟弟胡乱进屋去闹，这才明白姐姐当时为什么如此仇视糟蹋她劳动成果的我。这也许就叫所谓的开始懂事了吧。我学会了蒸馒头、花卷、两合面的馒头，学会了贴玉米饼子，使一口黑锅的四周有了一圈金黄色的东西闪闪发光。我烙糖饼和葱花油饼，对着发好的面团一嗅它的酸气的浓淡程度，就能准确无误地投上恰当的碱面。夏天做饭时最风光，院子里会另起一个炉灶，这边油下了锅，那边我就进了菜园掐一把葱叶回来爆锅，总是十拿九稳。那时少见荤腥，无非是萝卜、土豆、豆角、芹菜。不过这些菜从未施过化肥，完全是由黑土养育出来的，所以格外清爽好吃。按如今的说法那可叫"绿色食品"。那时常喝一种粥，叫大楂子粥，用玉米粒和红芸豆煮成。通常是吃完午饭就煮芸豆，然后在豆子半熟时放入楂子，使过碱后频频搅和，以免煳了锅底。然后在下午上课的钟声响起前撤下灶坑里的火，把锅盖盖严，下午放学归来一锅香喷喷的粥就焖好了。我记得有一年妈妈去新林学习塑料大棚的栽培技术，我在家居然养了一头油光水滑的猪。春天抓来猪崽，腊月时居然有二百多斤。放学后我就背着麻袋下地去采灰菜以及脱落到垄沟里的菜帮子。回来后就剁猪食,放到锅里去煮。我还常用一把旧木梳给猪刷毛,使它干干净净的。所以腊月宰它时我非常伤心,但后来还是吃它的肉了。可见任何的怀念都抵御不住欲望的诱惑。

初中时我的语文成绩一直在班级名列前茅,而且喜欢写作文。逢到过年时,左邻右舍的人都买来红纸求擅长书法的父亲给写春联。父亲写一副,我就在地上摆好一副。无非是"中华大地风雷动,六亿神州尽舜尧"之类。只不过后来六亿一个劲地上升,数字是变更了,总算是未突破十亿。所以春联还能对仗工整。若是父亲活到今日,对着十一亿神州,如何让那上联也多出一个字来?可见舜尧多了也啰唆。父亲有时发挥想象力自己来编春联,然而联里总是含着"吉""福""瑞"等字样。他有时也动员我来创作,我便挖空心思地用词,他帮着纠正和补充,居然合作出无数副对联。可惜都编了些什么早已忘却了。

早晨起来洗脸,然后把鸡放出去,夜晚时再把鸡圈回窝里,仿佛一天就过完了。我曾经养过一只野猫,它浑身灰毛,目光凶狠,蹿梁上瓦的,不得不把它拴在凳子腿上。然而它反抗得拽翻了凳子,弄得家里一团糟,只好让它回归深山老林。有一年夏天我看见一个喝卤水的女人被抬在井台边抢救,她披头散发的,因为跟丈夫吵嘴而想不开了。大家想给她灌井水,让她吐出卤水,我见她翻着白眼,嘴角吐着白沫,极其恐怖。后来人们又说给她灌大粪汤,她一呕就能倾出腹中的卤水。这种提议使我分外恶心，于是远远走开。后来她终归未被抢救过来，被卤水点化成一摊死豆腐。从此后我去井台挑水就老是想起她的样子，所以不敢天黑时去挑水。也对人死前的狰狞状充满厌恶。直到一九八六年，我看着父亲平静地吐出一口长气，把最后的微笑永远地印在脸上，才摆脱了对死亡的生理反应。有些死亡是美丽而温情的。

永安没有高中，所以我必须到塔河去继续求学。我考上了县里的重点中学，塔河二中。永安离塔河有十几里的路，我只能寄宿在学校。

那是一间不过二十多平方米的宿舍，分上下两层铺，却住着十八名寄宿生。只有我离家算是最近的，其他的均来自更远的林场，诸如绣峰、瓦拉干、劲涛、十八站等等。我住在上铺最靠北的地方，仰头就是暖气管。因为最上面的三块玻璃朝向我，所以我闲来无事总是看看窗外。窗外有个长条形的大仓库，还有一个厕所，一个水房。景致单调，往来的行人也都灰秃秃的，实在没什么可看的。高中一年级时我的物理和化学就一塌糊涂，物理课一做滑轮车的实验我就头晕脑涨。而对化学课稍微有些兴趣，也完全在于看做实验时一些纸剂进了某种溶液会魔术般地改变颜色。在我的心目中，牛顿和居里夫人都没有鲁迅伟大，于是偏科得厉害。所以，高二分文理科时我兴高采烈进了文科班，不似其他人举棋不定，犹豫不决。那时我每周回一次家，周末沿着山路一个人走上十几里，通常是在黄昏的村口就能遇见远远迎来的父亲。

家里把好吃的都留在星期天。星期天下午，母亲为我炒上一罐头瓶咸菜，然后把一周的伙食费给我。我就沿着山路再回到城里的学校。那时正是长身体的时候，一顿能吃掉两个馒头，晚自习回来后大家都觉得饿，于是把饭盒中剩下的凉饭吃掉，我的胃病就是那一时期落下的。那时我便开始写日记，在上面还胡乱地写一些自鸣得意的诗。所以功课抓得并不是很严。我总有种宿命的想法，想着考大学能考上当然好，考不上也不能去死，我就这么一个脑袋，要记住文科中那么多我并不很感兴趣的常识，可能一步登天吗？什么地理中的大气环流、京广铁路线上的城市名称，我一概记不清楚。还有历史上老是出现这个事件那个战争的，我又没身临其境，学时是记住了，可一转身就忘记了。家中看我每周来回走山路辛苦，就为我配置了一辆自行车。我每周把自行车骑回学校，放到校园旁的同学刘丽家中，然后再回去时就去她家推自行车。刘丽一家人待我胜似亲人。记得有一段时间因为泥泞小路不通了，我回家只能走大路。大路的山坡上有一座烈士陵园。我听过的许多鬼怪故事就是由那衍生出来的。说是有一个青年男人一骑车到这自行车就掉链子，这时就会有一个如花似玉的姑娘出来帮着修，这男子被她迷住了，未等结婚就把他的气血全部耗尽。当然，这类故事无论是鬼是人都没有姓甚名谁，但让人听后仿佛是确有其事。所以一骑到烈士陵园时，我就紧张得满头大汗，双腿发软，每碰到一个人都疑心那是鬼，不敢多看一眼。

我们女生宿舍的对面是教工宿舍，同样面积的屋子，只住着三个人，令我羡慕不已，其中有一名上海知青老师，叫朱哂之，她当时在《青春》上发表了一篇小说《消逝的旅伴》，令许多人赞叹不已。她常穿件烟色灯芯绒上衣，肤色白净，不爱说话。但我格外尊敬她。所以那一年的端午节，我赶在太阳升起前采回了滴翠的柳枝，吊上鲜艳的红葫芦插在她的门楣上。几年过去后，我们偶然相遇，已经回到上海电视台的她还谈起那个端午节，她说早晨一开门发现了柳枝和葫芦，她格外感动，觉得温暖洋溢在心头，只是不知道是谁为她插上的。当我告诉她是我时，她的眼睛漫上了泪水。后来她还为此写过一篇散文，发表在同年的《解放日报》上。

大约是朱哂之的成功给了我异想天开的勇气，在高考前夕我竟如醉如痴地炮制一篇小说，写一个女学生因高考落榜，承受不了家长的责难和社会的压力而自杀的故事。我让她投了河，因为我喜欢河流，那才是干干净净的女孩子的归宿。这小说当然幼稚得很，但写作的过程给我带来了无穷的乐趣。高考初考后，宿舍里大部分同学名落孙山，她们不得不流着泪打起行李回家。宿舍一下子变得清静起来，我有机会搬到下铺来住，可有一天早晨我醒来时却发现被窝里有一只被我压死的老鼠，这才知道地下的老鼠猖狂得不可一世。我又不是奶油蛋糕，它钻进我的被窝干什么？

父亲那时一心指望我能考上个大学为他争口气，所以一到城里开会就骑自行车来看我。有一次给我买了两斤长白糕，我不舍得吃,把它挂在柱子上,等到要去吃时,发现老鼠已经吃掉了一半,真是悔得肠子都要青了。高考前的半个月我才定下心来,对着各个科目进行最后的冲刺,期待能得到上帝的青睐,出那些我复习过的问题。高考的那天,一大清早母亲就骑车进城来看我,她给我买了几个煮熟的咸鸭蛋,让我吃了后好好考。结果那鸭蛋已经变质了,我吃下后未进考场就跑进了厕所,而且觉得心慌恶心,所以第一科考语文时就把作文写跑了题。从考场一出来,我就明白失败已经不可避免了。我很想怪罪母亲送来的那几个臭鸭蛋,但一想还是自己的脑袋臭,何况母亲一大早赶来,她那份望子成龙的心意我怎么能责备呢? 我拉着痢疾参加完考试,然后心神不定地等待考分的下来。我知道结局不会理想,但还是盼望奇迹出现。分数下来的那天我父亲很晚才从城里回来,这其实已经等于告诉我,没有我期待的奇迹发生。果然,那一年我只考了二百九十八分,本来只够上中等专科学校,可大兴安岭师专中文系刚好那一年面向全地区的考生招生,降下好几个分数段,我才幸运地进入专科学校,也算是一个奇迹吧。当我接到那个高等学校录取通知书时,我爸爸兴高采烈地拉起了手风琴。

我离开故乡永安,离开父母,去加格达奇的大兴安岭师专求学。那年我十八岁,是第一次坐火车。那一届考入这所学校的同学很多,所以上了火车后并不觉得孤单。由于夜晚上车,硬座车厢里到处是恹恹昏睡的人,过道里肮脏不堪,关不严的厕所散发出令人作呕的恶臭,所以火车并没有给我留下美好印象。车窗上蒙了一层薄霜,我轻轻刮开一片霜,想看看窗外的景色,然而外面黑魆魆的,什么也看不清楚。偶尔火车咔嚓一声顿响停靠在一个小站上,急忙忙向外一望,不过是站台上一片昏黄的光线,一些人匆匆地下去或上来,很像是皮影戏中的人。心想外面的世界也不过如此吧。

火车到达加格达奇是次日凌晨。学校来了辆大卡车,把我们的行李扔上去,然后吆喝我们坐上卡车。天色还是灰蒙蒙的,我们经受着寒风肆无忌惮的袭击。这之后每当我在银幕上看见外国人开着跑车(敞篷的)在田野或海滩上兜风,便不免想起初冬时分瑟瑟坐在敞篷卡车上入学时的那种滋味。原本以为地区首府是个大城市,肯定到处是高楼,马路会多得让人分不清东西南北,不料卡车经过的地方除主干马路上有几座楼外,越向北走越荒凉。矮矮趴趴的房屋因为没有灯火的笼罩,看上去很像一片荒寂的坟场。卡车艰难地驶上一条长长的斜坡后,我们终于看到了山坡上一座孤零零的楼和几幢平房。这就是我们没有围墙的直接面对着山峦和草滩的学校。我们中文系的女生被教务处的人给领进一座黑屋子,走廊里有股煤烟味,但毕竟比外面暖和。这使得几乎冻僵的我们得以使手脚舒展一些。那天刚好断电,屋子里昏暗不堪,后来校长亲自擎着根白蜡进来,说欢迎我们到来。然后他对着那屋子里上下两层铁床铺上的标签一一念我们的名字,铺位早已安排好,大家各就各位就是了。我被叫到上铺,好不容易把笨重的行李弄上床,未等铺开就想家了。眼泪就吧嗒吧嗒地往下落,觉得委屈,这个学校的条件跟上高中时没什么两样,于是打开手电在光光的木板铺上把行李当成桌子给家里写信,想辞了这个学校,容我再回去读一年,考一所真正的高等学府。信写完后已是黎明,曙光透进屋子,奔波了一路的同学都在沉睡。我也不胜倦意地睡着了。一觉醒来,发现室内的十几个人都已起床,大家把脸盆和饭盒都取出来,纷纷打听厕所、水房和食堂的位置。我心想,大家都听天由命地开始正常的生活了,我再往回折腾干什么?再说能保证明年不再吃臭鸭蛋,能保证我在临场发挥时像新汽车的马达一样动力十足吗?我想起了母亲常挂在嘴边的话:"心比天高,命比纸薄。""小姐的身子丫鬟命。"当然,她并不是说我,而是说着一个宿命的道理。于是我没有发出那封信,跳下床来打听如何去买饭,不管心情多么恶劣,我从不亏待肚子。

  转眼到了第二年春天。我已经习惯了师专的生活,课程不紧,有很多的空闲时间可以自行利用。那年的春游给我印象很深,我们来到一个山清水秀的风景点,野餐,唱歌,打气枪,我第一次体验到射击给人带来的快感。那一天的阳光比河水还要清澈,我看见许多鸟在柳树林中盘桓鸣叫。我打着一把同学的碎花阳伞,在河畔的沙滩上拍了一张照片。那些光滑的鹅卵石总给我一种柔软的感觉,尤其是正午的阳光把它们晒热了的时候,我觉得它就是大自然赐予我们的天然火炕，躺上去舒服极了。你眯起眼睛，能感觉到清风在拂动睫毛，能听见河水持续的潺湲之声。那一天我被阳光暴晒了一天，回来后一位教汉语的老师说我"一天就晒黑了"，我得意地笑起来，为了阳光能在我脸上留下纪念而自豪。不过事后又觉得那种被晒飞了的白净很让人怀念，因为大家以皮肤白皙为美。

中文系开的有些课很令我喜欢，如写作、古典文学、现代文学、外国文学。最讨厌的是逻辑课。因为我本身就是一个缺乏逻辑思维的人。那时便常去图书馆借书看，四卷本的《约翰·克利斯朵夫》在同学中传来传去，觉得罗曼·罗兰是这世上最伟大的作家。后来又读到普希金、拜伦、莱蒙托夫、雪莱的诗，把自己喜欢的句子摘抄到一个大笔记本上。后来又喜欢上了鲁迅、川端康成、屠格涅夫，觉得这世上伟大的人物太多了。夏天时我们总是仨一伙俩一串地在黄昏时分去散步，冬天时我则喜欢爬山。我喜欢在两山夹峙的沟谷中行走，因为那里坎坷不平，而且积雪深厚。若是一脚踏下去半条腿都陷进雪里，我就有一种冒了险的快感。我穿着笨重的棉袄棉裤，戴着自家做的棉手套，我们称它为"棉手闷子"，是一个地地道道的山里姑娘模样。

我们读到二年级的时候，学生宿舍楼竣工完成，我们迁入新居，八人一间的宿舍显得豁亮、开阔多了。我们宿舍的八姐妹大部分都家居当地，只有我与好友孟玮离家千里。孟玮住在我上铺，她是我师专时代最相知的朋友。那时她很喜欢"教育学",读《圣经》和《忏悔录》,我希望她能在学业上有所建树,可惜毕业之后我们各奔东西,杳如黄鹤。前年我在加格达奇再见她时,她的膝下已有一个五岁的儿子了。

我们宿舍一向很整洁,大家相处也很融洽。我在那间宿舍里发生了一次"梦游"。据说有一天晚上我赤脚走到窗前,迷迷糊糊地对着窗外说:"桂花呢,我的桂花呢……"我说完后就上床接着睡觉。晚睡的孟玮把这一幕看在眼里,她第二天学给我说时,我以为她在杜撰。但一看她满面严肃,我才明白确有其事,这使我在相当长的一段时间里对我的精神充满不信任。我为什么要桂花?是朝月亮里吴刚砍下的桂花树来要吗?大约只有在花季的年龄才会发生如此的梦游吧。

一九八三年我便开始学写小说了。悄悄地在晚自习时写。经常是最后一个离开教室。外面满天的星斗总能使我仰头看上片刻。用"星汉灿烂"来形容北方的夜空一点也不为过。写了小说,我就在星期天时徒步进城,去邮局把稿子寄出。三次寄往《青春》的稿子均未有退稿,于是我便想到本省的《北方文学》。投过一篇稿子,竟然得到编辑宋学孟的回音,这使我格外振奋,他约我把稿子改了后再寄给他。也许是太急于求成,我改了三遍,一遍比一遍泄,最后它是彻底地失败了。我心犹不甘,扔下它又写了两篇小说,仍然是两枚涩果。很快就到了毕业的那一年,我一面痴迷不悔地充满自信地沉浸于创作之中,一面为应付各科的结业学分而炮制一篇篇的论文。就在这一时期,我开始了《北极村童话》的写作,它给我带来了成功和幸运。

如今，面对着黑白的毕业照，面对着十二年前的我的同窗，竟有许多人的名字我叫不出来了。不是我的记忆力早衰了，而是在校时我就喜欢独往独来，很难在热闹的场合看到我的影子，所以我并不是那种人缘极好的人。我蹲在前排的右下角，有几分忧郁和疲惫，并没有那种踏上工作岗位的自豪感。毕业前夕，我在地区实验中学实习，第一次走上讲台时，觉得讲桌上的阳光好极了，刚开始有些紧张，但几分钟后就能镇定自若了。我还记得实习的那一段是春季，满城飞着柳絮，我老是联想到六月飞雪斩窦娥的情景，仿佛远古的恩怨依附在了我身上。

师专的三年生活对我的人生是有重大影响的。我记得水泥甬道两边新栽种的孱弱的杨树，记得食堂的高粱米饭使我不止一次饭后呕吐，一把一把地吞吃胃舒平，记得我立志写作时，躲在蚊帐里趴在床上正写到酣畅处，别人不打招呼就把灯关掉了，而这时我连脚还没有洗，只有在暗夜中点起蜡烛，白色的蚊帐被熏成灰色的，我善于隐忍的性格也是在那时形成的。当然，这些对我来讲已经成为回忆，我想起往事时内心还是充满了温情。一九八四年我离开大兴安岭，参加《北方文学》在兴凯湖组织的小说笔会，当我扛着鱼竿高挽裤脚越过沼泽地去湖边垂钓时，看见无数水鸟在水面盘桓，一片无边无际的灰蓝色的湖面上跳荡着阳光、山影、鸟语和微风。那时我就想只要是只鸟，就能有自己的天空，就能在自己的天空中看到这世界的奇迹。

师专毕业后我被分配到家乡塔河。塔河县教育局又把我分回永安。爸爸当校长时,我是他的学生,那时他年轻气盛。十几年过去后,我成为一名教师,爸爸仍然栖居在永安当他始终不变的校长,可见他在仕途上是毫无长进的。"文革"时工宣队进驻学校,经常性地给学校停课,让学生们下田锻炼。我爸爸对这种做法极其反感,与之争吵起来。人家说:"工人阶级能领导一切。"父亲固执己见地说:"你们只能领导钢铁,不能领导教育。"结果这朴素的真理被当成大逆不道的话反映到上边,父亲被全地区的一纸通告批评给拉下马来,被弄到塔河粮库劳动锻炼。他在那干了两年,当装卸工,学会了吃生黄豆。有时他在黄昏疲惫地下工回来,中山装下面的两个口袋鼓鼓囊囊的,里面塞满了黄豆。我们说他这是"偷",他说在粮库上班的人都这样。扛麻袋使他的睡眠和食欲有了改善,而思想仍然冥顽不化,不肯向上面检讨自己的错误。这时节工人阶级领导着学生种了一茬又一茬的地,还响应毛主席的号召"到大风大浪里锻炼成长",硬是把不会水的学生往一个沼泽湖里赶,让他们经受风吹浪打。大概七十多高龄的毛泽东畅游长江使他们心潮澎湃了。结果那个俗称"狗鱼泡子"的湖淹死了一个学生,这项荒唐活动便不了了之。

我在父亲手下工作觉得万分别扭。因为开会时他要讲话,训斥别的教师时人家当着我的面不好回敬他,所以工作不到半年我又被母校塔河二中的崔寿田校长召回去,担任高考辅导班的语文教师。凡是未考上大学而又留校重新复习的理科生都在我的班里。我弟弟当时也是我的学生，我讲课时他总是低着头。我回家后对父亲讲了此事，并且说了弟弟几句。父亲为此大为光火，几乎推翻了正吃饭的桌子，冲我吼道："我还没死，轮不到你管他！"他有时会暴露出山东人的那种家长式的作风和暴躁脾气。

  我父亲送给我一架手风琴，我不识谱，又未学过指法，居然有时也能拉上一两曲，按照现在的说法叫"跟着感觉走"。晚饭后的黄昏我常常胡乱拉上一会儿才去办公室备课。现在这架手风琴还伴随着我，成为父亲遗留下的唯一遗产和纪念。由于经火车托运来哈尔滨时打封不严，它的琴键被磕掉两个，不过那都是高音区的键子，我很少企及这个区域。每每想念父亲时，看一眼它，内心就有一种温暖而疼痛的感觉，想着父亲自如地拉着它时的动人神采。

  我曾经求过学的地方，后来又都成了我工作的地方。当我开始发表小说作品后，大兴安岭师范专科学校又向我发出邀请，让我回中文系执教。于是我又只身来到加格达奇，教授中国现代文学。每周上两次"大课"（两节连在一起上），有充足的时间读书和写作。这时候的师专已粗具规模，有了宽阔的校园，另外一座教学楼也已建成。我穿着一套深蓝色毛料西装（教师服）去教那些与我同龄的学生，是一个标准的教师形象。然而回到教工宿舍的我完完全全又是一个小女子形象了，说笑不断，高兴起来手舞足蹈。我同室的孙毅亦是个才女，擅长书法、绘画、篆刻和摄影，所以这一时期留下许多充满生活情调的照片，都出自孙毅之手。那时我的信函量就比较大，每天从收发室回来都颇有"收获"，因而读信的时候孙毅就设计了一个情节，让我把抽屉里另外几封旧信也拿出来散在桌上，做一次演员。因为读的不是情书，所以我表情漠然。我还为自己织过一套帽子和围巾，是纯白色的，用一种曲曲弯弯的线，可以掩盖针隙的不匀。这次是真正地织，可不是做戏，我坐在自己的床上，被子上苫着一块白色纱巾，穿一件绸质的银粉色的小棉袄。每次一倚墙，绸衣就与墙发出嚓嚓的摩擦声，那是种阴阳交错、刚柔相济的声音。因为墙坚固至极，而绸子柔软至极。我头也不抬地织着，内心充满阳光。虽然那时我在教工食堂吃饭，但因为有了条件，所以有时也自己做些可口的饭菜。当然，更多的时候我们是包饺子，然后喝点香槟或啤酒。我喜欢吃饺子，包的饺子个个都如弥勒佛的肚子一样圆，而且我包饺子的时候总是专心致志，这一习惯一直保持到现在。节假日我常常在厨房叮当剁馅，然后和面，戴上围裙忙得不亦乐乎。盛夏时吃热饺子喝冰镇啤酒绝对是一大享受。我常常变换馅的内容，将狍子肉里拌上香菜，将猪肉胡萝卜馅里打上西红柿汁。每一次改良都使喜新厌旧的胃得到一回满足。难怪李自成进京后声言要天天吃饺子，结果英雄无远见，把自己给吃败了。可见好东西也不能天天吃，糙米粗饭亦不可或缺。

每逢秋天的时候,师专对面的山上的榛树叶子就红了。虫鸣不再,大雁南飞,空气中有一股腐殖土的气息。就在那座山上,曾发生过一起著名的凶杀案。大兴安岭阿木尔林业局的童话作家卢培英死在这座山上。我从未见过卢培英,但听文联的人讲起过她,说她的童话写得很漂亮,出过书。还说她的男友是北京一所大学的博士生,正在德国留学。当时我还为此惋惜,心想远在海外的卢培英的恋人该会多么痛不欲生呀。然而事实是,卢培英的恋人顾光耀在京移情别恋,可卢培英不愿与之分手,对外谎称他已在国外。顾光耀是借应邀去长春参加一个学术会议之机将卢培英约至加格达奇的。他们在一起吃过饭,然后上山游玩,早已策划好这一切的顾光耀把她击昏后杀死,为了造成强奸假象,还扒下她的裤子,割下她的阴肌,而后洗净血手,把凶器扔进河水中逃回北京,与恋人去度中秋节。案情真相大白后,我有很长一段时间不敢到那座山上去,满山红叶时,这里曾有过血腥气。据说顾光耀非常有才华,他的导师因为他被判死刑而痛惜不已。卢培英与他相恋多年,为他堕过胎。很难相信一个高级知识分子会有如此残忍之举。看来女子的痴情会给自己带来不幸。顾光耀正法的那天,刚好我从哈尔滨归来,一下火车就见站前广场人山人海的,原来囚车正押着顾光耀缓缓通过。他矮矮的个子,面色惨白,我不明白当一个女人获知对方已不再爱她时,为什么还痴迷不悔? 看来爱情是一种病。从此以后我对白脸的男人总是深怀警惕和敌意。不过我在如火的榛叶中微笑的时候,那座山还未被鲜血浸染。几年以后我与朱哂之在加格达奇重逢相聚时,她噙着泪花把一杯酒洒在地上,祭奠卢培英。巧合的是,朱哂之的丈夫也与顾光耀同名同姓,不过朱哂之的丈夫是真正地爱她,如今把她接到澳大利亚,他们过着幸福的生活。可见名字也只能是一个符号而已,同一的符号却有着不同的内容。

　　一九八五年开始我就陆陆续续出去参加一些笔会。笔会多半是在暑期举行,这样也就不会耽误了教学进程。不过有时也恰好赶到学期的尾声,校领导和中文系的同事也就格外照顾我,放我这匹野马出去撒欢。我喜欢山清水秀的地方,因为我就是从这样的地方成长起来的。青青的草地、浓绿的树林能使我的呼吸变得格外舒畅。记得一九八六年在哈尔滨附近的二龙山风景旅游点时,我手中拿着一束信手采来的小黄花,戴顶白色遮阳帽,有几分顽皮。那里有一片碧蓝的湖,我在此垂钓,还大有收获,所以直到如今我还常做钓鱼的美梦。有时那鱼脱了钩,有时它扬起尾巴打我的脸,有时竟然上了岸姿态娴雅地行走,梦中的鱼可谓姿态万千。事隔十年之后,我再次去二龙山时,发现多了许多亭台楼阁,湖水泛灰,那种荒山野趣无从寻觅,这不免使人怅然若失。自然没有变,是人把自然改变了;而人也不可抑制地改变了。乘坐在游船上游湖的时候,我不由得想起十年前的天空、阳光、野花、野餐和自己那张稚拙的笑脸。

　　那年从二龙山回到哈尔滨,我又去青岛参加《中国》举办的小说笔会。我选择了水陆交接的旅行计划。由哈尔滨乘火车至大连，然后由大连乘海船至青岛。到了大连，我就直奔码头，住进一间便宜至极的客栈。那是幢类似农贸市场摊床区一样的简易木板房，里面打了无数个格子，把空间分割开来。客栈里房间太多，且全都是一样的门脸，我常常迷失在里面，找不到自己的住屋。说话声总是嗡嗡响个不休，跟火车站的候车室没有什么区别。好在那时睡眠很好，绝对不影响我的休息。还有心情出去玩，去老虎滩，又去旅顺，瞻仰炮台，看黑石礁海滩上的渔人打捞海带。

我开头说过，一个人诞生前可能就有了灵魂，那时的灵魂似雨露清风一般清新。我还想，一个人在要离开人世前，灵魂又一次飞翔起来，这时的灵魂带着一种在人世凡尘辛苦走一遭后的沉重，所以它飞翔得徐缓，带着一种逃离苦难和亲情的曼妙的伤感，它在与云霞为伍时对曾经走过的大地怀有依恋感。人在临死前灵魂的周游在民间被称为"出窍"，他那里只留下一具躯壳，一口气在等待着他的亲人，而他的真魂已经去另一个世界了。

父亲在一九八五年底那个寒冷的冬天突然一病不起。当身为医生的二叔从塔河打来长途，对我说："你父亲得病住院了，你能不能回来一趟？"我冲口而出的竟是："他是不是得了脑溢血？"二叔吃惊地问："你怎么知道？"

我怎么知道？我至今也不知道为什么会准确无误地说出

这种病，也许是由于祖父曾被它劫走，也许我粗略知道这种病的突发性的特点。接过长途我回到宿舍一边打点行装一边落泪，然后连夜坐着硬座赶回家乡。火车上寒冷至极，我一夜未曾合眼，想象着父亲如我这般年纪在来到大兴安岭时的那种苍凉感。凌晨下了火车后我被直接接进县医院的抢救室，我进去的一瞬父亲突然睁开眼醒来，他望着我含糊不清地说："你刚下火车，冷吧？"他的嘴有些歪，头枕冰袋，鼻孔斜插着氧气管。他接着又说："我知道，你给我买回了橘子。"

橘子在十年前的大兴安岭还是稀罕水果，我是在站前广场买到的。我进了医院后并未打开包，他竟然知道旅行包里有着金黄的蜜橘，我心下凄然，知道他将不久于人世了，因为他的灵魂已经脱离了肉体，已经飞到加格达奇，引我去买橘子和回家。那时正值期末考试时期，只要是学校的老师进城来看他，而他又恰逢清醒时，他就询问考试的准备工作做得怎么样了，他至死还关心着他离不开的学校。那一段时间弟弟正逢高考复习，我们一般不打扰他，姐夫似亲生儿子一样每天都在床前精心护理父亲。父亲平素爱开玩笑，临终的前几天仍然结结巴巴地回忆他曾经历过的有趣的故事。我和姐夫轮流在夜间陪护，后来我在场他解手不便，所以姐夫几乎夜夜都不能离开。父亲这时便常常糊涂，有时还张口骂人，经常嚷着要回家而拔掉氧气管。有一次他又拔掉氧气管，我摁住他强行插上，摁住他的双手，我笑着说："我看你再敢拔个试试。"他瞪大眼睛狠狠地看着我，忽然笑了起来，终于驯顺下来。父亲在抢救室接着出现第二次出血,这时主治医师宋雨春把我叫去,说是医院会竭尽全力,但病情不容乐观,让我做些准备。我明白他的意思。于是我偷偷哭过一场后去百货商店为他选购丧服,我还记得他喜欢穿烟色的衬衫,我为此跑了好几家商店,总算如愿以偿。接着又为他买袜子和鞋。而做这一切的时候又要背着母亲和脆弱的姐姐。我希望我所买的这些东西由父亲病好后来穿它。这些衣服被打点在一起,悄悄放在离医院很近的二叔家。

虽然我预感到父亲即将离去,但还是期待奇迹能够发生。有一天晚间我独自跑到医院锅炉房的空场上,不远处是太平房,天上寒星闪烁,我跪在煤渣地上朝天祈祷,希望它能把父亲留在人间。在我起身的一刻,一只夜行的黑猫突然从我身边跑过,朝太平房方向而去,我顿时心生寒意。

人在临死前的确是有回光返照。那天父亲出奇地清醒,面色也好看多了,母亲来看他时还以为他脱离了危险期。那一夜我仍和姐夫陪他。抢救室的天棚和墙壁上因为潮湿而有水珠,喜阴的灰色瓢虫爬来爬去的。我关上灯躺下后老是心神不宁,于是又打开灯起床看了看父亲,把耳朵附在他头旁,听见他均匀的呼吸声后这才又一次躺下。然而我仍然无法入睡,烦躁不已,夜半时又一次拉开灯,也许是日光灯的原因,我觉得父亲的脸色很灰,姐夫安慰我说这是胡思乱想的缘故。两次开灯均没有扰醒父亲,这使我很吃惊,他睡得实在太沉了。我觉得不对头,就去喊值班护士,护士来后给父亲测了心跳和血压,说并无异常,然后打着哈欠回值班室。大约又过了一个小时,我仍然心慌得厉害,于是又去看父亲,总觉得他的脸色灰得可怕。我拍了拍他的脸,喊了一声:"爸——"他只是沉沉地睁眼看了我一下,复又疲惫地合上。于是我又去叫护士,这次血压和心跳都不正常了,护士有些慌乱了,于是我撒腿就跑出医院,在黑暗的小巷中奔跑着去叫身为医生的二叔。等我再回到医院时,父亲的瞳孔已经扩散,姐夫连忙回家去叫母亲和姐姐,而二叔则打电话通知我弟弟尽快赶来。母亲事后说姐夫回家敲门时,她刚做了个梦大汗淋漓地醒来,梦见家里的房子坍塌了,一堆瓦砾压住她,使她透不过气来。她们赶到医院时医生正在竭力抢救,父亲的气息微弱至极,而身为独子的弟弟仍未赶来。我心急如焚地跑到医院的大门口,突然远远看见一个在寒风中骑车而来的影子,知道那是弟弟,我的眼泪就下来了。他扔下自行车跑进抢救室,就在我们进门的刹那间,就是那一瞬,父亲吐出一口长长的气,终于抛下了我们。他吐完最后一口气后脸上出现了明显的笑容,这笑容凝固着,使死亡的阴影冲淡了。就在父亲咽气的那一刻,我母亲痛哭后眼睛里忽然出现一枚红红的圆点,像粒相思红豆,我一直以为那是父亲的灵魂栖居在那里。直到父亲入土后,母亲眼里的红点才猝然消失。为此我写过一篇《白雪的墓园》,这是母亲最喜爱读的一篇小说。父亲去世时及时穿上了簇新的衣裳,这也使我母亲的心得到了某种安慰。

父亲过世后母亲一直寡居，至今没有再嫁。我很希望她还能有一个美好的归宿，但我又相信对父亲的回忆会笼罩她的下半生，她无法忘却多才多艺的他。如今她把全部的爱和精力都放在我们下一代的身上了。我还记得父亲去世后的第二年，是阴历七月初七，七夕节，牛郎织女相会的日子，我深夜起完夜后迷迷糊糊走进母亲的居室，睡在她旁边。而我睡的那个位置原本是睡着我父亲的。然而才躺下不久，我就觉得有人不停地挤我，想把我挤下床，我便也推这个人，这时我清清楚楚听见父亲说话了："挤什么挤，我一年才回来一次。"

我一骨碌从床上坐起，天已蒙蒙亮了，我推醒母亲，对她讲了刚才所经历的一切，我不认为那是梦，因为被挤的滋味还在，父亲的话仍在耳畔余音袅袅。母亲听后淡淡笑着说："今天是牛郎织女相会的日子，你爸爸回来了。"

我连忙说对不起爸爸，我并没有要占你的位置，于是赶紧逃回后屋，留下他和母亲在一起。我回到自己的屋子不由得想：父亲的灵魂还是那么浪漫。

父亲去世后我曾写过这样一首诗：

他离去了
亲人们别去追赶他
让他裹着月光
在天亮以前

顺利地走到天堂

　　相信吧

　　他会在那里重辟家园

　　等着被他一时丢弃的你们

　　再一个个回到他身边

　　他还是你的丈夫

　　他还是你的父亲

　　可惜没有人拍下父亲过世后那张微笑的脸,他大约怕他的死吓着他疼爱的儿女们,所以才把永恒的微笑留给我们。

　　我总是想,每一个人的出生都不是一件偶然的事。每一个人的诞生都预示着一枚熟透的果实坠地了。这是上帝赐予人间的"禁果"。我们每一个人都是一枚圆圆的色泽鲜艳的禁果,它饱含着痛苦和欢乐,它甘甜而又辛酸,它古老而又年轻,它坚强而又脆弱。因为它历经风雨,所以它能经得住摔打,才能血肉丰满。当它向大地摇摇欲坠时,银河会为它遍洒清辉,山川湖海会为它送来爽意,小鸟会抖落下美丽的羽毛为它铺上馨香的温床。这种时候天空中的云会飞到海天相接处,对着浪涛中的某一条船,对着那船上摇桨的男人女人说:"快上岸接你们的孩子去吧,他就要落地了。"

　　这时的大地也许有冰河,也许有丛生的荆棘,也许有深不可测的幽洞,但那充满灵性的禁果坠地的一瞬间,冰河解冻了,荆棘铲除了,幽洞变成了一汪碧蓝色的湖水。整个大地因为阳光持续的照拂而散发出庞大的银色光芒，使这大地仿佛成了一块质地凝重的金属。当纷纷扬扬的果实优雅地坠地时，会发出叮当、叮当的悦耳的声音。滚滚红尘到处都回荡着这股激情的叩击声。

当我们飞翔了很久终于叮当坠地时，这大地一定为我们敞开了一扇门。那时候真正的生活图景才会一一呈现。不管我们喜欢也罢厌烦也罢，每一个人都要看完一生的风景。我不知三十二年前元宵节的那个落雪的黄昏，我对着一扇向我打开的门是否问了一句：

有人等我吗？

1996年4月 哈尔滨

爱荷华日记

（2005年）

编者按：爱荷华国际写作计划由华裔作家聂华苓和她的丈夫保罗·安格尔于一九六七年创立，旨在增进世界文学交往，并按年度邀请各国作家造访爱荷华大学，开展一系列交流活动。自改革开放起，中国作家萧乾、王蒙、艾青、丁玲、茹志鹃、王安忆、徐迟、谌容、张贤亮、冯骥才、汪曾祺、苏童、余华、莫言、刘恒、迟子建、毕飞宇、格非等数十人先后受邀参加该项目。本文是迟子建于二〇〇五年访问爱荷华期间的日记节选，其中提到的小说《第三地晚餐》发表于《当代》二〇〇六年第二期。这组日记中除了有作家在异国的见闻、感触与思绪，也深情记述了她与聂华苓之间的友谊。二〇二四年十月二十一日，聂华苓女士在爱荷华家中安详逝世，享年九十九岁。

昨日到爱荷华。在芝加哥转机时，我用半生不熟的英语去转机处问询，之后坐了两站机场轻轨，重新安检，顺利找到了去往锡达拉皮兹的登机口。

爱荷华大学亚太研究中心的东望先生接到我和刘恒，驱车到达爱荷华时，已是午夜。聂华苓老师迎出门来，她八十岁了，但体态轻盈，热情明媚，我们一见如故。她特别备下接风的鸡汤面，长途旅行的疲惫，被这碗面抚平了。

今天和刘恒再到华苓老师家。华苓老师说，苏童告诉她我能喝点酒，于是开了一瓶白兰地。我们饮酒聊天时，只见鹿从窗外的山坡轻轻走过，一只，两只，三只，都是幼鹿，精灵精怪的，第四只出现的是公鹿，它的犄角看上去像闪电。华苓老师说鹿很久不来了，看来我们很幸运。

从华苓老师家出来，夜已深了。我和刘恒散步回山下的Awan House。碰见几个年轻人，东摇西晃着，看来喝多了酒。

爱荷华空气清新，夜晚湿气浓郁一些。

8月25日

睡得踏实，醒来得早。

早饭后，带着王安忆嘱我带给华苓老师的书，沿着爱荷华河，试探着去找华苓老师家，边走边赏风景。大约半小时后，终于看见了山坡上的红房子。想到没有预约，贸然登门不礼貌，到了门口，我掏出手机，准备打个电话。但华苓老师已从书房的窗口发现了我，迎了出来。我们在一起谈天说地，不时哈哈大笑。她说正月出生的女人笑声都响亮。

华苓老师知道我喜欢音乐，特别转录了几盘CD送我，肖邦、柴可夫斯基、莫扎特、马友友的大提琴等，还特别准备了一个简易唱机，午饭后驾车送我回来，将它们一并带上。

下午东望夫人带我和刘恒去了两家商场，我们买了些生活日用品。我还买一束红粉相间的鸢尾花、一盆金黄色的雏菊。

房间有了音乐，有了鲜花和水果，我觉得一个女人该有的享受都有了。

8月26日

睡得不太好，看来还是有时差问题。读安忆的《遍地枭雄》，好看。

从窗前向下望去，是静静流淌的爱荷华河。河面上凫游着野鸭和天鹅。靠近 Awan House 的有两座铁塔，有六七十年的历史。

晚上穿上新买的运动鞋和 Gap T 恤去散步，走了一小时。看见夕阳下草地奔跑的野兔和松鼠。野兔褐色，尾巴尖是白色的，看上去好像在屁股那里挂了一块遮羞布。

8月27日

睡好了。起床后为人民文学出版社即将出的单行本《伪满洲国》写"跋"。两个小时写好，誊完。中午华苓老师接我和刘恒去一家河上餐厅吃自助餐，我将稿子带上，请华苓老师帮着传真。

那家餐馆原是一个电厂，闲置后，利用原有空间和设施，加上现代的设计，改造成一个风貌独特的餐馆。房梁上纵横的红色钢管上吊着一把把蒲扇，仿佛自带清凉。

8月28日

国际写作中心（IWP）今日正式开课。担任我们翻译的小蒋，是北大外文系的硕士生，文静秀气，如今在这里读博。她先带我们熟悉周围的环境，餐厅、洗衣房、健身房、书店、小超市、信息中心等，然后大家步行去IWP。

国际写作中心的房子简洁而现代，来自不同国家的作家聚集一堂，各自介绍。有德国、澳大利亚、匈牙利、以色列、奥地利、哥伦比亚的作家，也有近邻韩国、日本、越南、缅甸的作家。在那儿吃过简单的午餐，然后议一些学习日程，之后随华苓老师看一个画展。这位画家热衷于画鼻子，看得我有点窒息，好像鼻子堵了。

8月29日

仍然是个阳光灿烂的日子。

这里的太阳很像澳洲的，清冽透亮，不含杂质，热情奔放。世界其实只有一个太阳，只因它现身不同区域是不同的表情，让人以为是新太阳。

上午Hugh来房间谈话，征求对课程的意见，我只能用简单的英语招架他。Hugh 个子高极了，起码有一米九，他说自己在上海待了两年，可汉语只会说"一点点"，我连忙附和道，我的英语也是"一点点"。

翻译小蒋和刘恒及时来了，化解了我们交流不畅的尴尬。Hugh 征求我的旅行计划，我说想去密西西比河。Hugh 问是乘火车还是坐船。我说当然是船，船是河流的眼睛啊。刘恒则提出两个想法：一个是他想和大学研究政治学的学者，探讨一下中美关系发展的未来；一个是想去一个农庄干三天活儿。

Hugh 走后，Kelly 来了，她是征求对生活的意见的，医疗保险等等。这样的问题比较程式化，十分钟也就结束了。

中午小睡，午后读书，之后散步。如今太阳落了，灯影在河面闪光。

8 月 30 日

这里的玉米真是好吃，入锅后三五分钟即熟，又软又甜，入口即化，倒像点心。昨晚我在华苓老师家连吃两穗，意犹未尽，今天赶紧去商场买了玉米，还买了一瓶红酒、一瓶雪莉酒。

晚上散步时见一中年男子带着两个小孩子在河边钓鱼，他们钓上来一条约有三四斤重的鲤鱼，将其摘钩卸下。男子用弹簧秤称过，又放归河里，两个孩子就那样静静地望着鲤鱼摇头摆尾地离去。

9 月 5 日

早饭后散步，见一西装革履的人站在桥头，传送基督教经文。

午后参加第一次小组讨论会，缅甸、比利时、德国等国的作家主讲。缅甸作家是个医生，坐过六年牢。她说在缅甸发表作品，经由各个"关口"，最后出来的可能已不是你的作品了。香港作家印度籍，她用英语写作，不会说汉语。德国作家出版过三本书，他在谈到为什么写作时，坦言"为了出名"。这次的文学讨论并不深入。

小组会结束，去上城公园，参加美国访问协会为我们举行的野餐会。公园东侧有个露天游泳池，很多条狗在里面游泳，主人站在草地上观看。这个游泳池每年有两天对狗开放，这也可以说是狗的泼水节。狗们在水中悠游着，互不理睬，都很骄傲的模样。据说，当游泳池换水的时候，才会为狗搞这样的节日，然后将水全部放掉，注入新水。

由于上城公园离华苓老师家很近，野餐结束后，我和刘恒去山上的红楼去看华苓老师。她一听见门铃响，就笑着跑下楼开门，说你们真有口福，我蒸了只大螃蟹，打你们房间电话，一直都没人听！那只螃蟹足有三斤重，华苓老师说买来时还是活的。于是已经吃饱的我们，又坐下来喝酒吃蟹，好不快活。

回旅馆时沿着河畔走，灯火浸在河上，温存宁静。虽然已洗过手，但螃蟹的气味仍隐约可闻，那是海的气息。

9月7日

昨晚国际写作中心组织我们去看牛仔表演。两辆车载着约三十人，驱车一个半小时，晚上七点到达运动场。沿途是广阔的平原，玉米已经收过了，萎黄的玉米秆还戳在田地里。庄稼枯了，但平原的树和草还绿着。

那个被灯火簇拥的泥地赛场，大约可容纳两千人，场地爆满。一下车，就看见形形色色牵着牛、骑着马或骡子的牛仔悠闲地走来，他们看上去是那么的快乐。

比赛的主持是一个白人男子，他骑在一匹雪青色的马上，他的搭档是个打扮花哨的黑人，两人配合得极其默契。刚一开始，直升机盘旋在赛场上空，一个伞兵跳下来，飘飘忽忽地降到体育场中央，观众的情绪立刻被点燃。劲爆的音乐响起，一匹匹马撒欢地奔跑进场。骑手中有潇洒的年轻男子，也有长发飘飘的女郎，还有老人与孩子。

骑山羊、套牛、斗牛依次上演。我最喜欢看小孩子骑着山羊出来，他们也就六七岁的模样，手扳着羊角，被奔突的羊颠几下就掉下来了。套牛有点残忍，被套的都是小牛犊，牛仔骑在马上将其套住后，立刻跳下马来，将它四蹄牢牢捆上，让它动弹不得。

最刺激和令人悲伤的是斗牛表演。斗牛士骑在癫狂的牛身上，有两个人先后被伤着。一个是被锐利的牛角碰着了头部，平躺在地，一动不动，医生带着氧气袋跑进场，最后由担架抬走，看来伤得不轻。若是伤到脑神经，成了植物人，他为快乐而付出的代价就太大太大了。之后出场的牛仔大约怕伤着自己，戴了头盔，但还是有一个人发生意外，他的一条腿绞在牛身上，脱身不得，而愤怒的牛把他当陀螺一样甩出去，他的身体悬空了，一条腿却还在牛身上，场内惊叫声四起。我看得心动过速，非常难过，赶紧离场。

我们离开体育场时，牛仔的表演结束了，但乐队的演唱刚刚开始。人们继续着欢乐，又有多少人惦记那两个受伤的人呢。

返回时月亮半残，夜很黑。我们在车上不像来时那么欢快了，大家沉默着。车行驶了近两小时，爱荷华的灯火闪现在视野中。那已是午夜的灯火了。

9月11日

下午参加了国际写作中心主任克瑞斯先生组织的一个与大学生的对话会，利比亚、科威特、沙特阿拉伯和奥地利的作家，分别讲述文学在各自国家的处境。

科威特的一些出版物，阿拉伯人也看不到。科威特作家说某些禁忌来自宗教而非政治，很多作家在写海湾战争。

利比亚女作家说，女性、性和离婚，是她写作的主题。

奥地利作家说，他创作伊始写情诗，因为女性喜欢。但有了女人后，他就写死亡了。他说奥地利五六十年代开始流行现实主义，但慢慢发现它不能透视现代社会的一些问题，所以这一代知识分子最关心的是政治问题。他目前写舞台剧。

9月12日

下午去听关于伊斯兰问题的讨论，叙利亚、沙特阿拉伯、斯里兰卡等国的作家，谈宗教与政治对文学的影响。其中有亲美的作家，也有反美的。斯里兰卡女作家说在她那里，作为女性，能否写性，还是有禁忌的。

关于伊斯兰问题，大家多有争论。但我想任何教义，也就是宗教的前提，是探讨人的未来之处的，而现世的苦难和种种疑虑，他们难能寻到解决途径，纠葛与冲突在所难免。

课程结束，正赶上周三下午的农夫市场开放，在小蒋的带领下，去那逛了下。市场在一个开放的停车场里，有卖法式面包、蛋糕、自制果酱、羊脂肥皂的，也有卖鲜花和蔬菜的。由于它们出自农夫之手，格外新鲜。我买了一盒田园西红柿。

晚上用微波炉烤了一块三文鱼，生吃西红柿，喝了两杯葡萄酒，之后散步一小时。

9月14日

午夜了，刚从华苓老师家回来，她做了好几样菜、螃蟹、鲜贝、豆腐圆子等，请刘恒和我去过中秋节。我买了小雏菊，带去了一位华人朋友送来的月饼。

饭后，月亮出来，我们坐在屋外草坡的橡树下赏月。橡树的枝条搅动月亮的芳心，光影如蜜。

祈莲送我们回来时遇雨，可到了公寓，月亮又从浓墨般的乌云中拔头而出，真是不屈不挠。

能和华苓老师同过中秋，一生难忘。

9月18日

下午去锡达拉皮兹美术馆，参观格兰特·伍德（Grant Wood）的作品展览。他参加过第一次世界大战，只活了五十岁。他的作品风格变化很大，十四五岁时画的帆船、猫和狐狸，极为传神。他广为人知的农民系列作品，确实很有艺术价值。农民的朴实、拘谨和对土地的那种踏实感和自豪感，清晰毕现。他在巴黎时期的画作显然受到了印象派的影响，不过最终他还是在故乡找到了他艺术的魂，确立了自己的风格。美国历史不长，文化史亦如此，能有这样的画家实属珍贵。他的画（尤其是风景画），很有肉感。山、树、土地、庄稼的轮廓上，都可以看出人体的某些部位，是那种细腻的圆润。回到爱荷华时天色已昏，雨来了。

9月22日

天冷了，可以穿厚运动衫了。

上午出去办社会安全保险，午间小睡，午后写作。黄昏时去蒋记买了西班牙雪莉酒。

真凉啊，这样的夜。太寂静了。

9月23日

爱荷华的秋天一定是从雨开始的。

昨夜的雨让枯叶凋零,一些枫树红了叶子,空气清新极了。这一夜连睡八小时,又香又沉。起床已是八点一刻了。室内很暗,掀开窗子一角,阴冷的空气立刻跑了进来,它们也嫌冷的样子。

散步时又去灰色铁桥上看鱼,今天的鱼很多,大大小小有七八条,在水中游来荡去。有一条鱼的鳍和尾是红色的,很漂亮。

爱荷华监狱只一座,外观看上去很小。这里的教堂很多,是不是教堂的忏悔者多了,监狱中灵魂蒙垢的人就会少了?

一杯龙井,将是清爽一天的开始。

9月24日

下午与华苓老师和刘恒去看一部韩国电影,说的是一家六口,父母,两子两女,在山间建了座旅馆,生意清冷,终于来了一个房客,可他却在客房自杀了。怕影响旅馆生意,一家人没有报警,把他埋掉了。这本是一个辛酸故事的开篇,能透视很深的社会问题的,可导演把它演变成一个低俗的娱乐片,杀人案一桩接一桩出现,古怪、荒谬、毫无逻辑,完全是性与暴力的展览,低俗。在全球化背景下,一些导演向内走、逼问精神的力度在可怕地下降。

看完电影和华苓老师去洗车,先投入七十五美分,用吸尘器吸纳车内坐垫、靠垫和地毯的尘埃。然后再进入一个密闭空间自动洗车,有一只悬空的"巨臂"伸来缩去,各角度旋转,喷出水来,自然清洗,然后烘干,用时大约十分钟,五美元。

洗完车和华苓老师回家,又有小鹿出现,四只,忽闪着娇俏的茸角。之后资助中国作家访问项目的孙医生接我吃饭,他夫人在家包了饺子,做了酱猪蹄。他们的房子整洁而现代,屋前开阔,是大片的绿地,风景不错。

华苓老师送我一件黑色长毛衣,风衣款的,很漂亮。

冷雨敲着窗子。

9月25日

昨晚和华苓老师去吕先生家吃烤野鸭,配以土豆、西红柿和小黄瓜,风味独特。

早餐后散步,天格外凉爽。云层很厚,又要下雨的样子。在音乐厅草坪前,见到上百只黑身子蓝尾巴的鸟儿。一个工人驾驶机器在剪草,草的清香气弥漫着,真是好闻。

继续写作。

9月28日

晚上参加US Bank酒会,之后去看一部英国电影《花园》,到处是后现代的符号,怪异、夸张、无聊、生硬,充满了暴力和恐怖,实在浅薄,所以看到一多半就出来了。

给妈妈打了电话,她前几日血压高,现在好多了,这是这个夜晚最美好的消息。

9月29日

来到威斯康星，走了一天。

上午一直在行车，到了中午，才见到印第安"部落"，只是假想中的荒山，隆起的小山丘说是"坟墓"。白人驱赶了印第安人，把他们视为无物，却硬要塞给他们一段"传奇"。

10月1日

从威斯康星回来。累。先洗衣，然后泡个热水澡。之后热了米饭和鱼，吃饱喝足，舒服多了。

打开电视，正在直播爱荷华一座教堂为婴儿所做的施洗仪式，在钟声和赞美诗中，四个施洗的婴儿，有的发出嗯嗯的叫声，有的咯咯笑，有的则哭着。主教为每个婴儿施洗时，由婴儿的家长抱着，头颅像成熟的果实垂下来，主教在金色的圣盆中舀水三次，分次淋到婴儿头上，施洗的水流回到圣盆，再淋到第二个婴儿头上。

一个经过施洗的人，迎接自然的风雨也许更有力量吧。但无论如何，死亡都会在人生的终点，拥抱每个人。

　　一个人出生了
　　四肢能自如地动了
　　就想走遍世界

而你一生磨破了千万双鞋

踏遍了万水千山

最后带走的不过是一双鞋

和来处的风景

10月2日

天突然又热了起来。中午煮了红薯稀饭，晚上用菊花水做了碗汤面，让胃肠清爽一天。继续写《第三地晚餐》。

傍晚散步，浮云满天，晚霞正红。音乐厅门前粉色、黄色和白色的玫瑰依然娇艳，有的单瓣，有的重瓣，煞是好看。

遇见很多锻炼的人，慢跑、骑山地车、滑旱冰。还有和爱犬一起跑步的。有位妇女一边推着婴儿车一边慢跑，看孩子、健身两不误。

天已昏暗了，河也黯淡了。晚霞落了，路灯和桥上的灯亮了。球形的路灯没有审美可言，而桥上的六角铜灯，却是那么雅致朴拙，像爱到深处的情人的眼。

10月3日

上午晴热，中午转阴，黄昏骤冷。

下午参加关于性别与写作的讨论，大家发言踊跃。来自科索沃的女作家用沙哑的声音说，艺术最好不要被性别化，她说科索沃的女性命运与民族命运是相连的。她还说，亚当那么聪明，为什么不阻止夏娃犯错误？当出版权掌握在一些人手里，禁忌出现，男作家女作家的命运就是一样的了。

二十多岁的哈萨克斯坦漂亮女作家讲话一向富有个性，她说的是"性"。她认为女性文学是探索生活的特殊方式，女性文学完全可以独立出来。她说女性应该懒洋洋地看待这个世界、静思默想。她觉得女性不喜欢抽象，也不像男人那么客观，女性是主观的。女性不需要迎合别人，只需迎合自己，崇拜自己在镜子中的形象就是了。

尼泊尔女作家是个英语老师，她的发言题目是"一个人的写作里，性别是不是很重要"。她说小时候没有感到性别差别，长大以后，尤其是走向社会后，知道差别是存在的。在尼泊尔，妇女有两条路走，一条是传统老路，一条是寻找新路，都很艰难。她认为在尼泊尔一定要写出女性的声音，在政府机关和议会，都是长胡子的人。她希望有一个代词，既是女性，也是男性，她想把以后三分之一的写作都奉献给性别。但她讨厌女性写色情，纯粹写性是低俗的。

我也简单谈了下对女性写作的看法：男性和女性本是世界的太阳和月亮，不可能永远是光明朗朗的白天，也不可能是彻头彻尾的黑夜，太阳月亮自然衔接，刚柔相济，在相互滋润中互为成就，也在相互照耀中迸发艺术火花。当然，比之男性，女性对大自然的敏感优于男性，而大自然是天籁的。

吕先生夫妇晚上驾车送来了烤鱼，鱼是他们在湖里钓的，还有新鲜的黄柿子。

音乐台正播放帕瓦罗蒂的歌剧咏叹调，华丽动人。在冷风习习的夜晚，这样的歌声何其阳光！

10月5日

寒流来了。

早餐后去了一条没有走过的路散步。过了铁桥，经过一道水闸后，河水变得污浊，散发着难闻的气味，因为临近主干公路，喧嚣声不绝于耳，所以走了一段就回返了。

晚上和华苓老师去音乐厅看西班牙舞蹈，是弗拉明戈舞，热情奔放，似乎每个女演员都是妖娆的吉卜赛女郎，能点燃观众情绪。舞蹈演员是四男四女，有两个女人身材格外丰腴，但她们舞动时，却是那么灵动，流水一般。有个男孩跳得如痴如狂，要起飞的模样。女性服装先是紫色长裙配银色围巾，继而是白色裙衫，再接着是喇叭形曳地花裙配红白花的披肩，最后是直筒长裙配凤冠头饰。男性舞者呢，基本是笔挺的西装裤配衬衫和短马甲。有一个男舞者穿了一身绿出场，他的舞好，但绿色放在男人身上总觉路数不对，排除"绿帽子"之说的心理暗示，绿也似乎是专为女人而生的，娇嫩如水，清新如风。

昨夜梦见一只飞碟，这天外来客搅得我故乡的河流上了岸，村落一片汪洋。

想故乡了。

10月6日

去逛旧货店，买了一只陶瓷小花瓶。

晚饭后去看德里克·贾曼（Derek Jarman）的电影。共放映了八部早期八毫米和十六毫米的短片，其中有三部是首放。这是个对世界有独特认知的导演，虽然关于剧院一类的场景描绘过于糜烂、奢华，但还是有两部倾向朴素的片子引起我共鸣。一部是聚焦田野风光的，没有一个人，简直就是一幅幅流动着的油画，大自然强悍地占据画面，让我们知道这世界真正的主宰是谁。流云、树影、摇曳的花朵，都向我们昭示，自然是不朽的。还有一部短片，展现的是一座破败的房屋，那些朽烂的农具，让我想象曾经劳作的手，充满沧桑感。

10月7日

下午去阿曼那（Amana Colonies）的一家农户。阿曼那是德裔农庄。这个农场叫 Larry Rettiy，从爱荷华驱车半小时即到。主人是一对老夫妻，他们介绍农庄是父辈留下来的，那幢漂亮的红房子则建于一九〇〇年。由于翻译没来，我只能听个大概。他们带我参观了花园，处处是风景，处处朴素、整洁而宁静。其中一处纱篷给我留下了深刻印象。它建在农庄边上，只有七八平米，四周全是纱窗，可以驱赶蚊虻，里面设有摇椅和茶桌，是纳凉休憩的好地方。主人还带我们参观了他们的卧室、工具间、农具间等。每把椅子都有上百年历史，均是双方祖父母留下来的。

在这样的农场生活一生，多么美好。在一家店里买了一个木质画盘，上面是一只喝水的驼鹿，很像我刚完成的长篇《额尔古纳河右岸》中的堪达罕。画是油彩绘就的，标有Amana，弥足珍贵。

从农场回来去看了一部电影，写俄国十月革命的，用超现实主义手法表现，并不好。

10月8日

上午写作，午后去看贾曼一九九三年的绝笔之作《蓝色》，看来贾曼的电影在这里很受推崇。在九十分钟的时间里，除了片头片尾有文字，其他时间的幕布上只是无边的蓝色，寂静又汹涌的蓝色。在这蓝色的背后，声音在流动，翻报声、开门声、歌唱声、孩子的嬉闹声、医院中病人的呻吟，虽然看不见影像，但可以感知到人间的酸甜苦辣、声色犬马。这仿佛是一个色盲艺术家眼中的世界，是声音（也许还有气味）构成的世界。解说的声音富有磁性，可惜我词汇量小，听得一知半解。贾曼开篇即说，我爱蓝色，蓝色是天空，也是我的梦想和回忆。贾曼是同性恋者，死于艾滋病。此篇作为告别之作，是有深刻寓意的。也就是说他最后彻底否定了自己，否定了我们眼中看到的这个世界的真实性。电影音乐伤感优美，这是牵引我看完这部压抑电影的最重要原因。

贾曼是不是最终厌倦了色彩，厌倦了人的表演，才让大自然的蓝色占据永恒的画面？他向电影的视觉艺术发出了挑战，也向生命发出了挑战——那是绝望者的一声叹息。

晚饭后散步，沿着亚太研究中心下面的路，一直向前走，是一条又宽又长的公路，车流量大，耳畔轰鸣着汽车的呼啸声。公路畔还有白色的野花在开。

步行一个半小时回来，汗水已浸透了棉衫。

又是夜晚了，澄澈的天空有半轮金色的月亮。

10月9日

昨天下午去华苓老师家，又看到四五只野鹿。华苓老师说鹿已多日不来，可我哪次去，它们都会现身，像是跟我约会。我说这可能因为我来自森林，又刚写完《额尔古纳河右岸》，里面的主角是驯鹿，天下的鹿是一家吧，它们大约熟悉我的气息。

一只母鹿带着小鹿来吃我撒在山坡的粮食时，竟然一嘴把小鹿顶开。华苓老师说，鹿在这点上很不好，自私，连自己的孩子都不放过。华苓老师一边饮酒，一边聊丁玲当年来爱荷华的有趣往事，还翻出当时的一些老照片让我看。

10月10日

有些感冒，昏沉。下午做了周五 reading 的准备。

晚饭后散步了一个多小时，去了上城公园，那里有一群小孩子在踢足球。在河边走时，看到一只鹰俯冲而下，姿态矫健、勇猛，待我走到近前时，它一展翅膀飞了，飞得很高！

河两岸的树品种繁多，高大的橡树、枫树，还有榆树、核桃树、枫桦树、山楂树以及银杏树。秋风中的树叶多姿多彩，如花盛开。

10月11日

　　昨天是安格尔先生的生日。上午我和刘恒跟着华苓老师去扫墓。我买了两束花，一束菊花献给安格尔先生，另一束香槟玫瑰献给华苓老师。华苓老师另一位韩国朋友朱晶嬉也去了，她是艺术系的教授，她订了一块蛋糕带到墓地。华苓老师最美好的岁月就是和安格尔先生度过的，他们一见如故，走到一起，共同发起了爱荷华国际写作计划。华苓老师很动感情，噙着泪花，跟安格尔诉说这一年来子女们的情况，也介绍我和刘恒。刘恒去打水清洗墓碑时，墓前只剩我和华苓老师，她拍着墓碑对我说，你看，这里很好，将来把我再放进去就是了。我的眼睛湿了，一个活得灿烂的人，一个归处有爱的人，才不惧死亡。

　　我们离开墓地，去"寿司婆婆"吃午饭。饭后两点了，回来小憩，然后去参加小组讨论，是关于梦想与现实的。我讲的是《额尔古纳河右岸》中萨满的片段故事，克瑞斯评价wonderful。在回答关于科学、现实和想象的提问时，我用昨天"神六"飞天的两位宇航员做了比较。我说宇航员飞天带回的是科学数据，这是现实；而在中国神话故事中，嫦娥因偷吃了长生不老药飞进月宫，这是想象，但这个想象很强悍，因为故事迷人，所以我从小就认为月亮里有一个女人的影子。

作家应该拥抱现实世界，也应该探寻想象的世界。

日本作家说西方写东方民族故事的人，并不是写真正的东方，而是假想中的东方。她还说梦境是真实的，人的大脑所想象的都是真实存在的。她这个观点与我的想法很契合。

越南作家别开蹊径，说他在爱荷华河边散步时，遇见了庄子和卡夫卡，他们三人之间有一次穿越了时空、东西方文化交流的对话。

奥地利作家认为，当电子游戏进入人的生活时，他更加愿意致力于写作。想象一个恐怖主义者头脑在想什么，比如如何使用毒气。他说没想到写的东西往往变成现实。

利比亚女作家认为，现实已不存在了，甚至想象也变得过时了。但她也强调，想象把过去、现实、未来的思考变为了可能。电脑和新技术的发展，是这些变化的重要原因。她认为作家可以用科学、历史和新哲学写小说。对此观点我不敢苟同，我觉得世界上永不过时的就是想象。作家拥有了想象，就像飞机拥有了发动机，会真正飞起来。

讨论会结束，去绿色食品店买了一瓶法国红酒，一块意大利起司，然后步行到华苓老师家陪伴她。我开了酒，先洒一点于门外，请安格尔喝。华苓老师切了一角蛋糕，同样献给安格尔。我们喝酒谈天到九点，回来时天落雨了。

早晨起来白雾茫茫，这是来这里第一次看见大雾。

10月13日晨

晚上去看新西兰电影《动物天堂》，是反映同性恋的。一对在女子学校上学的女孩相爱了，但其中一个女孩的母亲坚决反对，阻止她们在一起，两个女孩竟然把这位母亲带离家中，在餐馆吃完饭后，在山路中行走时，用砖头将其砸死。砖头被装在一只高筒丝袜里，这女性用品被用来装沉甸甸的犯罪"凶器"，发人深省。影片就结束在血腥的报复中。

同性恋犯罪，导演要表达的是这个主题。但我觉得刨除道德层面，也说明了遏制爱是多么的可怕。爱有时走在两端，一端是柔美、缠绵，一端是残忍、无情。从这个意义来说，佛家讲的克"欲"戒"色"，是有道理的。

夜深了。野鸭这两天喜欢在深夜叫，也许它们是叫给星星听的。

10月13日夜

上午和小蒋去 IWP 为我下午的作品朗诵会做简单准备，勾画了一些需要朗读的片段。我选择了《亲亲土豆》和《清水洗尘》，它们都是故乡生长出来的故事，我称之为"乡音"。前者忧郁悲伤，是生死之爱的故事，也是关于收获的故事；后者则相对温馨一些。娜塔莎对作品的理解很好，她读得很投入，令人感动，现场气氛不错。华苓老师和林医生夫妇都到场了。我在解读《亲亲土豆》时说，前天我与华苓老师去安格尔先生的墓地，那天是他的生日，华苓老师一直在与安格尔讲一年来发生的事情，一如他活着。我说死亡能把相爱的人分开，但它无法分开爱。所以《亲亲土豆》的夫妇虽然在现世永别了，但爱并没泯灭，它依然会在心头生长。

朗诵会后已是黄昏，一行人去"寿司婆婆"吃饭。饭后散步一小时，月色真美。

10月14日

上午去一个湖看红叶。孙医生夫妇驾车接上刘恒和我，穿过城中心的球场时，那里正举行橄榄球比赛，观众很多，据说锡达拉皮兹的人都来了，人们都穿着运动衫。

那个湖风景优美，湖畔的树叶有青有红，所以树才好看。全红的太艳俗，全绿的又太单调。我钓上来三条小鱼。

钓完鱼，孙医生夫妇请一行人去自助餐厅吃午饭，饭后回来换了套衣服，李翊云过来接我。她现在在美国是位有影响力的华裔作家，新书上市两周即再版，获得了爱尔兰的一个文学奖。她是个爽快的北京人，她说十年前就看过我小说，想翻译成英文。她也喜欢安忆和格非的作品。

月亮快圆了，给妈妈打电话，她说大兴安岭刚下了一天一夜的雪，很厚。

10月15日

上午写作，午间小睡。傍晚刘恒告知，"神六"平安归来。我立刻打开电视看凤凰卫视，直播已在尾声，看到宇航员平安归来一瞬的回放镜头，泪流。

晚上与华苓老师和刘恒去吕先生家，他们夫妇用自家的苹果木作柴火，为我们烤牛排。牛排在燃着文火的苹果木上吱吱叫着，烤到六分熟取出，外焦里嫩。他们还做了一道菜，煎香菇。用大蒜粉、辣椒粉和面粉调和而成的汁子，涂抹在香菇上，香辣滑润，妙不可言，我称它为"三粉菇"，因为由三种粉调制而成。（补记：在这次聚会上，我们聊起苏童，华苓老师非常喜欢苏童，夸他帅气，人文俱佳。她那天忽然指着我，幽默地说："我跟苏童嘛，是'老少恋'，跟你嘛，是'同性恋'。"大家放声大笑，至今难忘。）

饭后乘车归来，我在桥头下车，散了会儿步。明月把周围的云彩照出霓虹色。

10月16日

上午去Kalona，参观秋季劳动马拍卖活动。这是个德裔农庄，离爱荷华不远，驱车四十分钟就到了。今天天气好极了，Kalona农庄显得安恬、和谐。

那是一个很大的牲畜交易市场，马棚里出售的马不像我想象的多为淘汰的马，它们看上去都很剽悍，有匹菊花青尤其讨人喜欢。在马棚前的空场上，是各种旧物的展览和拍卖，竞拍声此起彼伏，好不热闹。前来的农人都是牛仔装束，他们神情怡然，在旧器物间走来走去，寻觅所需。在这里可见到旧式马车、浴缸、铜镀的马、几近失传的农具、马灯、地毯、椅子、装鸡蛋的木匣、盘子、灯盏、梳妆台、马镫、木雕大鳄鱼、皮质枪套等东西。这些用品不知经历了多少岁月，经过了多少人的手，让人想起那些苦辣酸甜的日子。

中午在农庄简单吃了点东西，之后赶回爱荷华，下午去听克瑞斯主讲的"今日世界文学"。在互动环节，刘恒讲了他由小说家转向编剧的历程，很多人看过由他编剧、张艺谋导演、巩俐主演的电影《菊豆》。我放了根据我小说改编的电影《白银那》片头，从我故乡的风景引入我的文学世界。克瑞斯最后问了我一个问题，你处于中国边远的省份从事写作，心中不向往北京吗？我说，我为什么要向往北京呢，在黑龙江我有独立的文学世界。

晚上吃了碗素面，然后散步。回返时十五的月亮已在空中了。

10月17日

阴雨。上午洗衣服，中午煮了绿豆稀饭，午睡醒来已两点半了。

三点去美术馆，再次去看非洲木雕。这些木雕多姿多彩，有牛头上顶着太阳的，还有铸铁上站一只木雕大火鸡的。有一尊一个人吹口琴的木雕，胸前有面小镜子，头上插着羽毛，骄傲而时尚。在展览的面具中，铜钉普遍用于头饰的镶嵌。木雕的小椅子千姿百态，很可爱。我更喜欢那些健壮光洁的、充满力量和生机的棕色木雕，女人半蹲着，乳房高耸，男人则握拳，肌腱发达，显示出力量和美。当然也有身上扎满铁钉、痛苦不堪、振臂高喊的人形木雕。人形木雕的胡须往往是稻草做的，而层层叠叠的银白色贝壳，则镶嵌成为女人的华丽羽衣。美术馆还收藏着一幅毕加索创作于一九四二年的油画 *Flower Vase on a Table*，立体抽象，画的上部砖红色，下部灰绿色，花瓶也是灰绿的。

因为前天应邀去胡宏述先生家做客，先生送了我一本画册，便把美术馆中他个人展的画和雕塑都看了一遍。胡先生是著名建筑学家，美术功底深厚。他七十年代的画凝重些，也逼真，虽然是黑白的，但很绚丽。那些雕塑大都是几何图形，估计与他的专业有关，我觉得没有他的画有韵致。

晚上六点半，葛浩文先生驾车带着太太，远道来看我们，我已经二十年未见他了。葛浩文的头发和胡子白了，不过精神状态很好。他的太太丽君比他年轻很多，台湾人，很文静，在一家教会学校教书，也从事文学翻译。

葛浩文夫妇请我和刘恒在一家意大利餐馆吃饭，我点了海鲜面，四个人喝了一瓶红酒。葛浩文慨叹他翻译的几部中国大陆作家的作品卖得不好，而台湾的白先勇和李昂的作品却销得不错。

葛浩文还带来了二十年前他去大兴安岭时我们的合影。那时的我真是年轻，让人感喟岁月的无情。

10月20日

上午将洗好的夏装熨烫好，装入行李箱中。午后去 IWP

拍照，算是集体相，毕业照。

之后华苓老师带我们去阿曼那看红叶。我买了几条阿曼那特有的羊毛围巾，花色很雅致。

晚上在阿曼那吃的烤鱼、酸菜、土豆和腌猪肉，很美味。华苓老师因为驾车，滴酒未沾，我和刘恒喝了一扎鲜啤。

回来的路上，天已黑了。来时所见的绚丽秋叶不见了，光明不见了，当然墓地也不见了。我在车里唱《赶牲灵》《四季歌》，不知不觉车子已进爱荷华了。灯火是那么的湿润。

10月21日

天气越来越冷，也越来越澄澈。

早餐散步时，采了各种红叶做标本，枫叶有红的，有半青半红的，银杏叶则是金黄色的。

下午与孙女士聊天，她性格爽直，人很好。她说四十四岁嫁给现在的美国丈夫，他是医生，研究智障儿童的。她说华人在这里不管生活多么舒适，总还会有做"他人"的伤感。

天冷极了，有点冬天的气象了。

10月22日

午后下着蒙蒙细雨，我打着伞去华苓老师家。我们喝酒聊天时，先是看见生长着橡树的山坡上，落下来三只火鸡，接着又看见一只胖乎乎的浣熊。等天色更暗的时候，鹿来了。先是两只小鹿，跟着是两只长角的公鹿。这些大地的美丽生灵,仿佛是来与我告别的。聊至午夜方归。

10月23日

早晨晚起,午后逛街。

晚上去校长家参加party,与日本作家聊得比较好。这位诗人的父亲在上世纪三十年代在中国东北,他说大部分日本人对中国人都友好,少数人才对抗中国。我说我的长篇《伪满洲国》中,写了那个年代形形色色的日本人。

Party结束,已是九点。冷风冷月,但我还是在河边散步了半小时。河水也是冷的,唯有投映在河面的人间灯火,让人觉得温暖。

10月24日

上午自学英语,效果一般。昨夜睡得晚,昏沉得很。午后散步,买了晚八点的音乐会票,是爱大乐团的演出,名为《小提琴的罗曼斯》,上半场稍显沉闷,下半场的小提琴手表现不俗,把现场气氛带动起来了,我的心也随之晴朗起来。音乐会归来已是十点。夜很亮。

10月26日

天气转暖。自在清闲的一天。

晚饭后又去了美术馆,看那些原始的非洲木雕,真是百看不厌。它们无一不是抽象的,又无一不是具体的。木雕人的神情，是那种安详中洋溢着蓬勃力量的，这种古朴的非洲艺术，是在有泥土的基础上的飞翔。

今天又有一个发现，非洲艺术在男性雕像的呈现上，是很艺术的。男性要么为短腿，肚腹很长，私处因此显得不起眼；要么采取跪姿，这样私处融于泥土；要么骑在动物身上；要么盘腿坐着，双腿交叉；要么坐在椅子上怀抱婴儿。这所有的处理，都是为了巧妙地掩饰，可见原始的非洲艺术是含蓄的。

从美术馆出来，去听一场德国室内乐的音乐会。上半场是吉他和小提琴的重奏，热烈，明快；下半场的歌唱精彩绝伦，女演员的嗓音忽而清澈辽远、明亮热情，忽而沉郁低沉、如泣如诉，令人痴狂。演唱的歌曲为《月亮》《我的爱》《哭泣的眼睛》《我将在哪里找到你》，真是纯美之至。爱荷华人很喜欢音乐，音乐会上中老年人居多。谢幕时大家起立，长久鼓掌。

有美术与音乐相伴的日子，何其美好！

10月27日

下午去 Dane 农场，它就在城郊的沃尔玛附近。我们坐在堆着干草的四轮拖拉机上，在肥沃的田野里兜风了半小时。农场主很有钱，他们曾一次就捐给医院耳鼻喉科八百万美元。他们夏季在此种地，冬季去佛罗里达。在农场吃了晚餐，点心太甜，牙有些痛。

晚上去音乐厅欣赏慕尼黑交响乐团音乐会,几乎爆满。上半场是浪漫主义大师韦伯的作品,下半场是莫扎特和勃拉姆斯的作品。还是莫扎特的最好。今天交响乐团选择的是形式感庄严的曲目,抒情性不那么强。正式演出结束,加演了一首曲子,观众意犹未尽,持续鼓掌,但没有期待的第二首加演,指挥返台时示意第一小提琴手,演出到此结束,让人有点扫兴。

10月29日

夏时制结束,时钟向后拨一小时。

早餐后看了划船赛。近期天气都不错,可单单今日阴雨,但比赛如常举行。

买了一束鲜花,和刘恒去看望胡宏述先生。他父亲当年为胡适做过秘书,他拿出父亲遗留下来的几本日记给我们看,记录的都是胡适先生的事情,大约有七十多册,他说想捐给中国。我和刘恒建议他捐给北大或者是中国现代文学馆。想来还是北大更适合,可做学科研究用,资料发掘和研究是一门学问。那一代知识分子的情怀,令人感佩。回来后散步了一会儿,河上的野鸭成双成对地游着,悠闲而和谐。

10月30日

已是十一月了,爱荷华依然阳光灿烂,花团锦簇。

读毕华苓老师的《桑青与桃红》,非常欣赏,写了篇书评,传真给香港《明报月刊》。

下午听了一堂讨论课,是关于怎样描写"恐怖"的,有位教授说,暴力往往首先通过语言伤害人,暴力可以有两种,一是抽象的,如意识形态范畴,二是心理暴力。有人谈到暴力在第一世界和第三世界的差别,第一世界是舒适的地方,第三世界往往充满暴力和不幸。在第三世界写作,本身就意味着面对人类最基本需求的挑战。我想他说的是安全感吧。还有人认为,在第一世界被称为"恐怖"的东西,在第三世界得到滋生。一位哥伦比亚作家说,在那里教堂被炸,贩毒头目为给政府施压而制造恐怖,军队头目变成绑架头目,时有发生,所以他的文学不得不处理"恐怖"。

我觉得从人的终极意义来说,人类内心深层的恐怖,是不分第几世界的。

11月2日

上午和华苓老师还有淑贞去阿曼那,午饭后去一个临湖的公园看红叶。枫叶多半凋零,还挂在树上的红叶就格外耀眼。湖水澄澈,天空湛蓝,我们拍了好多照片。回来已是午后三时,休息了一小时,起来后喝了杯雪莉酒,然后散步,七点赶到图书馆前的电影厅,看张元导演的《东宫西宫》,这是张元和已故的王小波联合编剧的,写的同性恋。也不知怎的,在这儿看的关乎同性恋的影片真不少。

影片讲的是一个警察捉到公园中那些夜不归宿者,结果有个同性恋者，警察最后迷恋上了他。这电影有点"主题先行"，符号化，但仍有一些令人感动的画面。看着橘红的太阳从灰蒙蒙的四合院升起，看着雨后长巷中闪亮的水洼，听着昆曲的调子，是那么的温暖和感动。想家，想"根"了。

11月3日

昨晚参加了日本诗人和韩国剧作家的作品朗诵会。之后和王女士、刘恒去华苓老师家包饺子。我和面、擀皮，王女士和刘恒负责包。刘恒包的饺子是元宝形的，很好看。馅料是羊肉胡萝卜洋葱，华苓老师吃了很多。饭后我们喝酒谈天，华苓老师忽然把我带到她卧室，说你要回国了，给你看样东西。她拉开衣橱，拎出一套银粉色的中式缎子衣裳，说已嘱咐了两个女儿，她走的那天，就穿这套衣裳！她问我，好看吗？我说，穿上后像个新娘！她大笑着，我的眼睛湿了，没有哪个女人，像她活得这么光华和灿烂。

早晨散步时看见一只红鸟，它落在一棵红枫树上，像是一片叶子。这是我在这里看见的最漂亮的鸟。

11月5日

下午去听反战诗人的作品朗诵，之后来到华苓老师家。她请了很多朋友，为我和刘恒设告别宴。因为爱荷华国际写作计划的最后一周是旅行，作家们集体到芝加哥后，会自选线路，奔向不同的地方。刘恒会从芝加哥去纽约，我则选择留在芝加哥，一是喜欢安静地待在一个地方，不必奔波，还有就是上次随中国作家代表团访美时，没到过芝加哥，想深入看看。

一场大雨过后，树上的叶子基本落了，天也凉了，红楼周围的山有点萧瑟了。

饭后我们生起炉火，围炉谈天。华苓老师送我一副浅灰色的珍珠耳环和胸针作纪念，她说这是去夏威夷新婚旅行时，安格尔先生送她的。她眼里泛着慈爱温柔的光，说我多么希望未来能有个人疼你，听得我温暖又伤感。我说这么珍贵的礼物您还是留给女儿吧，华苓老师坚持说就要送你。

这副珍珠耳环和胸针，将是我永久的珍藏。

11月6日

参加IWP告别会，每位作家讲了几句对美国的印象。我讲的是关于声音的记忆。不同肤色、不同语言、不同种族的作家，在这里发出不同的声音，这是文学的声音。倾听别人的声音，对一个作家来说是多么的必要。

晚上班上搞了个party，请来两位黑人鼓手，大家一边饮酒，一边和着鼓声跳舞。我也尽情起舞，因为这是告别的舞蹈。

11月9日

抵达芝加哥。

从爱荷华开车到这里大约四小时，沿途风景苍凉。

由于早餐喝了凉茶，又站在寒风里候车半小时，所以大巴车上了高速一个多小时后，不止我一个人想上洗手间。我们跟司机说了需求，可下一个加油站离我们还遥远，所以一直忍到中午十二点。

初到芝加哥，扑面而来的是摩天楼、玻璃幕墙，看到的几处雕塑也都是钢铁的，感觉工业化、现代化痕迹很浓。

我们住的酒店在城中心，毗邻戏院，离几家艺术馆也近，不错！

11月10日

早晨八点半，约了刘恒出去闲逛。他是个活地图，我们先去了附近的商业街，然后到密西根湖。这个湖很美，岸上的建筑虽然是整齐划一的摩天大楼，但仔细看，玻璃幕墙间，又呈现着不同的几何图形，组合在一起肃穆、挺拔、气派。湖畔游人很少，湖水被碧蓝的天映得湛蓝，美不胜收。在湖畔走了约两小时，然后又看了一座教堂，水上码头。有几个黑人在街头卖艺，有的表演木偶戏，有的打鼓，还有一个人把浑身涂成蓝色，连头也是蓝色的，像搞行为艺术的。在一家商场买了块名仕表，暗蓝的底子，如浅浅的湖水，幽静而美丽，侧面的时针按钮镶嵌一颗小小的钻石，设计别致。

刘恒得了金鸡奖最佳编剧，请他在一楼酒吧喝了一杯祝贺。

11月11日

上午九点出发，先是沿着密西根湖畔公园闲走，看到一个很大的露天音乐厅，还有一个橄榄球场。见到很多黑天鹅，还有一群一群翠绿色的鸟儿。一个当地人对我说，这种鸟很喜欢芝加哥，从来不走。由于起得晚，未吃早饭，未走多久饥肠辘辘，可附近没有可吃东西的地方，哪怕快餐。于是先去了自然博物馆、海洋博物馆和天文馆，三馆相连，各有特点。今天风大，耳畔是呼啸声，看来"风城"的说法名副其实。密西根湖被风搅得波涛汹涌，如海。

最后到了China Town，有点脏乱，那一带除了黑人，就是华人。芝加哥地铁和地上铁路如两条管道输送机，把它们认为于城市有害的"废液"，通过它们输送和排泄出去。老城区的繁华、雍容与新城区（边缘）的对比如此鲜明，可以看出贫富差距之大。华人餐馆的店铺门脸都很俗气，内里也不很洁净，我在一家餐馆用餐，地面油渍渍的，让人毫无胃口，吃个半饱就出来了。

回酒店前去一家酒铺，买了瓶加利福尼亚红酒，又买了块点心，晚上就不出来了，红酒点心是不错的晚餐。

11月12日

一大早刘恒的电话将我吵醒，他收到一张三百多美元的电话账单。我赶紧起床，去前台问询。我们同样使用电话卡，他却要付昂贵的电话费，确实不合理。原来他占用的是因特网线，我用的是电话线。我找到随作家们来到芝加哥的 IWP 工作人员，最后事情得到解决。

　　早餐后步行去海军博物馆码头，风依然很大，行走困难，几难站立。防波堤一带的湖水是绿色的，而远处则是蓝色的。空中的云移动速度极快，是飞翔的云。有两架战斗机在空中演习。回来的路上买了苹果、草莓、香蕉和梨，感觉芝加哥很干燥。

　　午饭后送刘恒上出租车，他去纽约。怕他在机场办理手续语言有障碍，我赶鸭子上架写了个英文便条，他从机场发来短信，说已顺利登机。（补记：事后刘恒告诉我，机场工作人员看了便条都笑，我估计称谓不对，或是语法错误，闹出了笑话。）

　　这两天走得太多，脚打了一个泡，很疼。附近两家剧院在星期天不开，大部分商场和餐馆也都全天关闭。芝加哥在星期日看上去冷清了些。

　　给华苓老师打过电话，她不放心我，嘱我每天报个平安。听音乐，喝红酒，长夜美好。

11月13日

　　芝加哥小雨。

　　这里的建筑与河水是那么相得益彰，灰蓝是主色调，高级色。

看着每天衣冠楚楚出入摩天大楼的上班族，我想在这里工作的人，会不会自闭者比较多呢？

上午看了两处毫无意趣的画廊，然后去商场给华苓老师买了一只奥地利水晶球，她的书房吊着好几只水晶球，阳光照进来，水晶球熠熠闪光。

中午要了一份白鱼，三十多美元，想必这是密西根的鱼，鲜极了。

买了一张明日的歌剧票，是普契尼的 *Manon*，我们习惯翻译为《曼侬》或《玛侬》，五十五美元。售票员很照顾我，这种价位的票通常是两张相连着卖，但我说明我没有伴儿，他还是善意地卖了我一张。

喝白葡萄酒，吃香蕉和草莓，算是晚餐。

美好的芝加哥之夜，美丽的孤独！

11月14日

刚从美术馆回来。

早晨要了一份送餐早饭，加上服务费一共二十多美元，两个煎蛋，火腿，面包，煎土豆饼，以及哈密瓜等，份很足，根本吃不下这些。

饭后步行去艺术馆，细雨蒙蒙，雾气很大。很多摩天大楼隐遁在雾中，只能看到二三十层以下。想必很多工作在高层的人，今天会有在天堂的感觉。密西根湖蒸腾着水汽，一派迷蒙。

艺术馆有三层。因为十点半开门，我等了一刻钟。今天赶得巧，是免费开放日（每周二），因而游客多，学生也多。

这里收藏法国莫奈的画作最多。几幅睡莲、草垛（谷垛），还有形形色色的桥。莫奈似乎很喜欢画桥，桥通常雾气缭绕，湿气重重，迷迷蒙蒙。而各种收获时节的谷垛，却那么的温暖和明媚，无比柔软。而高更画笔下，是塔希提岛丰腴的女人，丰腴的植物，热烈，妖娆，也不乏矜持。凡·高的画不多，一幅自画像，一幅作于一八九〇年的《饮者》（The Drinkers），描绘底层的辛酸，戳中人心，很棒。还有一幅画以绿色为主调，他也曾那么热爱绿色，无边无际的绿涌着，树冠像盛开的菊花，又像巨大的漩涡。这里还展陈着毕沙罗和西斯莱的作品。毕沙罗的风景画实在是难以有人超越，古典，庄严，每一笔都见功力。

这里还有罗丹的雕塑和毕加索的多幅作品。毕加索用灰黑，能用出灿烂的效果，让人感佩。他一生作品巨大，真是了不起！一个艺术家就要不断地实践，大量地实践，才会有质的飞跃。他的立体和夸张总是思想淬炼的艺术迸发，后人无法比拟。我还看到一位美国画家在巨大黑幕上，油彩起伏的画作，让人想起电影《蓝色》。最让人感动的还是米勒，他的《砍柴者》（The Woodchopper），以及一幅牧羊女在橘色的夕照下怀抱羔羊祈祷的画作，安恬，深邃，辽阔，震撼人心！米勒在我眼里是完美的。

我还看了非洲艺术，算是爱荷华艺术馆的一个延伸。

此外，一楼还有中国、日本和韩国的艺术收藏。日本小画很美，但瓷器与中国无法媲美。中国的收藏品很多，周代青铜，唐代瓷器，辽代富有少数民族风格的铜雕，还有清代王翚、袁江和顾文渊的画。明代瓷器器型很美，精彩绝伦。而商周时期的青铜器，那些细部花纹之妖娆、斑斓和典雅，令我震惊。它们是怎么来到这里的？欣赏的同时又黯然神伤！

其实中国的古典艺术美轮美奂，我们现在最缺乏的是对美感和细部的把握。

我还在美国当代艺术入口的走廊，相逢华苓老师的朋友朱晶嬉的作品。这个雕塑猛一眼看像个电熨斗，金属材质，银白色，背面看像一个女人闷着一肚子心事坐着，脊骨线条分明，臀部轮廓圆润。看上去是东方的作品，女性的作品。我问了一下管理员，这里只收藏了她一件作品。

回来时下着小雨，简单吃了东西，休息一下去听歌剧了。

11月15日下午5时

昨晚太过瘾了，去听了普契尼的歌剧《曼侬》，女主人公是个为爱情而死的人，全剧四幕。

这家歌剧院叫 Lyric，从地图上看是 Civic Opera House，是个很气派的大教堂风格的欧式建筑，大约能容纳两三千观众。我买的剧票在三层，购买者需买两张，但售票员听说我无人陪同，还是卖我一张。所以整个三层的看台上，只有我旁边的座位是空的。

这是一个凄美的爱情故事。女主人公曼侬，因虚荣而抛弃真爱，但她意识到真爱是生命，又回头去寻找她的爱。这是一个为爱而受苦的故事，有点像《包法利夫人》。落幕时是曼侬在黑夜中死去的"绝唱"，她死在爱人的怀抱。乐团很棒，男女主人公演唱和表演俱佳，和声很美。第一幕布景是集市，第二幕是宫廷内，第三幕是囚室（青灰的建筑，铁栅栏），最后一幕则是海滩情景，灰蒙蒙的海，迷蒙的月亮。整个布景协调而有立体感。

这部剧有两次中场休息，晚七点半开始，结束已是午夜十一点了。风很大，有丝丝冷雨。我步行回来，想着可怜的曼侬，想着形单影只的自己，不由万般伤感。所幸这伤感没引起失眠，这反而是我来芝加哥睡得最美的一夜。

11月16日晨

今天芝加哥下雪了，据说是今冬初雪，冷极了。

去艺术博物馆，大约十一点到，门票便宜，十二美元。我主要看的是二层的油画藏品。

法国印象派代表画家奥古斯特·雷诺阿（Auguste Renoir），他画的一个裸体女孩近乎透明，像只金狐狸。还有 Young Woman Sewing，是个缝纫的女人，她的每个毛孔都洋溢着温暖之气。还有一幅风景画，是一片海，上部细腻，下部粗犷。*Woman at the Piano*，弹钢琴的女人的白裙毛茸茸，黑白琴键与侧板的褐色相配，背后又有瓶中的绿色插枝和花地毯，白裙上的黑色流苏像一条流淌的小溪，背景幽蓝，整个画面神秘，真是天使在人间。在印象派大师笔下，通常女性会更接近唯美。德加的画作阴郁之气弥漫。

毕沙罗的风景画总让人百看不厌，他画雪能画出暖意，干净！莫奈画的雪则有些混沌。莫奈有一幅画，树干就像飞舞的蛇。马蒂斯的画艳而不俗，他的色彩感太强了。出生于俄国最终定居法国的康定斯基，他的画色彩铺张又收敛，绚丽，而又微冷。美国的乔治亚·欧姬芙（Georgia O'Keeffe），是现代主义艺术家，她的风景画和花卉，给人质地沉重的感觉，装饰性很强，有点毕加索的感觉。法国柯罗笔下的枫丹白露如梦似幻，近似于中国的山水画。但我仍然觉得米勒是完美的，庄重而典雅，是那种质朴的浪漫。西班牙的格列柯（本名 Doménikos Theotokópoulos）用色阴冷，但博大幽深，画作有丝绸的厚重感，矜持的华丽，也令我喜欢。

这里的工作人员都是黑人，看不到一个白人服务员。

从博物馆出来，去一家中国餐馆吃了素面和青菜，然后买了一只旅行箱回来。

傍晚在飘雪的剧院门前等待退票，今明两天上演轻歌剧《芝加哥》，可是票已售罄。我在寒风中等了半个小时，有一个老妇人退票，票是三十七美元，我付她四十美元，她不肯，我以为她教养好，没法找零，故而踌躇，然而另一个人上来付她三张二十元面值的钞票，她和颜悦色地卖掉了。我这才明白她应该是"黄牛党"。进出这家剧院的人不似昨日那般衣冠楚楚，流行的《芝加哥》比经典的普契尼要火爆，这也是当代美国艺术的一个缩影吧。全世界也大都如此。

11月16日

昨夜连睡了八个小时，很舒服。醒来后吃了快餐面，又吃了水果，见柜子里有蓝调CD，不算贵，十七美元，便打开来听。粗犷的美国黑人音乐就在芝加哥雪后的早晨回荡。沉郁哀伤，又有些野性。据说其后的流行音乐发展，继承了非裔美国人带来的蓝调。

下午去了水族馆。天气真冷。但雪后的芝加哥天空湛蓝，空气清冽，步行约四十分钟到达。曾看过日本水族馆、大连和海南岛的水族馆，这里有一些我未见过的鱼类。比如有一种鱼，柔软如白色纱帽，中间是花瓣形，下面缀着四或六条银丝状长长的飘带，飘飘摇摇的，简直是公主出行！再如一种鱼，一侧是黑，另一侧是白，它的身体就是黑夜与白天。白的这面附有黑色斑纹，就像展览一幅水墨画。还有一种鱼，像无数的小太阳花（海底生物？）组合在一起，每一个都在缓缓蠕动，让我想起小时候跳舞，手举纸做的葵花，同学聚在一起，颤颤跃动的情景。黑色海龟就像水中的黑客。这里还有紫色的海星星。正好赶上海豹表演，看了半小时。

这里的鱼世界看似万种风情，其实杀戮也依然存在，只不过水族馆呈现给我们的，是一个和谐的鱼类世界。毫无疑问，生命的真相在真正的海里。

看完已是三点，沿着密西根湖往回走，湖水蓝宝石一样，到处是大雁和湖鸥，路上少见行人，令人陶醉。简单吃了点东西，回来时天色已暗。

11月17日下午5时

还是没有等到《芝加哥》退票。

有两个绅士般的男人退票，我前去买，可他们却卖给了一个打着领带站着候票的白人男子。让我想起下午在密西根湖畔，我征求一个过路的同样打着领带的白人男子，可否帮我拍张照片时，他摆手拒绝了。这在欧洲是绝不可能发生的事情。芝加哥的那些打着领带的白人男子与这里的钢铁建筑一样，高耸入云，有些冷冰。我在七点二十分左右赶到另外一家剧院，看了《邪恶》(*Wicked*)，是且歌且舞的童话轻歌剧，其中也写了爱情，看来爱情的确是所有艺术的母题。有几段演唱非常抒情、纯净，剧场几乎爆满，芝加哥的文艺氛围真是很浓。比之普契尼的歌剧《曼侬》，这部轻歌剧动用的舞台设计和布景，更为丰富和绚丽。正像宣传广告上说的："这是年底的欢笑、叫喊和快乐——"。

散场已是夜里十点半了。有一个黑人萨克斯手仍在街角卖艺，乐音听上去是那么的凄凉。还有两个黑人在酒吧门前徘徊，像是丢了什么永远找不回来的东西似的，看上去很低沉。走回酒店,见拉开门的门卫也是满面疲惫的黑人,心中就有股说不出的疼痛和酸楚。这就是世界,这就是现实。而我们的艺术,要真正抵达人类心灵世界深处,写出大哀愁,还有漫长的路要走。

11月17日夜

2005年